重山

高山 著

陕西新华出版
太白文艺出版社·西安

图书在版编目（CIP）数据

重山 / 高山著． — 西安：太白文艺出版社，2021.3（2023.6 重印）

ISBN 978-7-5513-1824-2

Ⅰ．①重… Ⅱ．①高… Ⅲ．①长篇小说—中国—当代 Ⅳ．① I247.5

中国版本图书馆 CIP 数据核字（2021）第 018075 号

重山
CHONG SHAN

作　者	高　山
责任编辑	曹　甜
封面设计	王　洋
版式设计	憨·张洪海
出版发行	太白文艺出版社
经　销	新华书店
印　刷	三河市同力彩印有限公司
开　本	880mm×1230mm　1/32
字　数	180 千字
印　张	8.75
版　次	2021 年 3 月第 1 版
印　次	2023 年 6 月第 2 次印刷
书　号	ISBN 978-7-5513-1824-2
定　价	46.00 元

版权所有 翻印必究

如有印装质量问题，可寄出版社印制部调换

联系电话：029-81206800

出版社地址：西安市曲江新区登高路 1388 号（邮编：710061）

营销中心电话：029-87277748　029-87217872

目 录

第一卷　德贤说 / 001

第二卷　信和日记 / 169

第三卷　麦冬说 / 195

第四卷　尾声 / 263

后记 / 269

第一卷 德贤说

1

传说韩老三藏过好些金银宝贝：金条有两箱子，说不清分量；袁大头十几万块，装了五箱子；另有字画等古董也装了好几箱。一九五二年"镇反"，韩老三叫枪毙了。死前，关于传言他一个字也没回应，事情就此打了死结。闲话一直疯传，最后竟落脚到了穆庄，落脚到了我身上。他们传韩老三一进关中就到了庆山，就到了穆庄，就住进我家院子，那些金银宝贝两大车拉进我家院子，我该知道下落。我这人一辈子不爱跟人辩，谁说东西在穆庄谁到穆庄翻找，谁找见归谁，我才不稀罕。

到后来，政府也开始重视。韩老三刚叫枪毙那几年，我隔三岔五接了通知到区上、县上。去了也没啥正事，人家管茶水，管烟叶，客客气气，像走亲戚。顶多到我快回时才点上几句，问我关涉韩老三的事有没有遗漏。我能说啥，我只能说没有，我总不能把没有说成有。我想，政府也是的，与其追问我，不如当年留着韩老三，问他多省事。

为这事，县长都出面了。大约韩老三叫枪毙后有个三五年，一回，县上演大戏，县长专意叫人请我到县上。我进戏场子一看，我的位子在第一排，跟县长挨着，四周都是县长安排的人。我咋知道他们是县长安排的？那些人不懂戏，旁人喝彩他们喝彩，旁人拍手他们拍手，口里不能跟着唱词，手也从不追锣鼓点子……对戏一点都不明了，为啥要抢坐最前面？

那天的戏倒是好，是户县张能能的《寒窑》，台底下哭成了一片。可我一直入不进戏，我在想：一台子大戏专为我叫下，我何德何能？

戏开场前，县长说得明白，请我看戏是为了搞好统战工作，联络好各阶层的进步力量，促进社会主义改造和建设。他倒是一个字也没提韩老三，可他不提我也知道他的用意。我要装不懂，那就像大门外敲锣打鼓我只隔一扇窗子偏说啥也不知道了。

戏刚演完，县长跟我握手，问我戏咋样。我直接对他说："多少人寻我问韩老三有没有金银留在我手里，我没啥说的，真没啥说的。东西我没见过，更没私藏在手里，我啥也不知道。"我当时心慌，还赌了咒，发了誓，跺了脚。

那县长戴着眼镜，看我像猫看老鼠。他说："好了好了，没啥事。不知道就不知道，也不至于这样子，赌咒发誓的。"他那么说，倒成了我这人多心。

事情还没完，三年困难时期，县长换了人，新县长又记起了我。

那天，下着雨，我正跟一个"坏分子"在饲养室铡草，几个生人进了饲养室。那时以阶级斗争为纲，不套牲口的话一般人轻易不进饲养室，味儿不香不说，我们饲养室几个人都是"地富反坏右"，谁也怕沾惹上了说不清。

那几个人在光亮处，我看不清是谁，想着该不会又要拉哪个去忆苦思甜。

我们生产队队长从光影里走过来，叫我罢手，说活不用干了，有人要见我。队长引我到一个人当面，他说那人是县长，新县长，刚上任三天。县长仍是个戴眼镜的，大个子，队长对我说话时他也对我点头，一看就比前任和气。

县长跟我握完手，拉我到里头牲口槽边上，避开了其他人。他递了根纸烟给我，我接住了。我那时爱抽旱烟，可我得顾及人家县长的脸面。

县长先东拉西扯，一会儿说他了解我对阶级斗争的态度，历次运动都积极配合；一会儿又说他知道只要国家需要，我就会捐出家财为国家和人民做贡献。可他还是希望我再想一想，仔细想一想，看院子里哪个旮旯拐角里有没有落下点啥。

我知道县长的意思，他是想看我还有没有藏着掖着的钱财。可我只能答复他没有，这话虽不新鲜，可我总不能把黑说成白，把没有说成有。

我说完，片刻，县长滴了眼泪，抓了我的手对我说："查德贤同志，你根本无法理解我有多痛心！两个月来，咱们庆山县每隔三五天就饿死一口人呢！我们统计下来，短短两个月庆山已经饿死了十一口人。十一口人啊，查德贤同志！要说起来，出这种事责任在我，我身为一县之长，老百姓的命都保不住，我这县长当着有个啥脸面？查德贤同志，我是真把你当自己的同志看呢……实话说吧，我豁出去了，准备冒险派人出去搞些吃的回来，就是违反纪律我也顾不上了，人命要紧啊！但问题是，我查了一下,县财政现在一毛钱都拿不出。巧妇难为无米之炊,能想的办法县上都想了,实在没有其他办法,眼下,我只能来穆庄碰碰运气。查德贤同志,我一到庆山就听说了查家的好名声,历朝历代遇上灾年查家都要开舍棚的,还往往抢在第一个开,最后一个拆,真是不简单啊!听了查家这些事迹我很感动,我也在思索,是什么让查家的先辈们如此高风亮节。我是这么认为的,应该是与生俱来的共产主义精神,是革命乐观主义态度……好了,我不多说了,希望你继承和发扬查家先辈们的光荣传统,尽最大努力想办法,一定要把革命群众从悬崖边拉回来……"

新县长刚开始还说得眼泪一把鼻涕一把的,看得我心里也不好受。我当时想,我要能想出一毛钱的法子,绝不会出九分钱的力气。可我那时真是连一分钱的法子也没有,我家里的旮旯拐角除了有老鼠和臭虫,旁的已经啥也没有了。我有啥办法,除过叹着气摇头我还能咋样?

县长定了一时,又说:"查德贤同志,其实,我让你想办法,并不是要从你自身挖掘潜力,而是……我听人说,庆山当年的韩老三……当然啦,这只是传说……传说他曾在你这里留了些东西。我们也不知道这传言可靠不可靠……"

唉,韩老三呀韩老三,话头最终还是绕到了韩老三身上。

"县长,我只能说三个字:不知道。县长,不是我这人说话不好听,你问的那些,谁对你说的,谁传给你的,你该寻谁要结局,寻我真是寻错了人。县长,我得铡草去了,我不铡草,生产队的牛饿死咋办?"我话一说完,县长就走了,走时低着头,一脸的不悦。

2

整个中国我不清晰，就关中道看，查姓一脉在渭城，一脉在庆山。听说渭城那一脉人多，几个大村；咱庆山一脉自古以来就人稀，赛不过人家。可要论名声，咱庆山的查姓一点也不差。单说咱穆庄的查姓门户，据说清朝时就中过好几个进士，最出名的叫查振行，中了探花。老辈人说，穆庄查家的老祠堂里过去还挂着皇上给写的字，那名望，关中道里哪一姓也不敢轻看。

自江南"闹长毛"起，那边的生意人忙着保命，少有人再翻秦岭过来贩卖，本地的商户渐渐兴盛。我家祖上早年热心于寒窗苦读考功名，那时也乘势做起了生意。他们野心勃勃，茶盐丝布皮铁药粮，凡能赚钱的买卖概不放过；他们也有胆量，南下北上东进西征不辞辽远，啥地方都敢去。没二十年，查家就成了庆山大户，远近无人不知。自做了生意，钱是挣到手了，可家里结交的人渐渐杂了，五王八侯、三教九流，爱钱不要命的、取义敢舍命的各色人都有——那年月嘛，里头难免也有抽鸦片烟的。

由我老父亲往上算，查家四代人都抽鸦片，抽鸦片抽得他们认不得爹认不得娘，顾不上庄稼顾不上粮，一个个早早就一命呜呼。就说我老父亲吧，民国的人了，也没戒得了鸦片。政府治理得松了，他睡在家里炕上抽；政府管得紧了，他抱个鸦片罐子躲进南山去抽。他的眼，认烟不认人；他的命，姓烟不姓查。

都怪那鸦片烟，查家到我时已经独苗苗传了三代。到我老父亲当年抽鸦片烟抽得丢了性命，查家就剩我光杆杆一个，我只能自己顶门立户——那一年，我刚二十。

二十岁的年龄不算大也不算小：要说大，古人二十已行了加冠礼；要说小，我那时狗屁不懂，整天像活在梦里。话说回来，要谁二十岁有我当时的家业，肯定也觉着像做梦。其他不论，单就地来说，穆庄现如今的地那时多一半归我，都跟着我姓查。这还不算，从你当下立着的地方往下看，川道底下、沟川两边，你眼所能看见的地那时也有两三成归我，那些地也姓查。

那年月，我轻易不出门。一出门，看见旁人的庄稼还长在地里，可一半的收成已归了我，我心里就不自在。到他们的粮食一碾出来，该交给我的得先送来，余下的才归他们，才能拉出去粜了换钱零花，才能磨成面自己吃——磨面时多半还得进我查家的磨坊。说实话，有个我在，他们就得少收粮食，料想他们不乐意看见我，我也想着少见他们为好。

我那时窝在家里不愿出门，我地里的庄稼、城里的生意谁在经管？我有个好管家，你该知道，是你爷爷。

你爷爷是个能人，能人堆里都往出跳的大能人。你爷爷能行，我总觉得是由于你太爷爷管教得法。查姓咱这两个枝杈多少年以前已经长在一处，至少就我所知，你太爷爷就给我老父亲当管家。我仍能记得，你爷爷小小的就整天跟着你太爷爷出进，看着他经管查家的地、查家的油坊、查家在城里的铺子。你太爷爷舍得教，你爷爷诚意学，你爷爷自然早早就把当管家的门门道道摸清了。

你太爷爷死的那会儿，我老父亲已经染上了鸦片瘾，他没心思去想烟枪以外的事，干脆里里外外都托付给了你爷爷。到他估摸着自己要死了，他叫来一大群人，指着你爷爷对我说，你爷爷是他的"托孤之臣"，往后，查家的大事小情我都得听你爷爷的，不准自拿主意。我点头应了。他还眼泪汪汪地说，要是我不想三天两后晌就踢腾光他留的家底儿，我就得事事听你爷爷的，万万不许自己逞能。

那时，我回身看了看你爷爷：他人胖，两手互握放在自己鼓圆的肚子上。他低着头，眯着眼，明明字字都听清了，脸上一点都不显出来，就跟啥也没听见一样。

"啥事都听他的，门儿都没有！"我那时想。

我内心当时不服你爷爷。为啥？照我当时看，别看你爷爷那时说话办事不急不慌、不紧不慢、有模有样，那都是做给人看的，想叫旁人都觉得他稳重，能压住场面。其实他能干啥？他年龄还没我大，本事能大到啥地步？

我那时想，当个管家有啥难，只要事情拉顺，干活又不用自己动手，手底下有的是长工。就是长工不能行，活拿不下，掏钱再雇几个短工不就成了！地里有了收成，佃户会自己车拉马驮送来；油坊里出的油也不愁卖，方圆几十里都认穆庄查家的菜油，有人说比芝麻油都香呢。城里的药铺子更不用操心，谁还能没个头疼脑热？谁买药不想买个货真价实？

可我又想，由你爷爷里里外外支应也好，反正我也懒得操那份闲心。我想吃就吃、想睡就睡，舒舒服服，天塌下来有人给撑着。我由着自己听戏喝酒,与人推牌九纳宝……真叫我跟那些长工、短工、佃户、买主为鸡毛蒜皮的事磨牙拌嘴,那还不把我急死、烦死?

我老父亲死后那一年里,你爷爷安安生生当着我的管家,我安安生生当着他的东家,我俩相安无事。那一年,你爷爷的管家当得咋样我不知道,我这个东家当得舒服自在。每天大清早,我端上茶壶听你爷爷安排长工短工当天的活,其间我一言不发。随后,他带人走,我回屋睡觉。我那时瞌睡多得出奇,三天三夜都睡不灵醒——话说回来,我那时不睡觉还能干啥?

那时查家上房的八仙桌上供着一杆鸦片烟枪,玻璃罩子罩着。那烟枪有年头了,我太爷爷传给我爷爷,我爷爷传给了我老父亲,终了,它送我老父亲一命归西。老父亲死前总算明白了"吃烟害死人"的道理,特意把害死他的那杆烟枪留给我做警示。他还寻人做了个玻璃罩子,叫我罩上那烟枪供在了上房的八仙桌上。他就不怕我看见烟枪动了歪心思?他说,他要把暗处的鬼引到明处。越是暗处的鬼越会勾引人;鬼到了明处,人才能看见它的难看和凶狠。

这还不够,临闭眼,我老父亲叫人把他抬到那玻璃罩子前,叫我当着他的面跪下发誓,发誓往后就是变成狗也不掀玻璃罩子动里头的烟枪。动的话就天打雷劈,骨头渣也不剩下。

实话说吧,就是发过那样的毒誓,我最贪瞌睡那段时间还是差点忘了老父亲为我费的苦心。好多回,我端椅子坐在玻璃罩子前朝里看,那烟枪可真是个好物件:一尺多长的银杆杆,錾着凤,镏着金丝；吸嘴是整疙瘩翡翠，三月的韭菜一样绿，冰一样透亮——我能想出，烟从烟嘴里头过时肯定跟观音菩萨下凡时驾的云一样。

算我命大，我最终没敢伸手掀那玻璃罩子。只要我一动那念头，脑子里就跳出我老父亲的苦脸：他嗷嗷叫着朝我唾唾沫，他流着鼻涕眼泪举起拐杖要打我。

3

一天早上，晴天，我像往常一样端着茶壶到前院听你爷爷分派活。怪了，前院里就你爷爷一个人在檐下蹲着，没有旁人。

我问你爷爷："咋回事？活派完了？要没事我睡去了。这倒是啥规矩嘛，管家派活东家还得在当面。照我看，这得改。"

我知道我这话说了也是白说，你爷爷啥也不会改。他那人信守祖宗传下来的章法，又把顾及东家脸面当成重中最重。

你爷爷不慌，点了一锅烟递给我，随后说："东家，我知道你心里一直苦累，说起来，你心里怕是比我刚分派出去干活的那些长工短工都苦累……"

"你胡说，我心里苦啥？我还能不胜个长工？"我回他。

我回到上房坐定，候着你爷爷把葫芦里的药往出倒。

你爷爷那天不坐，在我面前来来回回转圈，开始长篇大论。他论及查家祖上的业绩和威风，也说了好些他书上看来的大道理，说了好些他不知道哪里得来的小道消息。到最后，话总算说到了正题上。他说:"查家祖先积累下家产,不过是为后辈有个安乐。如若祖上积下的家产到后来反成了后辈的累赘,要家产何用?日本人已经败了,世道也有了新气象,人人都不该一直蜷在四堵墙里,应该出去开开眼界。古人云,行万里路胜过读万卷书,当然更胜过天天在炕上睡大觉。"你爷爷说他定了个主意,他要与我一起走出穆庄,走出庆山,走出关中道,游玩全中国——为的是开阔心胸,自然要走得越远越好。

"也不敢说行万里路,至少得行一半,走个五千里出来!"这是他的原话。

你爷爷说完,静静看着我,候我答复。我有啥说的,我还能不情愿?他的话说在了我心坎上,我咋能不愿意?

可怜我当时最远只到过省城,那还是多年前跟我老父亲去的。后来,老父亲迷上了鸦片,他自己都不愿出门,更没心思带我远走。庆山县那时我倒常去,查家的药材供着庆山的三家药铺。可庆山县毕竟指甲盖大的地方,还遍地都是熟脸儿,有个啥逛头?要走遍全省全国,谁能不爱?

凡事还是得推敲个缓急,我想,要我跟你爷爷都走了,穆庄的事谁来料理?出去个一年半载,庄稼撂荒了咋办?油坊塌火了咋办?药铺的生意萧条了咋办?

你爷爷最能猜人心思,我有担忧还没开口,你爷爷就说了,我俩走后的事他早已经安排妥当。他说:"东家放心,有太太在,大小事她会定夺。太太平常不显眼,她呀,人能行着呢!"

忘了对你说,我那时已娶了一房媳妇,叫嫣蓉。娶她,是我老父亲临死时折腾出的事。

当初，我老父亲抽上了鸦片，活活气死了我老母亲。等他自个儿抽得瘦成一根柴棒快要升天时，他咬死说要看见我娶一房媳妇，不见我娶媳妇他就不闭眼。他还狠心说，我不娶媳妇就是对不住我那早早死去的亲娘。我一听这话就来气，明明是他自己抽鸦片气死了自己老婆，到头来还怪怨上了我。没办法，他再不是东西他也是我爹，我咋说也得叫他顺顺当当闭眼吧。

族里人开始四处给我张罗，后来图个快当，有人过黄河去山西寻了个嫣蓉回来。嫣蓉那时闪过了好年龄，她父母急着送她出门。事情一说妥，我这里还没动身过去接她，她那边人已经过了黄河。

嫣蓉到穆庄时，我老父亲已昏迷不醒。怪了，嫣蓉往我老父亲炕前头一立，我老父亲竟立时睁了眼——他睁眼没说一个字，只看了嫣蓉一眼，就那一眼，他便蹬腿儿归西。

我就这么糊里糊涂有了个嫣蓉。有人还说嫣蓉对查家有恩——我老父亲死后有个儿媳妇给戴重孝，这就是福。我不这么想，我觉得，我老父亲他再有错，叫他早早去死总不对。父亲一见嫣蓉就死了，这不怪她怪谁？

我看不惯嫣蓉还有个原因：她竟是小脚！小脚原不稀奇，那时年龄长些的妇女都是小脚。可毕竟那时已经民国三十几年，她嫣蓉二十岁不到的年纪，咋就能裹成小脚？嫣蓉的小脚裹得彻底，都没我巴掌长，害得她走路时摇摇摆摆。每回我走她身后都心发慌，担心她跌倒了立不起。

就这小脚嫣蓉，还常对我爱理不理。她有个啥能耐？还不是仗着比我多念了几天书。据她自己说，她早年跟过个老先生，念了些经史子集。似乎她还上过几年新式学堂，不过日本人进占山西，她上学堂的事也中断了。后来她家找过一个先生到她家宅院里教她，可随后她家生意萧条出不起钱，老先生便摔门走了。嫣蓉从山西到穆庄时带着她念过的书，薄薄厚厚的，装了好几箱子，有横写的有竖写的，像是专为了吓唬咱穆庄人。我承认嫣蓉念的书比我多，可她能耐也大不到哪儿去。单就写字来看，她毛笔都抓不稳当，连你爷爷都不如。

原本我并不把嫣蓉当媳妇，家里多数下人也跟着我不把她当太太。查家里外的事从不由她出面，她倒像住在查家的外人。可那回我没办法，我决心出外游玩，其他不能多想——况且你爷爷说她能顶住事，我也干脆信了你爷爷。不管了，好歹她也算媳妇，事情交给她理上不差。随她在穆庄折腾吧，她总不至于把查家的地和房折腾个精光吧。最多不过一年时间，看她能咋样！我走之前想。

之后一年又三个月，我和你爷爷东西南北浪逛了个没停。

朝西，我和你爷爷到了兰州。兰州以西我俩没敢去，据说那些地方自古纷乱，我俩害怕碰上土匪丢了小命，谁也不敢逞能。

朝东，我俩一路去了洛阳、开封、徐州。我说既然到了徐州，该朝东直到海边。不巧那时铁路坏了，你爷爷说他遭不起坐马车的罪，硬是挡了我的驾。

朝南最远我们只到汉口。汉口不愧地属南方，市场里看不见鸡，也寻不见羊，要想吃肉，只有鱼跟鸭子。在汉口，要想吃碗羊肉泡馍，指定是做美梦。

后来，我和你爷爷一路北上到了北京——那时不叫北京，叫北平。北平倒跟咱省城有些像，城方方正正，路和巷子端南端北。北平的人跟关中的人也像，说话办事爱拍胸脯、高举手，可要是遭了失利，早早就垂头丧气没了精神。北平逛完，我有心往东三省走，可你爷爷死命阻拦。他说，东三省那时局势复杂，有的地方归国民党，有的地方归共产党，形势还一天三变。你爷爷问我："咱从国民党的地盘到了共产党地盘，人家不准回咋办？"你爷爷说得在理。俗话不是说了，秀才遇见兵，有理说不清。我于是也怕了。

原本我和你爷爷商量好的，从北平返回庆山行程就算完，不过，在火车上，我变了主意。我那时想，当下返回穆庄的话天还冷着，回去也是受罪，不如干脆不下火车继续走，朝西南，走到哪里算哪里。火车又一路到了宝鸡，在宝鸡下车，我和你爷爷骑驴、坐车到了四川。在四川停了一阵子还没过瘾，我俩南下云南，走走停停最终到了龙云的鼻子底下——云南的省府昆明。直到过完年开春，想着关中天气该暖和了，我和你爷爷才返回，到穆庄时已经是热天。

回穆庄扳指头一算，还说"行万里路"，那一趟走的路程两万里都不止。时间一年零三个月。一年零三个月，时间真是不短了，人一辈子有几个一年零三个月？

那一年多是我在世上最快活的日子，真比神仙还滋润呢。我和你爷爷一天到晚不用操心种地，不用操心纳粮，不用管亲戚家结婚埋人，不用管谁家赌钱输得卖儿卖女……这么说吧，我那时啥都不用管，踏踏实实上山下河、胡吃海喝、听书看戏……只可惜那时我也没个照相机，要有的话我指定能照出几丈长的底版，能洗出铺一亩地的相片。

你还别说，我回了穆庄一看，真应了你爷爷说的，嫣蓉把里里外外的事管得有条不紊。她还把她父母从山西叫来陪她，帮着她照看方方面面。嫣蓉的父母是啥人？山西人嘛，小算盘打得精着呢，查家的事自然能整饬得井井有条。看到嫣蓉把家里管得那样好，我都后悔回得太急，该在外头多逛个一年半载。

我一回穆庄，嫣蓉父母就要动身回山西，毕竟，山西老家还有人家自己的产业需要经管。他们走前，我摆了一桌席面，算是给嫣蓉父母送行，也算谢人家过黄河来帮忙。

第一杯酒下肚，第二杯还没端起，嫣蓉的老父亲就掉了眼泪。我以为是我啥地方礼数不周得罪了人家，赶紧问到底咋回事，他只摇头流眼泪，不应我的话。我这边问得多了，他倒还哭得出了声。

我看嫣蓉，她噘着嘴，照旧自己夹菜，自己端杯子一口一口抿着酒，理都不理她老父亲。再看一边陪酒的你爷爷，他也不说话，端坐着也不夹菜，眯着眼像是在打盹儿。我那时想，好像一桌子人谁都知道嫣蓉的老父亲为了啥事流眼泪，偏偏只糊涂了我一个。我拍桌子问嫣蓉："是不是你得罪了我的老泰山？是不是你背后说了啥不该说的，做了啥不该做的？"

嫣蓉的老父亲看我斥骂嫣蓉，立时停了哭，还说他流眼泪跟嫣蓉没一点关系，都怪他自己年龄大了，管不住皮囊里的水。

过了几圈酒，嫣蓉的老母亲才说了明话。嫣蓉父母当下最发愁的一件事是，他们觉着嫣蓉进查家门的时间不算短了，除去我在外头游逛那一年多，也有一年朝上了，可嫣蓉的肚子就是不争气，一直也不见个动静。他们觉得这事太叫人羞愧，他们对不住我，也对不住查家。

我当时想，还以为有啥大不了的，没生出娃娃也算事？只要肚子在，生出娃娃不是迟早的事？

无论我咋样规劝，嫣蓉父母心里的疙瘩也解不开。后来，他们说打算回山西时带嫣蓉走，在老家那边给嫣蓉寻个先生看看。要嫣蓉身上真有毛病，他们会看着给把病治好。嫣蓉父亲说，自己老家离太原不算远，太原老先生多，药也有名。嫣蓉母亲说，回去后有他们老两口照顾着嫣蓉，我这边大可放心。

我一开始还有些不高兴，咋说查家也经营药铺多年，药铺里还都请着坐堂先生，结果家里人有病却要到别处看。这要传出去，还不成了笑话？可嫣蓉父母终归是在替我想事，我也不宜一口回绝。

我看了看你爷爷，他点了点头。你爷爷一点头，嫣蓉回山西的事就算是定下了。

没过几天，嫣蓉走了。正好我才回穆庄，心里还烧着火，于是叫了个戏班子，在穆庄满满当当唱了半个月的大戏。出门一年多，我处处留心着各处的戏，逛一圈回来，最终还是觉得秦腔悦耳。总算是回了咱关中，自然要先把秦腔的瘾过足，把丢了的兴头一概补回来。

你可能不知道，你爷爷他也痴迷着秦腔。平常走路，他嘴里有时也哼哼唧唧唱戏词，有时连脚步也踩着鼓点子。我叫了戏班子他自然也高兴，天天绝不会耽搁看戏不说，戏班子走时，他不但给人家披了红，还额外加了三十块大洋和两斗好麦。

经了一辈子世事，翻回去想，我才知道，就那几年，也就那几年，我过的是消停日子、安生日子、自在日子。可当时，我竟觉得那日子太松闲，手里没个捉拿，过得绝算不上好日子。我糊涂着想，好日子至少得有点酸酸辣辣的味儿，得嚼起来筋道，不能是软的、有气没力的。如今我才大约算是知道了好日子该有的样子。好日子是胡吃、滥睡、闲逛的日子，也不过就像我的那几年。

4

半个月过后，戏班子一走，一年多的热热闹闹结束了，日子又回到原先的样子，不疼不痒，不紧不慢。你爷爷说我的瞌睡又多起来了，当初四处逛时，我的瞌睡比他的还少。你爷爷还有脸面提说我的瞌睡，他也不想想他身上的肉。当初四处逛时他瘦了一圈，回穆庄没几天他就又胖回了原样儿。走一路丢的肉，他一点没少又长回了身上。

没过多久，省城一个东家带着伙计到穆庄拉菜油，他们三辆大车已进了庆山地界儿,离穆庄也就二三十里,光天化日,路两边冲出一伙人打劫。那东家人清醒,钱都给了人家,就这人家还嫌他缓慢,一棍打伤了他胳膊。那东家带着的几个伙计,立在东家身后看不惯对方,大着声跟人家嚷闹,结果,他们身上、头上都糊了血。

我问那东家:"你们人也不少,还又是刀又是棒,你们咋不跟他们拼?"

那东家叹气:"唉,谁敢动弹,人家有枪哩。"

我和你爷爷一商量,叫那东家赊账把油拉走了。世道原本就不安生,生意上要再欠缺了肚量,往后事就更难推进。

事后,你爷爷寻我说:"东家,世道不安生了,当下那些人还半路打劫,往后说不定要进庄院绑人搜箱柜了。东家,干脆咱也买枪,打刀,长工短工里挑些身体好的,叫他们黑天里巡夜,白天里护着进出咱穆庄的人。"

你爷爷的提议我之前也不是没想过,我早听说周围凡有点家产的大多已经买了刀刀枪枪武装起来了。我没理由不赞成你爷爷的提议,事交由他去张罗,我只叮咛他得抓紧。

几天后吧,我正在后院里和几个长工下棋,你爷爷跑来寻我,说有事商量。那几个长工合起来对付我一个,可他们劲使不到一处,眼看着就要输棋,他们见你爷爷寻我,正好推了棋就跑,我拦都拦不住。

我问你爷爷到底啥事,都等不及我下完一盘棋。你爷爷说其实也没啥大事，县老爷又换人了，他也是才知道。

"庆山的县长两年已经换了三个，再加一个有啥稀奇？爱折腾就由着他们去折腾，咱不过出点钱，又死不了人。你去按老样子封上银圆送过去，他爱收就收，不收更好。一群来回倒槽的驴，都快伺候不起了。"

你爷爷弯腰收拾完象棋，立起，对我说："东家，人家新县长已经上门了，上房里候着你呢。"

到前院时，我先看见前院里撑了两辆自行车。那俩铁驴子该黑的地方黑，赛过锅底；该白的地方白，闪得人闭眼。真是好东西呀！自行车那时是时兴货，跟我结交的东家有人就买了，常骑着出门显威风。

新县长在上房里，正背着手低头看八仙桌上玻璃罩子里的烟枪。你爷爷引见，新县长伸出手要和我握，我不习惯握手，怕握不好，对他拱了拱手了结。新县长叫邱忠孝，好记，忠孝两全嘛。他自己说他才从山西赴庆山任职没几天，当日从官道路过，听说离穆庄不远就顺便拐上来拜会我。

寒暄完后，我吩咐人快去准备酒菜。人家好歹是县长，这也是个礼。新县长摇摆着胖手说他公务缠身，很快就要走，往后有了空闲再过来一醉方休。

新县长是个秃子，圆盘盘脸泛着油光，锃亮的头皮能当镜子照。他一说话就眯了眼笑，话说完半天，脸上的笑还会余一多半散不尽。

你爷爷给新县长递了纸烟，新县长吸了两口，指指玻璃罩子里的烟枪对我说："德贤兄，中华民国是禁烟的，你这里……不会不了解吧……哈哈，呵呵。"

新县长的笑声干巴巴的，好像一个火星就能点着。

我说："县长，菜刀能杀人还不容人卖菜刀了？再说，烟枪是死的，没了烟土那就是一疙瘩铜。咱乡下人不懂事理，要说错了，县长原谅！"

新县长嘿嘿笑了，不说话。

你爷爷忙打岔，问新县长爱吃羊还是爱吃兔，他好去预备了县长走的时候带上。山里人也没啥能拿出手的，一点肉干不值几个钱。

说话的空儿，我朝门外看，太阳底下，院里撑的那两辆自行车锃光瓦亮，看得我着了迷。

新县长看出我眼馋自行车，站起身，叫他的人推一辆到台阶上，指着那自行车对我说："德贤兄，好眼光。这车呀，英格兰货。"

我那时不懂英格兰属哪里，还转身问你爷爷，他也摇头。

新县长问我喜爱不喜爱，我说："好东西谁能不爱？"

"好，留这辆给德贤兄。"

我当时都不信自己的耳朵，世事还能颠倒着来？民还没给官进贡，官倒反过来送自行车给民。

我和你爷爷抢着推辞新县长的自行车，可人家死也不行，说："我当着底下人说的话咋能往回收？要收回了，往后底下人谁还信我？"

没办法，我说那必须得付钱，县长的自行车多少钱买的我出多少钱,只要县长说出个数,我绝不打绊子。新县长一直笑,不说话。

喝完一壶茶,新县长告辞要走,拽都拽不住。我和你爷爷送他,出了门,他骑自行车在前,几个随从骑马在后。他留了一辆自行车给我,他的随从里有两个只能合骑了一匹马。

新县长走后,我和你爷爷好几天都想不透他。新县长上门,没说一个字的正事,时局啦,粮税啦,治安啦一概不提,喝茶时也只说风土人情、节俗习惯、小吃特产,他的所为叫人丈二和尚摸不着头脑。临走,他还硬留下一辆自行车,车钱也不收。世上咋会有这事?县长也开始做起了赔本买卖?

终了我对你爷爷说:"不管了,不管他邱秃子耍啥心眼,自行车在咱手里,先骑上再说。"

新县长一离开穆庄,我和你爷爷就把他叫成了"邱秃子"。他头顶上一根毛都不长,光光亮亮,不叫他个"秃子"太可惜。

你爷爷也点头同意自行车我先骑着,他随后会打听那自行车的价钱,打听明白后一定把钱送还新县长。县长老爷的便宜万万占不得,他的便宜里有火,要烧手呢。

打定了主意,我把那辆英国自行车推出了门,我和你爷爷一起开始学骑自行车。那自行车呀,我一天就能骑走;你爷爷就不行了,他人胖,几天都学不会。后来,多数时间成了我在前头骑,他跟在后头跑。你爷爷胖,跑不了多长时间就丢盔弃甲。那时,我偏故意骑快,你爷爷的样子更显狼狈——唉,我这人心不善,一直爱看你爷爷出洋相,也不知道他心里骂没骂我。

又过了几个月,嫣蓉自山西返回。她一进门,查家院子里的长工短工就欢喜疯了——嫣蓉的肚子鼓起了。

嫣蓉进门时,我还在庄子外的空地上看你爷爷领着七八个人练大刀。等我见着嫣蓉,她已经洗换停当坐在了炕上,腰后头垫着个大枕头。

"咋回事?"我问她。

"啥咋回事?我快回山西时的事,还问!"嫣蓉回了趟山西脾气还没变,板着脸,翻着眼看房顶棚,就是不看我。

我立马吩咐,从今往后一定得伺候好嫣蓉,吃喝上不能怠慢,穿戴上不敢马虎。里外相关的人个个都当我面应承了我。

自那以后,嫣蓉更觉出了自己金贵。她本就脚小,加上身子变沉,坐低就喊叫难受。我托人从省城给她捎了把四川藤椅,她喜欢得不行,整天拉着藤椅坐在房檐下看她最爱看的《红楼梦》。《红楼梦》那书她有好几本,整天攥在手里,看完这本换那本,没完没了。《红楼梦》那书我也翻看过几页,都写了些男男女女、来来往往的事,我没看出有啥热闹。我敢说,整个穆庄不会有第二个人爱看那书。嫣蓉死后,那几本《红楼梦》我都烧给了她,料想她在阴间仍旧整天攥在手里。

嫣蓉的肚子一天天变大,她的脾气也随着水涨船高。比方说,要在以前,我凶她时,她连抬眼看我的胆也没有;可自她挺起了肚子,她对我仍爱理不理不说,有时竟拿白眼斜我,仿佛她的眼神是刀子,正在割着我的脸。另外,那时看多了嫣蓉,我才知道嫣蓉的模样不难看,真要说,似乎还称得上好看呢——只怪我从前不愿正眼看她。

干啥的人操干啥的心,那时人人整天关心嫣蓉的肚子,你爷爷却忙着寻嫣蓉从山西带回的两个随从的毛病。

跟着嫣蓉来的那两个人是山西口音,这造不了假。嫣蓉说他们是老家那边的下人,她爹妈怕她回庆山路上出事让她带的。这话倒没啥说不通。可送嫣蓉顺利到穆庄后,那俩家伙就该回山西了,偏偏嫣蓉硬要留下他们。嫣蓉说,她老家的生意萧条,快要养不住多余的人。她求我留那俩人在穆庄,给一口饭吃就行。我没说的,叫你爷爷去安顿。

那俩货一交给你爷爷管,你爷爷就三番两次寻我,说他咋看都觉得那俩货不顺眼,不像好人,弄不好是拿过枪的主儿。

我去问嫣蓉,问她那俩人是不是摸过枪,嫣蓉翻了我一眼说:"这院里的男人有几个没摸过枪?"只她这一句,我就没话说了。查家院子里咋会有没摸过枪的人呢?你爷爷刀刀枪枪已经弄回了一大堆,还说不够,说得买更多的枪,争取叫耍刀的都端上枪。

最终,我没听你爷爷劝,留住了嫣蓉从山西带回的那俩货。倒也不是我偏要跟你爷爷作对,我想的是,就是他俩有坏毛病,比方说手脚不干净啥的,但毕竟是在穆庄,小泥鳅也翻不起大浪头。

新县长送给我自行车,我打死也不该收,可我收了;老祖先说过"渭河拦不得,女人信不得",我偏轻信了嫣蓉。这就叫命,命把人往曲里拐弯的路上引,躲也躲不开。命呀,把每个人的脖子捏得死死的。

5

一九四八年春，一个大早晨，天有些凉，也没明透，我起早了，一个人在院子里转了一圈，家里的人要么还在睡觉，要么就忙着。我抬头看看天，低头看看脚，心里烦乱，推了自行车出门。

我那时骑自行车，常常会叫你爷爷一起，我不想骑时由他骑，他不想骑了我再骑。那天时辰过早，我想着要去叫了他，他嘴上不说，可心里指定不高兴，也就没去拍他的门。

我一个人骑自行车在穆庄外晃荡，路上没人，四下里只有我咣当咣当蹬自行车。当时，麦子已经起身，树草刚刚绿透，才下过雨，凉到有些冷。

我一个人骑自行车没人换，越骑越热，头上冒了汗，夹袄里的衫子也贴在身上。

我撑住自行车，斜靠在车座上歇着。我在身上摸，后悔没带纸烟。我那时已经开始抽纸烟，你爷爷外出回时必定给我捎些。纸烟抽起来到底便利。

就那时，我听见了鞭子声。我回身看大路，两驾大车刚翻上土崖，正不急不慢朝穆庄来。

我心里疑惑：天刚明，大车咋就到了穆庄？要那时间大车就到穆庄，车把式不是要半夜就套车？

大车到了近前，离我两丈多远停住——我的自行车在路中间撑着，它总不能从我自行车顶上飞过去。

大车一停，拉车的马呼哧呼哧喘气，四周当下有了火热劲。

我细看那两驾车,都是轱辘上钉了皮子的好车,难怪我一开始只听见马鞭子声,听不见木轮子车跑起时轰轰隆隆的响动。两驾车的车厢鼓鼓的,该是装了货;车厢上还遮着油布,里头是啥看不出。每驾车上坐了两个人,大车后还跟了匹洋马,马上挺着胸脯端坐着一个人。

那时天才明,我还迷糊着,车上、马上的人看不大清,只想着他们应该不是庆山人。要是庆山人赶大车在路上,没人时定然会吼几声秦腔。

得问点啥吧,我当时想。

我站到自行车前,正对着马车,喊说:"嗨,去哪里,你们?"

对面的五个人都不答话,盯着我看。

"咋不说话?我是穆庄人,穆庄的大车我都认得,你们不是穆庄的……你们该不是来我的油坊换菜油?"

马车后的大洋马缓缓绕到我面前。我仔细看,挺着胸脯骑在马上的咋是个女子!女子年龄不大,穿男式的衣服,脑袋上还扣了个怪溜溜的帽子。她右手提着马鞭,马鞭一直在自己的皮靴帮子上敲。我仰头看她,她低头看我。

"当前站的,是查德贤东家?"这就是她对我说的第一句话,我当下还记着。她说话的声音很好听,脆生生、甜丝丝、光溜溜,跟唱曲儿一样。跟她比,庆山人说话咬字太重,就像狠心要把每个字咬碎咽进肚子。

"为啥你认得我我不认得你?"我觉得怪。

姑娘笑了,骑着的马也松劲了,开始嗒嗒挪步子。她跳下马,走近我，走着说着："难怪我听说，到了穆庄见哪个骑自行车哪个就是德贤哥。"

她到我跟前，拍我的自行车座子，说："还是英国货！"

"我不认得你这妹子，你凭啥叫我哥？"我问她。其时，她离我不到三尺，小个子，皮靴带着跟，头顶与我鼻梁平齐。

她说："嫣蓉是我姐，我还不该把你叫哥？"

我说："嫣蓉没有妹子，你哄我。"

"亲妹子没有，表亲妹子还没有？"她用马鞭敲着我的自行车说着，"见了她本人不就知道了？"

"是亲戚就好。走，往回走。"我说。

我推着自行车，姑娘拉着她的马，我俩走最前头，大车也缓下来跟在后头。没走出多远，姑娘说她想骑我的自行车，我问她会不会骑，她说骑过，骑不好。我让出自行车给她，她骑了，晃晃悠悠大约能骑走。

她骑自行车，我帮她牵着马。我问她能不能骑她的马，她说她的马认人呢，不怕摔下来就骑吧。我对她说："查家院子里多少年来时时都会最少喂上两三槽马，我能骑不了马？"

我上马，没费力气就把她的马治得顺顺溜溜。我骑她的马，她骑我的自行车，一会儿我超了她，一会儿她越了我——她能到前头其实是我在让她。

快进穆庄时，她又撒欢儿把自行车骑到了前头，我骑在马上看她的背影，听她欢笑。我就不明白，世上咋能有那样快活的人？至少，嫣蓉就跟她不一样，穆庄也没有哪个姑娘像她那样，真是没见过。

她在前，我在后，记得我那时说，她知道我的名字，我还不知道她的名字。她回头，笑着喊说："沉香，廖沉香。"

我当时想：咦，叫这名字？难怪我跟她并排走时闻见了一股没来头的香，我还以为是她上了胭脂打了粉，细看，她脸上亮亮透透啥也没涂抹。

我领着沉香进院子时，嫣蓉已经起了，挺着大肚子坐在上房，一手在一个小碟里捏瓜子嗑，一手跟往常一样攥着《红楼梦》。

我先进的上房，对嫣蓉说："沉香来了，沉香来了！"沉香紧跟在我身后，闪出脸就甜甜地叫"嫣蓉姐"。嫣蓉站起身，迷迷瞪瞪看着我和沉香。这没啥怪的，她惯常就是那种叫不灵醒的样子。

我拉沉香到她面前，说："沉香呀，你表妹，不对？"

"分开久了，嫣蓉姐眼生了。"沉香说。嫣蓉还在低着头小声嘟囔，沉香上前拉起她的胳膊对她说："嫣蓉姐咋能忘了？我是三哥的妹子，收了你的信才来的。"

嫣蓉攥在手里的《红楼梦》哗啦掉在了地上，她红了脸，手抖着，连连点头。

沉香拾起地上的《红楼梦》递还给嫣蓉，说："德贤哥，看吧，想起了不是？"

嫣蓉指派我快去厨房给沉香安排饭菜，她自己则拉起沉香的手不丢开。

一出门，我就碰上了你爷爷。我停下，他也立定，对我说："东家，前院里来了两驾车，车停进院子了人还不下车，车也不下货。我问车上人从哪里来，为啥事进的院子，车上的人叫我来问你。"

我对你爷爷说那是嫣蓉娘家山西那边过来人了，嫣蓉的表妹，叫沉香。

你爷爷皱起眉头说："东家，我多嘴一句，也可能是我多心，我和车上那几个人照了个面儿，总觉得他们面不善，我这心里不踏实。"

我也算跟你爷爷一起从小长到大，他那人有个长处，心思缜密，好多事能想到他人前头。他也有个要命的短处，就是太倔，一根筋认死理，谁的脸面都不顾——当然，他也不会事事如此。

我不放心你爷爷，担心他进去没完没了地盘问沉香，弄得好像人家刚到，我就把人家往出赶。于是，我干脆拉了你爷爷一起到厨房安顿饭菜。

我和你爷爷叮咛好饭菜的事回到上房，嫣蓉和沉香已经椅子挪在一处，头凑在一起有说有笑了。

我小声对你爷爷说："看人家姊妹，多亲热的！"可你爷爷毕竟还是你爷爷，他一和沉香搭上话就开始东磕西敲探问：一会儿问为啥要走夜路，不怕路上碰见土匪；一会儿说到快要走时一定得提前说，容他有个准备。

沉香一开始还好好答复你爷爷问话，后来见你爷爷越问越细，越问越不着边际，脸色就不好看了。嫣蓉原先跷着腿，你爷爷探问沉香没几句,她就不跷腿了,书重重拍在了八仙桌上。再后来,嫣蓉压不住火,对你爷爷说:"管家,我娘家人才进门,其他事往后再说。"我也看不下去了,叫你爷爷快去传饭传菜,说沉香路上已经在说饿了。

你爷爷出去后,嫣蓉才对我说:"沉香妹子得在穆庄住些日子了,她山西老家遭了土匪,家里人叫她拉了些家当过黄河来穆庄避难,等山西那边平静了才能回去。"

沉香笑着说:"也不知道德贤哥愿不愿收留我这个落难的亲戚。"

我说:"这还用说?亲戚嘛,自然应该相互帮衬。来了就住,放心住,只要你愿意,住一辈子都行。穆庄还能管不起你一碗热饭?"内心里,我巴不得沉香在穆庄多停些日子。

沉香赞我说:"姐夫真好!"

随后,我安排人给沉香腾了个院子,那院子朝里朝外各开着门,沉香出进方便,其他人也碍不上她。嫣蓉也高兴沉香住下,铺的盖的涂的抹的拿出不少分给了沉香。

至于沉香大车上拉的东西,我说叫人帮着卸,她不愿意,说她带的人就能卸,又不着急走,慢慢搬。我说她:"沉香,这事咋能叫亲戚自己费力气?话要传回山西,还不叫亲戚笑话咱关中人不明事理?沉香你放心,不管你车上装的啥我也不会眼红,你上到屋顶朝下看,你眼能看见的庄稼一半都是我的,我富着呢。"

大车上那些箱子后来传言装着韩老三的金银。反正箱子里装的东西谁也没亲眼见过,传言一直是传言,没有坐实。

6

沉香到穆庄没几天就跟里里外外的人打成了一片。她人水灵，嘴又甜，见谁都招呼，辈分上也向来就高不就低，谁见了她都喜欢。可她也给我惹下个麻烦：谁要为她做点小事，比方说扫个院子、叠床被子、洗个衫子，沉香就给赏钱；钱倒不多，就是不会叫人空手走。你爷爷专意对我说了这事，我也觉得该提醒提醒她。

"沉香，穆庄住着咋样？有没有在山西好？"我先问沉香闲话，就像提着铳去打兔子，得先慢慢往近靠，朝前急了，兔子早跑走了。

沉香话简单，就说了一个词——乐不思蜀。"乐不思蜀"这词我还算懂得，知道是说刘备的儿子刘禅的。我说她说错了，应该说"乐不思晋"。

闲话说毕，我板起脸对她说："沉香，得给你说个事，事倒不大，你也不要太往心里去。我不知道你们山西的规矩是啥样子，反正按关中的规矩，东家就是东家，雇工就是雇工，东家和雇工得有个计较，要不然的话，东家树不起威严，长工没个忌讳，事就不好办了。我说的你能理会？"

沉香摇头。

我干脆直说："沉香，你以后别跟下人走太近，也不要总在庄子里四处惹眼。你还是姑娘，太随意不好。"我说话时，沉香一直笑盈盈地看我，看得我心里毛毛的，像干了亏心事。"还有，你往后不能随意给人赏钱，你不懂他们下人的心思。这么说吧，他们干活，你给了他们赏钱，你以后走了，我不给赏钱就使唤不动他们了。你这不是害了我？"

沉香笑说："德贤哥放心，每回给赏钱我都说是你指派我给的，他们都把好处记在了你头上，都夸你是好东家呢。"总算沉香还有点心眼。

我承认，自沉香到穆庄，我没少和她在一处。我有时跟她一起骑自行车。两个人骑自行车好，一个骑乏了另一个能换。也不是我不愿意跟其他人一起，穆庄那时除了沉香与你爷爷还真是没第三个人会骑自行车。

我还引着沉香把穆庄四周的沟川都走了个遍。沉香心野，就爱上山下河，爱爬高上低。她说自己念过不少书，她就是跟穆庄的多数姑娘不一样。穆庄的姑娘没事不愿出门，更不要说四野里游逛。

要是沉香不愿走动，我就去她院子里与她说闲话。穆庄的姑娘媳妇坐到一处，只会说东家长西家短；沉香从不说那些，她只说大事，国家的、山西的，过去抗日的、将来可能的。我也有沉香爱听的事，就是我和你爷爷前一年游历全国见的种种新鲜。她说我去的那些地方除北平外她一处也没去过，听了我的讲说，就好比她也走了那些地方一趟。我后来找到了治沉香的办法：她要不听我话，我就说以后再不给她讲我肚子里那些游历全国的新鲜事。只要我这么一说，沉香准会赔上笑来求我。

后来下人们都开始传闲话，说我打算收了沉香当二房。他们那些人只敢私下传，没人敢把话说到我当面。你爷爷就不一样，他常说，在我当面他要学唐朝的魏徵，我做的有不合他意的他必然当面提，他才不会给我留情面。

那天，他特意拦住我对我说："东家，有几句话我得说到当面。东家，不止一个人对我说，说你离不得那个沉香，天天得寻她，一天不寻她饭都不吃，觉都不睡。有这事没有？"

照你爷爷的脾气，他肯定不高兴我和沉香多往来。他常说，人做事得讲规矩，坏了规矩可不好。我跟个没嫁人的姑娘钻在一处，在你爷爷看来，肯定算得上是坏了祖先立下的规矩。我当年也尽量避开他的指教，比方说，你爷爷在世时我连狗都没养过，更别说像我结交的有些东家还提个鸟笼子或端个蛐蛐罐儿——有啥办法，你爷爷爱摇头晃脑说一句："玩物丧志呢！"

你爷爷问我，我不敢承认。我说："不可能，这是谁说的？敢不敢叫来问？你也知道，沉香是亲戚，我多陪陪亲戚有啥不对？"

"那就好，我也就不说了。"你爷爷爱说半截话，剩下的意思叫人自己琢磨。

你爷爷转身要走时，我叫住他，对他说："你给我听好了，一个是姐，一个是妹，我还没糊涂到认不清子丑寅卯。"

你爷爷走了，我心里半天静不下。有些话我不能对你爷爷说，我总不能对他说，我看上沉香了，我一辈子头一回觉得看不见一个人或者听不见一个人的声音就浑身不自在。

当天，我和沉香游玩到离穆庄不远的桃花坡，我对她说："沉香,你不知道,每年坡上桃花开时,粉茫茫一片,几里外都能闻见花香。要是谁从更高处往下看,肯定只能见花,见不着一星点树底下的土。"

沉香说:"好呀,我最爱看桃花,明年桃花开时我一定得折一大捆插在我院子里。"可随后,她又低了头说:"也不知道我明年还在不在穆庄。"

我想,我一定得把沉香留住,至少得留到明年桃花开时。可我又想,人家沉香终归是个姑娘,有些事她不能自己做主。于是我安慰她:"沉香,反正你当下还在穆庄,桃熟之前你总不会回山西吧?沉香你有口福了,我知道这里哪些树上的桃最甜。"

沉香笑了,问我:"真的?同一面坡上长出的桃还不一样甜?"

嫣蓉知道我和沉香走动多了,有些不高兴,鼻子不是鼻子眼不是眼。她不坐上房的房檐下了,叫人把她的藤椅搬去了村口的槐树底下——手里仍攥着她的《红楼梦》。有人背地里对我说,他路过槐树看了,嫣蓉就没看书,闭着眼像在睡大觉。

一天,风大,嫣蓉坐在大槐树下不回。没法子,我到槐树下叫她。我看见她攥着书斜躺在藤椅里,闭着眼,真像是睡着了。

我想把她手里的书抽了放好,手还没碰到书,她说话了:"你来干啥?"

我吓了一跳,她没睁眼就知道是我。

"管家叫我来的。风大,往回走吧。"我说。

"管家不叫你来,你就不来?"她反问。

我没办法回她，只因她说了实话。要不是你爷爷专意提起，我才不乐意到她面前由着她横挑鼻子竖挑眼。

"你今儿个……咋没去寻那狐狸精？"嫣蓉仍不睁眼。

"你咋能说出这话，她好歹是你表妹！"我不高兴她把沉香说成狐狸精。

嫣蓉咬着牙说："我才不管她是谁，狐狸精就是狐狸精。"

我想不如先走算了："你不回的话我先走了。风大，你快些回。椅子你不用管，你走了会有人来收。"

嫣蓉突然圆睁了眼，瞪着我说："你走，你走，你快些走！哼，狐狸精勾走了你的魂，她那里都快成了你的潇湘馆！"

我没听懂她的话，多年后问过了有文化的人才知道，《红楼梦》里头，潇湘馆归贾宝玉的相好林黛玉住。嫣蓉是把我说成了贾宝玉，把沉香说成了林黛玉。

嫣蓉话说完，把手里的《红楼梦》甩在了我身上，说："拿去看吧，到处都是你们那样的红红绿绿、狗狗猫猫的事！"

我没接她的话，捡起地上的书扔还给她。她没接书，任凭书在她身上打了几个滚儿落回地上。我懒得再捡那书，转身就走——穆庄的男人对媳妇能做到我这样子，足够了。

走出去一两丈远，我听见嫣蓉在身后喊："有本事收了她当小，挡你我就不是人！"我不理她，她喊她的，我走我的。嫣蓉哭了，接着喊："走着看吧，终究要悔青你的肠子！"

女人毕竟是女人，媳妇毕竟是媳妇，到了后响，嫣蓉乖乖回了，还自己拉拽着藤椅，藤椅腿儿蹭在地上咯吱咯吱响了一路。

7

嫣蓉的肚子一天大过一天，走路时得一手在前托起肚子，一手在后撑住腰，穆庄多少媳妇怀娃生产没见过谁像她。下人们都说全怪她身子懒，啥活也不干，一天到晚坐在藤椅里。

一个算卦的找上了门说要给嫣蓉算一卦，你爷爷偏信那些，把他引到了我当面。我不信推卦算命，看你爷爷的面子就见了他。

那算卦的褡裢在肩，头戴毡帽，小脑袋，山羊胡。互相打过招呼，我好奇他咋想起来到穆庄，问了他。算卦的操着西府口音、摇晃着脑袋说，他夜观星象看到穆庄上空有异象，于是就来了。他的话太离谱，我笑了，你爷爷脸上立时也不好看。他见糊弄不过，说出他是在集上摆摊算卦时听说穆庄查太太有了身子，肚子大到没人见过。他虽以算卦营生，可祖上世代行医，因此才有胆量到穆庄。要我这边不愿给太太推卦，他能把脉呀，他手一搭就能知道娃娃在肚子里好着没有。

见他已经来了，我想着由他给嫣蓉看个脉，求个安心也好。可嫣蓉脾气倔，不信一个算卦的还能看脉，半天不露面。你爷爷去磨了半天，她才出来伸出了胳膊。

算卦的恭恭敬敬给嫣蓉号了脉，还东一句西一句问长问短，又尺子转一圈给嫣蓉量了肚子。嫣蓉走了，算卦的要了茶水点了烟袋才说："不瞒东家说，照我看呀，是大喜！从脉象上看，太太腹中乃是天下少见、世间少有的双龙双凤胎。此胎在下先前只是听说，今日乃是头回遇见。查东家，大喜大喜！"

我也不是没跟算命的打过交道，他们跟主家说话，哪回不是先说上一大堆好听的，等主家高兴得晕了头，他们才话头一转，说"万全里有不足"，或者"好事里藏着毛病"，必须得破财消灾，等等。

你爷爷当然也懂这些，他先发制人问算卦的："就这些？要是还有啥我们这些人看不出的、想不到的，先生你明说。"

"管家说得好。照我看，太太当下时时眉头紧锁，印堂泛青，步履迟缓，这都是不祥之兆。要这些征兆放到平常人身上，那也没啥大碍，调理调理就好，可这些统统聚在了太太身上，这就成了大事，是关乎性命的大事。"

我点了头，想看他还能说出啥。

"恕在下直言，太太怀了这稀奇少见的双龙双凤胎，加上又有了我刚说的那三种不祥之兆，除非太太能用上在下祖传下来的偏方，不然的话，查东家呀，大人娃娃只怕得有性命之忧。"

"你的方子不便宜吧？"我说。

算卦的摆手说："我说东家，救命的方子，咱不能论贵贱。"

"说价吧。你不说我也不知道该出不该出，该出多少。"我说。

算卦的不敢看我，转过头看你爷爷，随后朝你爷爷伸出了一个指头。

你爷爷问："一块大洋？"

算卦的摇了摇头："看管家这话说得，东家这么大的排场，大小五条人命，区区一块大洋？一块大洋，在下连开方子的胆都没有。管家，在下这一指头说的是现洋十块，您先只出五块，下欠的五块将来母子平安我再来拿。管家，您思量这合不合理？"

"合理，合理。"你爷爷胡乱点了点头随后转脸看我。

我问那算卦的："你平常号个脉收多少？"

"不瞒东家，在下平常遇的那都是些啥人家嘛，自然不能跟查东家您比……三块五块吧，也有一块两块的……"算卦的磕磕绊绊说。

"送客！"我起身对你爷爷说。我向来不愿旁人因我有些家产就思量着算计我，旁人三五块大洋能办成的事，凭啥就要收我十块？这样的事，我绝不容许。

算卦的见我坚决，摇头，随后说价钱还可以商量。他一说价钱可以商量，连你爷爷也不犹豫了，扯着他袖子把他从我当面拉走了。

你还别说，那算卦的后来倒成了要紧人物，我还救过他一命。

"东家，我思量着，刚那十块大洋咱划得来出……"你爷爷送走那算卦的折回来对我说。

人都送出门了，我总不能出去把人拽回来。我对你爷爷说："人家连脉都不想叫人搭，回头还能高高兴兴一服一服吃中药？咱省了这份心吧。"

8

沉香住到穆庄二十来天后，你爷爷避开人寻我。他说嫣蓉带来穆庄的两个人跟沉香带来的那四个人竟然认得，还臭味相投，爱凑到一处喝酒。你爷爷多了个心眼,派人偷听了他们的酒话。从他们说的话看,那两拨人到穆庄之前必定是认得的。可按嫣蓉和沉香一开始说的,因沉香一直在北平,嫣蓉在山西,姊妹俩虽是亲戚,已多年没见过面。这么说来,事情的前前后后、丁丁卯卯好像对不上了。

我问你爷爷:"能不能确定?不敢是咱的人出了偏差。"你爷爷说:"错不了,那几个货一起喝酒又不是一回两回了。他们没酒量,一喝就多,喝多了就声大,聋子去听他们说话都能听分明。"

我平生宁愿人打我骂我,也受不了人哄我骗我把我当猴耍。我吩咐你爷爷去安排,把有干系的人叫到一处,三对面,得叫事情水落石出。我对他说:"嫣蓉也得到场,我倒要看看到底是谁说了谎话。"

我也知道你爷爷做事讲究个有备而来,凡他能对我说的事,他肯定早有了谋划。果不其然,当天晌午,你爷爷就打着我的旗号把人都召聚到了上房。

我后进的上房,我一进去还以为是站到了戏台子上:上房中间摆了张长条桌,桌后有太师椅,你爷爷叫我坐太师椅,他自己立我身后。长条桌前一边立了三个人,人人手里拄根棍子。亏那棍子没漆成一半黑一半红,要不然,就真跟包公戏里王朝马汉的棍子一模一样了。靠另一边的圈椅里坐着嫣蓉,她气呼呼的,手里拿一把扇子瞎摇晃。沉香立在嫣蓉身后,一眼都不瞧我,瞪着你爷爷。那六个山西跟来的人到场三个,你爷爷附在我耳朵边说:"其他三个我也叫人看着,跑不了。"

人齐了,可半天没人发话。你爷爷也是,他挑起的事,自己不愿开场,咳嗽着催我先说。

嫣蓉惹不起,我从沉香开始。

"沉香,事情我想你也听说了。是这样,兵荒马乱的,有个风吹草动,管家他心里就不踏实……这事不是针对你,他是担心底下人欺瞒你我……沉香,一会儿你有啥说啥,别见外,啥事有我呢。"

沉香还拗着不说话,没办法,还得我一个人唱独角戏。

"沉香,那你先说说你来时车上装的啥,自然,你不说我也知道……不过,你还是说说吧,说出来了大家心里都亮堂。"

这话其实是你爷爷叫我问的,他心眼多,能想出问东问西。

"不是说过嘛,老家闹土匪,避难搬出些家当。"沉香看了我一眼,嘴噘了起来。她一噘嘴,我只能回头看你爷爷。

你爷爷终于发话了,他说:"你……你家做啥买卖,黄货白货要大车拉?"

那时说的黄货是金子,白货是银子。你爷爷说的别说旁人不信,我都不信,估计他自己也只能信不到五成。为啥?那时票子不值钱,要敢拉两大车的黄货白货,半个县的地都能买到手,世事还不乱套了!

"谁对你说车里都是黄货白货,你亲眼看了?"

你爷爷一笑,说:"翻山越岭从山西拉来关中,不是黄货白货能是啥?是石头还是锄头?是麦子还是栗子?"

"哼,我也不跟你辩。明说吧,金银又何尝不可?往上数一百年,我廖家就开了票号和钱庄。就是当下,太古孔家的银行里我廖家也占着股份。太古孔家的权势管家你不会没听说过吧?想想看吧,有孔家这大树遮阴,再多的黄货白货对我廖家算个啥?"

"我不信!不信!"你爷爷当下红了脸。

再问下去,你爷爷肯定会提出到沉香院子里查探,还得他亲自去,这种事他绝对干得出。

我插话挡了你爷爷,觍着脸对沉香说:"沉香,我说沉香,世道是这样子,谁的心里都吃着劲,一不小心惹火烧身对谁都不好。好了,不说这些了,咱说旁的。我昨儿个听人说,随你一起到穆庄的四个人跟先前你们山西过来的那两个人竟认得,熟到长辈晚辈都来往。沉香,记得你说过你一直在北平,你和你姐也有些年没见了,可你俩带的人那样有交情,这我想不通。亲戚就该不遮不掩,我昨夜为这事睡不着觉,我只怕你叫人缝进了鼓里,往后由着人在头顶敲声。"

嫣蓉手里的扇子不摇了,沉香看看那三个她和嫣蓉带来的人,随后回头只看嫣蓉手里的扇子。那三个山西来的人低着头,像干瘪了的丝瓜。

你爷爷正得意着,嫣蓉忽地立起,挥着扇子对我说:"查德贤,你耳根子到底是啥做的,跟上旁人找自家亲戚的碴?有没有自己的主张呀你?这么弄事,你就是当了皇上里外也得叫太监降着!"

一圈人都瞪起了眼,谁听不出嫣蓉在骂你爷爷是"太监"?

嫣蓉一定是急了，先前从没见过她的嘴凌厉成那样。

谁也没想到，三个山西人中一个糊涂蛋突然冒出来，说："东家，咱几个真不认得，咱几个一处耍钱才认得的。这不带编瞎话的。"

"闭嘴！这地方有你说话的份儿？驴槽里还伸出个马嘴！"你爷爷大声说。他正在气头上，模样就像要吃了那小年轻。

那个山西人慌忙低了头，登时没了气势。

"猖狂！"这回是沉香一声呐喊。她走到你爷爷当面，手指着你爷爷的鼻子说："我早知道总有这一天！自我到穆庄，只见你四处寻我的毛病，你还不是为了早早撵我走？你派人跟我，你偷听我说话，你就差翻我的箱子，搜我的铺铺盖盖。哼，有人高看你，你就忘记了你是谁。听好我的话：东家终究是东家，下人终究是下人！"

沉香的话过分了，我都不敢那样对你爷爷说话。我老父亲在时就叫我把你爷爷当兄弟，我也已经习惯把他当自家人，不分啥东家与下人。再者来说，我老父亲说过，查家兴旺了多少代，中间最要紧的缘故就是不能把下人当下人，不能摆东家的臭架子。沉香那些话，听了就知道是没当过东家的人说出的。

你爷爷知道我偏心沉香，没办法发火。沉香得寸进尺，又说："谁对你们说过东家不在一处下人就不能结交？山西人的生意，多少都在亲戚、熟人间来来去去，没一个人敢说东家不在一处，下人就不会结交。大户就是大户，小户就是小户，你们因在这山里见过多少世面？因在这里能明白多少大户的规矩与排场？"

我了解你爷爷,他好面子,除了我老父亲与我,旁人敢指教他,他指定要扳回。我看他瞪着沉香,咬着牙,怕他说出没边没沿的话,忙站起挡在他身前,还伸手拉沉香,想叫她快走了事。可我手刚搭上沉香的袖子,她撒泼一样对上了我:

"查德贤,你看不起落难的亲戚趁早说,我当下就套上车走。山西回不了,穆庄容不下,我还不信世上没一个愿收留我的地方。当下,多少人去奔上海,去奔香港,还有人出了国,这破烂穆庄有啥好?走吧,嫣蓉姐,咱一起!"沉香退回去,手按在嫣蓉肩膀上,"姐,你要不愿走我也不怪你,可你得容我把你的苦说回咱山西。我要说关中人看不起咱山西亲戚,姐在这里受东的气受西的气,终了还要受下人的邪气……"

嫣蓉哇一声哭了。旁的话不说,沉香说嫣蓉在穆庄受气说在了她心坎上。她几回当我面说我从没想着叫她高兴,只知道跟她置气,她的结局必定是叫我气死。我当时想,你也没想你有没有给过我好脸色。我还偷着把我和嫣蓉的八字给了你爷爷叫他去查——当年嫣蓉到穆庄仓促,看八字一步就省了——你爷爷寻人看的结果是:我俩不是夫妻,是冤家。

沉香弯腰拍嫣蓉的后背,又掏出手帕递给她。嫣蓉想立起,沉香搀扶着她,她俩活像戏里的莺莺与红娘。嫣蓉立起就走,走时还在哭,我只能由着她们走,我又不能当着那么多人的面挡她。那时也不见嫣蓉嫌弃沉香了,两个人胳膊挽胳膊,像亲亲的亲姊妹。

嫣蓉、沉香一走,我和你爷爷晾在了当场。我心想,这叫啥事嘛,都怪你爷爷鲁莽。

我摆手叫你爷爷带上人也走,你爷爷带人退走。他们刚出门,我就听见有人笑出了声,随后又听见你爷爷骂人的声音。那些下人着实过分,笑起来连你爷爷都敢不避。

沉香后来还闹着要走,没真走,我叫人一劝也就再不提走的话了。嫣蓉不可能走,她挺个大肚子,能往啥地方去?

你爷爷事后还是把那六个山西随从撵回了山西。你爷爷给了他们每人十块大洋,看沉香和嫣蓉的面子,我给每人又加了十块大洋。听下人们说,他们拿着大洋走时高兴得像过年。

我和沉香中间算是结了疙瘩,一开始我都不敢再去她院子。还好,沉香年龄小,没多久眼里就又能盛得下我了。只不过我去她院子少了,两天只一回,不像当初一定得每天跟她见面。我一回也不去沉香那里也不可能,我喜欢听她说话,听她唱戏。她唱的叫上党梆子,真好听。有一折叫《小寡妇上坟》,她唱得水水丝丝的,谁听了都会觉得婉转怡人。

沉香,"三堂会审"主角里的一个,你知道,后来她跟了我,成了我的人。我后来提说起那天的事就笑说她真会演戏,那天唱花脸蒙骗了所有人。她也不多说啥,只眯着眼说:"人家只是不想走嘛。"

我说:"那么假的话都能说出,谁知道你当下说的这话是真是假。"

她反问我:"你没看我这个人是真是假?"

9

一九四八年，关中道的油菜大丰收，连山坡地的油菜起码也比平地往年多收四成。平地上的油菜呢，棵棵粗壮得像树苗子，一窝的收成顶得上往年两三窝。菜籽丰收，油坊的生意格外忙：新菜籽要收进来榨成油，榨好的油要赶大车送到镇上、县上，更远的会送到省城。

按你爷爷的说法，那一年，凡跟菜籽沾边的人都挣了钱。有人说，这般好事除过要感激老天爷，还得感激人家新县长邱忠孝。自从姓邱的到了庆山，其他不论，局势比往常安生了好多，至少还没有土匪敢过分嚣张。听人说东府一带早乱套了，一个县能生出好几股土匪，他们声势浩大，地盘都不够互相争抢的，还闹着要与政府平起平坐。本地的土匪还没治住，外省的土匪又争抢着西进，听说河南、山西的土匪已经有好几股渡过黄河杀进了关中。这还真是怪事，当初潼关的黄河天险挡得了日本鬼子，偏偏这时连土匪也拦不下。

那天，你爷爷从庆山一回穆庄就到沉香院子寻我——沉香说她从山西带来的有杭州的龙井，叫我过去尝。

你爷爷把我叫到院子，说他还是觉得沉香身上有妖气，不吉利。

我说他："她的事你最好少说几句，上回出的洋相这么快就忘了？说正事。"

你爷爷说他在县城办事碰上了邱秃子，想躲没躲及。邱秃子交代他给我捎话,叫我抽空上县里一趟,他有话跟我说,还要同我喝上几杯。

我说:"他是县长,县长寻我喝的哪门子酒?"

你爷爷说他也试着替我挡邱秃子的酒,可邱秃子说查家是县东大户,他作为一县之长,与乡绅大户往来结交属职责所在,他也是为了一方的祥和安定。

我心想,这还不是自行车惹下的祸。我收了他的自行车就欠了他人情,他当着官,人情变成了把柄。当初真不该收他的自行车。

我问你爷爷的意思,他也反对我去见邱秃子。他说:"东家,咱不能去,咱肚子里又不缺这顿酒。东家,大势眼前搁着,谁能吃准将来共产党夺权,还是国民党照旧?东家,咱这时最好立在中间,哪边都不偏,跟谁都不来往。咱是财东家,多少眼盯着咱看呢,咱不担这风险。"

你爷爷的话在理,事情就搁下了。可没过几天,那姓邱的竟自己带着人到了穆庄。一有人报说县长来了,我就心说,难怪早晨一起来眼皮就开始跳,难怪才睁开眼就看见槐树梢上落了两个老鸹。

我还没出门迎,邱秃子已经进了院子,那时我正跟沉香玩弹弓玩到兴头上:沉香拿弹弓瞄我摆在墙角的瓦,我给她寻些大小合适的石子。

县长上门,我再不高兴也不能拿笤帚撵人家走。我叫人把茶摆在院子中间的石桌上,可没坐一时,我就借口外头晒叫人把茶端进上房——邱秃子那人不地道,喝茶时一直偷瞄沉香。

上房里坐好，邱秃子问我："德贤兄，自行车骑着怎样？"

"好，真好。我原打算上门谢县长，油坊生意太忙还没脱开身。县长亲自上门，我羞愧得很。"

邱秃子拱手说："德贤兄说哪里话，应该，应该。"他一直说"应该"时，我在想，要是县长应该四处送人自行车，往后谁还会乐意当县长。

你爷爷早准备了几碟小菜，还特意拿出两壶山西汾酒。你爷爷劝酒，我和邱秃子碰了几杯。几杯刚过，姓邱的就摇晃着酒杯叹气："听说德贤兄先人里多是读书人，这倒与邱某相仿。邱某祖上也出过几个举人，只可惜如今家道衰落，德贤兄得见，邱某只做个七品小官。唉，这七品小官尚且做不安生。"

姓邱的是官场上的人，估计常真话假着说，假话真着说，到最后自个儿也不一定能分清自个儿哪句话属真，哪句话属假。我也不管他说的是真话还是假话，他是县长，他说话我就跟着点头，还叫你爷爷也陪了他几杯酒。

邱秃子又喝了点酒，晃着秃瓢脑袋说："德贤兄明鉴，邱某身为一县之长，勠力己任，效命于桑梓。然适逢共党作乱，党国风雨飘摇，邱某身为党国臣子，夜不能寐啊。两位有所不知，开年以来，山西匪徒屡越黄河犯我东府，已有亡命之徒在我韩城、潼关两县盘踞，实为大患。无奈剿灭共党为党国当前要务，省府与剿总胡长官明示，那些越境的匪徒其实也是兔子尾巴长不了，待胡长官从扶风、眉县一带腾出手脚，他们也就到了穷途末路……"你爷爷在我耳朵旁边报了胡宗南的名字，我心说，我还能不知道这？

邱秃子说话时摇头晃脑，眼珠乱转，身上到处都像在拨拉算盘珠子。

邱秃子从文明包里取出一页纸，放在我面前，说："德贤兄，邱某特意来送一样东西。"

我扫了一眼那页纸，见起首写着"通缉"二字，就顺手给了你爷爷。

邱秃子笑着说："德贤兄，看都懒得看？"

我说："我查德贤从没做过昧良心的事，也不结交小人，加上穆庄山高路远，闲杂人也不愿来，多看这些呀，无益。"

邱秃子说："德贤兄莫见外，依照省上指示，邱某须将此通缉令之内容亲自传达。此案通缉之人名韩三省，亦有人称其为韩老三。韩匪自山西入我关中东府，遂在东府一带为非作歹，劫掠党国资财，敲诈财主富绅，使当地风声鹤唳、鸡犬不宁。省府已将匪首韩三省列为督办缉拿的要犯，凡缉拿要犯者奖励现洋两千；如有胆敢收留、放纵要犯者，与该犯同罪论处。德贤兄，可有意为党国立功，为地方戡乱？两千大洋，德贤兄，真金白银，不算小数目了。"

我恨不得将唾沫啐在邱秃子脸上，话说得好听，好像我没经过世事一样。

我看也没看邱秃子，对你爷爷说："管家，去账上支五百现洋来，当下就去。"

我一提说取大洋，邱秃子假惺惺摆手说："德贤兄，邱某造访只为通报匪患,绝无私摊滥派之意。"

我举起酒杯对他说:"为国尽忠,为地方出力,这是百姓的本分。县长,喝酒!"

邱秃子酒杯还没端起,我已经一口自己喝了。

邱秃子酒杯停在了空中,说:"德贤兄不必过分忧虑,据查,韩匪暂未到我庆山,我庆山当下之要务仅在于防范,防范……"

你爷爷腿脚快,我和邱秃子还没夹几口菜,他已经把大洋端了过来。他那人呀,一辈子像是就记着四个字——破财免灾。

我把大洋往邱秃子面前一推,叫他收起。你爷爷不停地絮叨说,穆庄为平乱剿匪尽微薄之力实为必要,为平乱剿匪尽微薄之力实为穆庄的荣耀。

邱秃子一见钱,喜得眯起了眼,可他仍不伸手。

我说:"邱县长,不过五百现洋,县长笑纳。再说了,邱县长前段日子白送我一辆自行车,这钱就当是付了车钱。是不是还不够?"

"德贤兄客气了,够了,肯定是够了,绰绰有余。既然德贤兄如此客气,邱某恭敬不如从命,就暂存下这些钱。来人,这些收下,入账,纳入国库。"

钱一到手,邱秃子喝酒吃菜开始心不在焉。一壶汾酒勉强喝完,邱秃子说公务繁忙,告辞要走。剩下的一壶汾酒你爷爷给他带了,他稍推辞,也收了。

"请德贤兄留心留意,如见到凶徒韩三省一定将其绳之以法……哦,现洋两千,两千呢,不算小数目吧。"邱秃子临走时叮咛。

邱秃子一走，我问你爷爷咋看邱秃子这个人。他摇头说："他呀，我看他跟以前那些货一样，个个嘴上话好听，心里鬼踢腾。倒是这县长贪财，贪财的人好应付，咱大不了破财免灾。"

我不同意你爷爷说的，看相的说：青脸人，三眼狗，无事把人咬一口。邱秃子就是三棱子眼，眼圈圈发黑，应该不是省油的灯。

姓邱的走后，我返回后院寻沉香。沉香早撂下弹弓，学着嫣蓉坐在房檐下看书，看的是一本皮上连名字都没有的书。我求她今世看啥书也不要看《红楼梦》，那书能把人看成神仙。

沉香问我："那人，该不是姓邱？"

"对呀，姓邱，邱县长，庆山的新县长。你咋知道？"

沉香眼回到书上，说："我知道他在山西就是坏官，贪赃枉法，听说阎省长赶走了他，没想到他来了庆山。"

难怪我一直看邱秃子不顺眼，原来他早已经在小人的圈子里。

我一打扰，沉香就放了书跟着我到后院里看花。她扯着我一会儿问这株是啥花，那棵是啥树，我一个个说给了她，还笑她一个女娃娃认的花都没我多。我对她说，查家后院里世代都种着花，我老父亲抽鸦片快咽气时还没忘叮咛人浇花。我问她家院子里都种啥花，有没有我家院子里种得多。她说我的那些花她家院子里都有，就是她家院子里没有德贤哥，也没人告诉她每种花的名字。

10

大名鼎鼎的韩老三第一回到穆庄就在穆庄停了三天,不过那时我还不知道他是韩老三,是通缉令上的韩三省,是那个脑袋值两千大洋的人。我那时真以为他是嫣蓉的表兄、沉香的亲哥,名叫廖三。

事后,有人说自己亲眼见韩老三进穆庄,他提了个棕箱子,头发光亮,穿青灰洋布长衫,脚上穿一双本地少有人穿的皮鞋,慢慢悠悠,不急不忙。

也有人说韩老三进穆庄时,身后一群老鸹、喜鹊、麻雀叽叽喳喳跟着飞,庄子里的狗拼命叫唤,庄子里的牛也不安生吃草——按天象看,天物地物都纷乱,来人不是奸贼就是神仙。

有人把韩老三先引到了沉香院子。他一到,沉香就指派人喊我过去。我那时正在油坊跟一个送菜籽的人说价钱,传话的人说沉香的亲哥来了,我不敢耽搁就往回走,还安排了人去叫你爷爷,叫嫣蓉,安排厨房预备饭菜。

沉香屋里坐了个年轻人,年龄二十多岁,中等个子,白白净净。稍有些怪诞的是,天又不热,他却摇着把文明扇儿。

沉香欢欢喜喜对我介绍:"德贤哥,这是我哥,给你提说过的,叫廖三。"

我奇怪,问沉香:"你哥在家排行第几?"

"老大呀。"

"那名字为啥叫廖三?"

沉香还没答话，廖三应声说："德贤兄，别来无恙。你问我名姓的由来，这还真难住了我。爹娘取名之时，我尚未出世，自然无法知道他们为我取这名字的因由。再说，名字是外穿的衣裳，只要为人品正行端，衣服实无关紧要，这不合规矩的名字也就一直用下来了。"

听他说话我就知道，他内心肯定把自个儿当读书人看，他自认为自己多念了些书。这样的人有个毛病，旁人说这事，他们想那事，还爱打着比方说事。

我赶忙说："哎哟，咱说着名字的事，咋又扯到了衣服上？不说了，我已经叫人预备了酒菜，来到穆庄要跟在山西一样，不要客气。"

韩老三合起了扇子，请我坐，说："在下到穆庄来是谢德贤兄的，再不来，可真要叫德贤兄笑话山西人不懂礼节了。谢德贤兄对沉香的照看，再谢再谢。"

"廖三兄弟，话不能这么说，沉香住在穆庄是穆庄的福气，我高兴还来不及呢。"我偷看一眼沉香，她蹙着眉，脸红着。

坐定之后，我见韩老三一边脸上耳垂前长着小拇指甲盖大个痣，痣中间还长了一撮毛，就像一块石头正中冒出了十来竿竹子。我指着那痣对他说："廖三兄弟，脸上盖了个章，当初大人一定不用操心你跑得寻不见。"

韩老三笑说："福祸说不好，生来如此，安天顺命。"

我和韩老三正喝茶，嫣蓉急火火冲进院子，腿脚利索得像大肚子才叫人削了个平展。

我说嫣蓉："谁来也不能慌成这样！肚子，肚子，惦记着自个儿的肚子！"

嫣蓉见我说她，就立在了门外。

我又不是不许她进门，我拉她进来坐在我的位子上，说："娘家来了亲戚，你立在门外像啥？你这样子，亲戚还以为你在穆庄受着气呢。"

韩老三笑了笑摇头。

嫣蓉扭扭捏捏坐到韩老三对面，她不说话，跟个傻子一样听我和韩老三说闲话。

过了一会儿，酒菜端上。酒是汾酒，韩老三看了高兴，说："想不到这里竟存着山西的酒，实在没想到。"我说这好办，多喝就行。

沉香给所有人满了酒，韩老三却看着嫣蓉说："她就不喝了吧，身体这样子。"我说老家来了亲戚，得陪，最少一杯，一杯也是陪。嫣蓉倒大方，端起酒对韩老三说："我来不为喝酒，只为听你们说话。有酒在桌上，我就敬三哥一杯。我与三哥久未见面，望三哥赏脸陪我一杯。"

嫣蓉说完，一口干了自己的酒。韩老三看着她喝完，站起，一饮而尽。

嫣蓉刚放下杯子就开始弯着腰咳嗽，韩老三忙赔不是，说自己早该过来穆庄探望亲戚，只是生意忙，耽搁了。我说他的那些话句句多余，有错就该罚酒三杯。他也不推辞，自罚了三杯。

到酒喝得缓了些，韩老三提出来一个棕箱，打开，拿出三个方盒，比巴掌还小的方盒，每人一个，他说是见面礼。

嫣蓉和沉香打开各自的盒子就大呼小叫，像小娃娃过年看见蒲城县的烟火。韩老三得意，自己给自己倒了茶。

我拿过嫣蓉和沉香的盒子看里头到底是啥，叫她两个见了那样不体面。盒子里一模一样两串脖链子，链子像是银的，就是精细些。最稀罕的是链子上系着的坠子，沉香说那叫猫眼石。我不懂，问她猫眼石有啥好处。她俩争着说猫眼石价钱好，她们手里的猫眼石拿出去能换十亩地。

我开了给我的盒子，里头没有链子与猫眼石，是手表。手表我有，我老父亲爱表，钟表、怀表、手表他都买了，他一走，那些都归了我。你爷爷那时也戴着手表，他在成都买的，图便宜当铺里买的。表是外国货，样子也好，就是走着走着会停上一会儿再走，每天都会慢上一半个时辰。韩老三送我的表应该是好表，玻璃蒙子晶亮，金子颜色的边儿，针走得看着都有劲。韩老三得意地说，表是劳力士牌，西洋货。沉香帮我把表戴上叫我甩胳膊试试。我晃着胳膊在屋里走了两圈，觉得表有点重，往下坠手。

沉香笑了，说："德贤哥，这表黑市上能换二十亩地呢。二十亩地戴在腕子上，咋能不坠手？"

我吓了一跳，埋怨韩老三给的礼太重，我受之有愧，忙卸了那表。韩老三摆手说："无妨，哪有空着手到亲戚家里的道理！"我笑说："来一趟穆庄，四十亩地没了。"

各人收好韩老三送的宝贝，接着喝酒吃菜。这时，你爷爷沉着脸进来了。他一到，嫣蓉和沉香立刻停了筷子住了声。

你爷爷也不说话，立到我身后，谁也摸不清他想干啥。我不能叫场面冷下来，给韩老三介绍你爷爷："廖兄，这位是家里的管家，查管家，人能行着呢！"接着我给你爷爷介绍韩老三："你应该听说了，廖三兄弟，路过穆庄来看沉香。都不是外人，你也陪着来喝几杯。"

韩老三先端起酒，还站起来了，可你爷爷没有动杯子的意思。

我不停地给你爷爷使眼色，结果他一张嘴还是来者不善。

"这位廖兄，来之前咋没先写信打个招呼，好叫穆庄有个预备。"

"查管家，山西比不得关中，那边各县国军共军交错，邮路并不通畅，我就是写了信穆庄也不一定能收到。况且，家里杂事烦琐，这趟探望也得来去匆匆。"

"我想请问廖兄，在家里排行为几？"你爷爷又问。

"排行为大。"韩老三说。

"廖兄既然排行为大，为啥却叫廖三？"

韩老三笑笑说："我这名字果真是不通，同样疑问一日竟要两次辩说。查兄，名姓是爹娘的决断，为子女者怎能挑肥拣瘦？"

你爷爷冷冷地说："廖兄你莫多心，与东家来往的人，我至少得问个真名实姓。也不知道廖兄这趟到穆庄为的啥事？只探望亲戚？"

其实，你爷爷一开口我就知道他咋想的，他是想给韩老三一个下马威。他常说，乱世里，你又看不进旁人肚子，保命的最好法子就是闲事少管，不交闲人。我也觉得他说的在理，可说起来容易，做起来难。谁能没个亲戚，谁不结交三朋四友？

我给你爷爷使眼色，想叫他适可而止，可他不看我，一直盯着韩老三。后来，谁知道他想起了啥，还前襟一撩，从腰里拔出他的匣子枪拍在了桌上。

你爷爷把枪一拍到桌子上，嫣蓉和沉香就惊得立起身闪到了远处。韩老三倒是能沉住气，摆起架子，喝自己的酒，吃自己的菜，不正眼看你爷爷。

我赶忙立起，叫你爷爷把枪收起，当心人看见，当心人传谣言。

谁知道韩老三不识好歹地说了句："收起来吧，枪火都没挂上。"

他的声音不高，也不急切，可劲头不小，刺伤了你爷爷的脸面。

你爷爷怒了，提枪立起，抬胳膊就朝院子里开了一枪。他简直是疯狂了，不知道房底下开枪，响声都能震聋人的耳朵。

我缓过神朝外看，院子里盛水的瓷缸碎了，水在地上漫流。

你爷爷常提着枪去山上打山鸡、打兔子，他爱舞弄那玩意儿。我也有枪，我不爱，嫌吵闹，我学会了咋把枪打响，随后就把那玩意儿锁进箱子看也懒得看了。

"疯了！"嫣蓉喊起来，"你不怕吓死大人，没出世的娃娃总该放过吧？你快出去！你……远些！"

连嫣蓉都发了脾气，你爷爷不敢再张狂。

我正想拉嫣蓉叫她坐下，可她脾气还在，甩手就走。沉香看嫣蓉走了，也跟着走了。场面太难堪，我给你爷爷使了个眼色，你爷爷才提着他手里的"祸害"退了出去。他也真是的，做事情欠考虑，动辄把好好个事搅得不欢而散。

屋里就剩了我和韩老三，嫣蓉发脾气时他也立起了，仍不坐，我硬拉他，他才坐下。

我说："廖三兄弟，叫你看了笑话。我那管家不知天高地厚，回头我去拾掇他，叫他当面给你赔不是。"

韩老三气慢慢消了，又端起酒说："不说了，我就当出门碰见了恶狗吠叫。"我忙对他说："话不该这样说，管家又不是狗。"他一笑，说："我第一天到，算是给管家留足了面子，要不，我也是不好惹的。"我对他点头，还给他倒满了酒。他问我那汾酒存了几年，我说我也不知道，我老父亲在时酒就在，他老人家已经走了两年多。韩老三仰脖喝完酒，随口念了一句诗："但使主人能醉客，不知何处是他乡。"

他用山西话念的诗，我没听清，叫他慢些再念一遍。他笑了，又念一遍。我觉得诗很好，与他碰了一杯酒。

11

第二天一大早，我又去了沉香院子。我去寻的是廖三——要是我那时知道他是韩老三，恐怕我躲他还来不及。有给沉香院子送饭送水的婆子已经对我说了，她听到了，韩老三说他只在穆庄停三天，三天后肯定走。人家住三天就走，我想，你爷爷真的鲁莽过头了。依你爷爷的性子，他一定还觉得自己占着理，他才不会去给人家说软话。看沉香的面子，我决定登门去道歉。不是有人常说"三句好话暖一冬"嘛！

　　沉香和韩老三正坐在院子里砸核桃吃，沉香拉我吃，我不吃。核桃我只吃才熟时带着青皮的，那样的核桃没苦味。沉香说她能吃苦，偏爱带苦味的，她最爱吃熟透的核桃。我说那还不简单，仓里现成就放着两大箩筐，由着性子也能砸上几个月吧。

　　韩老三看我腕子上没戴表，问我是不是戴不惯。我说表舍不得戴锁在了箱子里，那表要是丢了，就像大水冲毁了二十亩地，要心疼死的。

　　随后，沉香依旧在院子里砸核桃，我和韩老三进屋里喝茶。

　　先礼后兵，礼总要在前，我对韩老三说："廖三兄弟，管家的事你莫见怪，小地方的人，事做不周全，见谅。我今早已经骂过他，他也知道错了。他羞愧得很，没脸来见你，我替他给你赔不是，你饶了他算了。"

　　我说的自然是假话。你爷爷事做得确实有点过分，可他是替我想，怕我吃亏。旁人再容不下他，我也得容他，要不往后谁还愿为我担沉。

　　早上跟你爷爷一起分派活时，我倒是问了他昨儿个为啥会无缘无故亮枪。他说，他隐隐约约觉得那个廖三有点眼熟，跟邱秃子上回拿的那个通缉令上那个土匪有些像，脸上都有个指头蛋大的痣。我问他能确定不，你爷爷摇头说："这谁敢保证，通缉令上的是画像，又不是相片。"我对他说，人家是沉香的亲哥，不确定就不能乱说乱干，他点了点头说不会了，终了也没说一句道歉的话。

　　我道罢歉，韩老三顺了顺他光溜溜的头发说："德贤兄，别太在意,无碍。来之前已经听闻关中人秉性冷硬,我这也算是领教了。再说,你那管家愿替东家出头,动刀动枪都不惜,我还有些佩服他呢。"

听他夸你爷爷,我也点头,想着难怪沉香得人爱,他哥就明事理。

"不过,我今天有样东西得请德贤兄过目,稍等。"韩老三又提来他的棕箱子,放平,打开,从里头取出一张纸。他把那张纸推给我说:"德贤兄,沉住气,千万别着急上火。"

我当时想:你把我当成三岁娃了,就一张纸,有啥大不了?

那张纸起首写了"欠条"两个字,下面的话大意是说有人在省城买了个小院子,总价四千现洋,钱款三千六已付,还欠卖主四百大洋,半年内偿清。待看落款,我大惊,竟是你爷爷的名字——查亭林。绝对是他写的字,他写自个儿名字时七扭八拐,旁人仿也仿不出。

我说不出话,把纸拍在了桌子上,那声大到引得沉香探头问有啥事。

我问韩老三欠条从何而来,他斜靠在椅子里说:"德贤兄,说起来话长。这欠条原本是你的管家写给房屋卖主的,恰巧卖主与我有生意往来,欠了我一笔款子,万般无奈提了以欠条顶欠款。卖主欠我钱少,欠条上钱多,我自然愿意。这次前来,本打算私下原物奉还管家,可管家他昨天飞扬跋扈,我忧虑德贤兄平日受他欺瞒,觉得欠条当面交还德贤兄更稳妥。德贤兄,防人之心不可无啊。"

韩老三说话的腔调气得我够呛,他句句都在将我的军。事情明摆着,你爷爷拿出四千大洋在省城买了院子,叫谁想都是我拿的主意,你爷爷只是操办。可问题是,买院子的事我压根就没听你爷爷提说过。韩老三是候着要看我的笑话。

我叫人传你爷爷,不管在哪里都叫他来见我。

你爷爷没到时,我懒得跟韩老三说一句话。我生你爷爷的气,更生他的气:他手里攥着你爷爷的把柄到穆庄,可他原本不应在乎那几个小钱,他送我的手表比你爷爷欠他的钱不知金贵了多少。一句话,他阴狠着呢。

你爷爷刚到时还憋着气,进门只招呼了我,没理韩老三。

我开门见山,把欠条拍在他手上说:"说吧,这是咋回事?"

你爷爷一见欠条,嘟囔说:"东家,这东西咋在这儿?咋能在你手里?"

"别管东西咋来的,先说是真是假。"

"真的,自然是真的。"你爷爷的话顷刻叫我的心凉透了。

我说:"四千大洋,不算个小数目,到底咋回事?"

你爷爷醒过神,气呼呼说:"东家,你不能轻信旁人挑拨。对着,那院子是我买下的,可我为的是世事一乱东家你在省里有个藏身的地方。世事要是紧迫,住那院子,东家你搭火车、搭飞机出逃时也便利些。书上说,小隐隐于野,大隐隐于市,逢了乱世住进城里定然会有好处。东家,不信你出门打听,关中道凡能拿出钱的哪个没在省里买院子?咱动手已算迟的。还有,东家,你再想想这事为啥能露出来,我想呀,咱穆庄,咱的事,叫人给盯上了！"你爷爷说完狠狠瞪了一眼韩老三。

你爷爷话倒没错，不止一个人对我说起过他们在省城里置办了住处的闲话。照他们说，钱搁到身上，不如吃进肚子里；钱埋到地里，不如垒到墙上；钱糟蹋到乡里，真不如烂到城里。

"好，你说的都对，可你至少得给我打个招呼吧，这咋说也算得上大事。"

你爷爷噘着嘴说："东家，这事关乎性命，我想着咋也不能叫人知道，谁都不敢给说。"

"就你想得周全？为我办好事，对我也隐瞒，你咋叫我信你的话？再说了，欠条上写着你的名字，房契上也写着你的名字吧？谁知道世道混乱时住进那院子的是你还是我？"

话一出口，我就后悔了，我说的那都是些没用的气话，都是些废话。我老父亲在世时整日说一句话：疑人不用，用人不疑。你爷爷和我亲兄弟一般，我要连他都信不过还能信谁？你爷爷在本地驰了名的忠义，我连他也怀疑，谁往后还敢跟我？

扑通一声，你爷爷跪倒在地，后来仰起脸时，眼泪已经在眼窝里打转。

韩老三不看你爷爷了，看向窗子。沉香也不再砸核桃吃，手里捏几个核桃立到了门口。

你爷爷说："东家呀，你实在不信我，我无话可说。我在老东家当面发过誓，活给查家当牛马，死给查家看坟头。我对查家绝无二心，我说的有一句假话，天打雷轰，不得好死！"

你爷爷说话像打铁，一音一字都叫我承受不起。我恨不得当下就叫他起身，可我不能。咋说呢，我想着自己得像个东家，有点威严，有点气概，不能听任管家拿东家的事——况且当着沉香和韩老三两个外人的面。

我叫你爷爷起，他跪着没动。

我站起对你爷爷说："唉，你当时该给我打个招呼。"你爷爷点头说他知道错了。

"还有，你支出去四千大洋，我流水上一点也没看出，账目上是咋回事？"我问他。

"回东家，那钱多数是我从要回的欠账里暂扣的，少数是我从采买开支里俭省出的。欠条上那四百大洋原打算月底给人家结清。钱一结清，里里外外交割利索，我才打算把开支写进账里，谁能知道，有人横插一杠子，事就成了这。"你爷爷又瞪了一眼韩老三。

事情说清，就剩下收场。我坐好，叫你爷爷起身。你爷爷起身，立好，给我作了揖。他说："东家放心，我懂规矩，支钱不上账，我犯的是大忌。规矩不能坏，事已至此，我的屎我自己拿锹铲。东家，我走人！"

沉香和韩老三看着我，窗子外头贴了一排脸。

我咬牙对你爷爷说："事情说清了，是这，你先去，有话随后再商量。"

你爷爷梗着脖子说："好东家呀，是啥就是啥，你不能因我毁了规矩。"

这就是你爷爷，事情要是不按他说的来，他是不会罢休的。

我一发狠,问他:"你如今有多少地?"

"三十八亩六分。"

"好,我叫人再给你量十亩地,明儿个开始,你先不必来。自今往后,事情我先自己经管,你不用操心。你下去吧,剩下的事往后再说。"

你爷爷扎扎实实给我鞠了三个躬,直起身一直后退,直到退出门才转过身走了。你知道我当时啥感觉?我觉得就像是叫人卸走了一条胳膊。

你爷爷走后好长一段时间,里外没一个人敢说话。我猛转头看见那张欠条还在桌上,怒气呼一下就上来了。正好管烧水的长工娃麦冬在门外,我喊他:"麦冬,去撵管家,就说我说的,叫他当下去账房取四百现洋过来,我得买一张纸。快去!"

韩老三听出了我话里的话,说:"德贤兄,这钱,我没指望真要……"

一听他的话,我更来气:没指望要,你拿它出来为的啥?这不是在糟践人?

我对他说:"兄弟,我为人向来不愿欠钱,更不愿欠旁人人情。钱,你非收下不可。麦冬,咋还没去?"

麦冬转身去撵你爷爷了。

12

第二天,我正舒舒服服做梦,听见有人狠劲拍门,只能睁开眼。天刚明,嫣蓉没在。我起身,开了门,油坊管事的老刘头站在门口,手还在门扇上搭着。

"你疯了,天没明就来拍人的门?"我训老刘头。

老刘头说:"东家,你睡得真瓷实,喊你半天都不顶用,没办法我才拍的门。"

"啥事?"

"派活的事。东家,今儿个没人分派活,人都在前院里候着。"

他一说,我才想起,你爷爷叫我撵走了。以往是他来叫我,他天大明才叫我。他一不在,其他人有意整我。

我骂老刘头:"旁人不知道干啥我想得通,你个榨油的你不知道该干啥?榨油嘛,除过榨油你还会干啥?"

老刘头装可怜,说:"东家,榨油我会,可我不知道今儿个该炒多少菜籽,该榨多少油。多了,糟蹋了;少了,不够卖。以前这都由管家交代,我咋懂这些?"

到了前院,里里外外管事的都蹲在房檐下,要在以前,他们早在院子里乖乖立一排候着我和你爷爷了。

我不知道该派啥活给他们,于是叫他们接着前一天的活干,往后的活我想好再说。他们抢着说那不可能,昨儿个的活昨儿个已经干完了,干完的活总不能再干一回。要实在安排不下事,他们就只能闲着。

我没办法,叫他们自己说。这下他们来劲了,这个说东,那个说西。这个说修补寨墙重要,该多派些人抓紧往跟前拉土;那个说，猪圈里粪满了该先起猪圈……我一下就叫他们喊糊涂了：寨墙不是一直在修补吗，咋还没完没了？猪圈里到底有多少粪才能叫满？

争到最后，有两个人为争活儿当着我的面就吵开了，挽起袖子骂骂咧咧想动手。我受不了，也气不过他们无事生非，干脆叫他们都滚，滚得远远的，歇工一天，愿意干啥干啥，想干啥干啥。

一听我说歇工一天，吵的、骂的、差点动起手的一下子散走，啥事都没了。

他们一走，我回到上房越想越生气，我就不信还治不住这些人的偷奸耍滑。我叫人传嫣蓉，想问她过去用的啥办法约束那些家伙，我和你爷爷不在时她不是把庄子料理得好好的？

过了半天，管洒扫的王婶头上顶块布回话说："太太一大早就跟着沉香的哥出去了，说是要到周围看看，饭时再回来。"我心说：她也真是的，挺个大肚子，还跑出去野。就算她害怕冷落了亲戚，也该叫我出面陪着。

我问王婶为啥头上还顶着块布，她说她正扫裱糊的顶棚。我问她："谁给你安排的活，今儿个不是歇工一天？"她说："歇啥工，活啥时都是自个儿的，迟干早干都是干。再说，人不干活干啥？"

王婶说得好，我觉出她为人可靠，没有偷奸耍滑的心。

我闷得心慌，只能又寻沉香。还好，沉香在，在炕上睡着。她把脑袋捂在被窝里，我喊了好几声，她也没动静。我坐到炕边，拉她散出被窝的头发。她睁开眼，看了看我，又闭上眼。

"快起来,你当下起了我叫人晌午给你做浆水面。"沉香最爱吃关中的浆水面,够辣够酸。

沉香从被窝里伸出脑袋,咕哝了一句:"好我的德贤哥,管好自己该管的事,管好自己该管的人,你咋管到了我头上?"说完又埋头去睡。我后来才明白,沉香那时说的好些话都是话里有话,只是我没听出,没看透。

我又拿起炕角的笤帚在她被子上抽了几下,她还是不起,我又不能揭她的被子,只能往出走。

我一个人四处闲转,一细想,这光景不是已经二十多年了吗?二十多年,我懒汉一样闲着,啥活不干,啥手艺不学,整天就吃、喝、睡、逛,这也真够晦气。

实在没个捉拿,我提上你爷爷前一天还回的匣子枪下了沟道。

下到沟底,我先闪到一棵树后,瞄着牛犊子大的一块石头开了五六枪。火星从石头上迸起乱飞,枪声传得满沟都是,我的心那时才开阔了些。

我提着枪四下转,想学你爷爷的样子,打点山鸡或者兔子来吃。转了半天,连根野鸡毛都没打到,我只能空手回。

快要进穆庄时,我把枪掩在了衣服底下——枪在沟道里响了半天,到最后甩着空手回,那还不叫人笑话?偏偏刚进村就碰见几个年龄大的族人,他们明明见我两手空空,还问我打到野鸡没有。我对他们说:"我不爱吃野鸡,我想打兔,偏偏当下不在时节,兔太少。"

一回院子，就有人找我，说后院的核桃树下摆着酒，太太正和沉香那哥说笑，还交代我一回来也过去。

后院里，嫣蓉和韩老三小桌子对面一坐，真的是有说有笑。韩老三换了衣裳，穿了西洋样式的衣服，戴顶西洋帽，像个怪物。嫣蓉脖子上拴着韩老三送的猫眼石链子，腆着大肚皮，见我回来喊人再去炒个菜。

嫣蓉问我："一大早去干了啥，人影都没见。"我说："我没见你，你咋能见我？"

韩老三立起把酒杯塞进我手里给我倒满酒，还双手端起自己的杯子要与我碰。

想起前一天的事，我不愿意跟他喝。我对他说："为啥要碰酒，总得有个说头。"

"德贤兄，说头自然有。感谢德贤兄照料沉香为一。沉香说了，德贤兄对她很好，她已乐不思蜀。求德贤兄再照看沉香十天半月为二。我来时，山西老家仍不安生，我又得远赴西府，沉香她还得靠德贤兄帮忙照看。"

我没和他碰酒，不过他提说要我照看沉香，我应承了，答应尽心。

灵醒人说话，话头跑不远，前一天你爷爷的事很快又上了桌。嫣蓉平常似乎谁都看不上，真到了事上，她换了个人一样，竟开始替你爷爷说话："管家的心思向来就比旁人深，听他们传的样子，我觉得管家也不像在说假话。要是他说的是实话，那就不该叫人家走，反过来该谢人家。"

嫣蓉说完，韩老三也开始替你爷爷开脱，他说："德贤兄，咱都有生意，啥样的人没见过？依我看，你那管家心术正着，就是脾气大些。对这样的人，咱得大度些。"

他俩的话说到了我心上，也不管他俩是不是出于真心，反正他们的话合了我的意，我高兴。

我喝了一口酒，说："他的为人我最了解，他就是驴脾气大。先前每回我都轻饶了他，现如今他脾气大到了要上天，再不治就要治不住了。该叫他记住到底谁是东家。"

"德贤兄说得在理，先晾他个十天半月，过后再问话。他要转变过来，照样重用；他要还收不住性子，就不能像往常一样对他。"韩老三说。

"不行，十天半月咋能行？一个月才行，不行就两个月，这回非叫他服软不可。"

我正说得起劲，沉香揉着眼到了。沉香看见桌上有葱花油馍，着急撕了一块又一块，一点不把其他人放在眼里。韩老三不高兴，几次咳嗽着提醒她，没用，她放肆着吃，放肆着喝，一点也不收敛。嫣蓉白眼斜她，噘着嘴，那样子就像盼着来一阵风，快些把沉香刮走。

沉香突然笑了，说只有我没拿眼斜他，我是好人。她手指着嫣蓉和韩老三说："你两个装腔作势，一对假道学。"

我问沉香："啥是假道学？"

沉香又笑了，说："看吧，人还是糊涂些好。"

13

隔天快黑时,韩老三说他得走了,有事在身,不能再停留。看沉香的面子,我劝他别走夜路,黑夜里,庆山沟川里的大青狼蹲在地上有一人高,绿眼珠比坟头上的鬼火都吓人。我还吓唬他说,庆山地面已经闹起了土匪,从他们山西过来的,恶煞,血脸红头发,吃生肉。他面不改色说:"德贤兄,放心。我走南闯北多少年,不敢说样样经过,见过的倒也不少。依我看,有了这样东西,世上就没啥可害怕的。"他撩起衣服,往腰里一指:"看吧,我的良师益友。"他腰带底下插着手枪,常见的匣子枪一半大小都不到,好看,肯定值不少钱。

我、沉香、嫣蓉把他送出了穆庄。我又安排顺子和闯娃再往远送他,一定要翻过沟把人送到官道上。

韩老三提着他的棕箱子,穿着他到穆庄时穿着的长衫,与顺子、闯娃三个人扯着闲话走远。那时谁能想到他是土匪,脑袋值两千块大洋?咋说呢,实在是不像。

韩老三走后,嫣蓉又开始没精打采坐在檐下没完没了地看《红楼梦》。她一整天不和我说几句话,我也懒得跟她计较。她一直那样子,就像满世界的人都欠着她钱。

你爷爷不在,里里外外的事都得我亲自出面。我做不好照应四面八方,人陷进事里出不来。可事情总得往前推进,把你爷爷撵走时,我夸口说至少得晾他一个月。一个月就一个月,说话总得算话。

那天，我忙了个整天，到天快要黑时想起两三天没去看沉香，沉香也没寻我，我该去她那里坐坐。

进到沉香院子，我喊她，没人应声。

我推门进屋，沉香斜靠在炕上，不招呼我。

"叫你也不应一声，还当你没在。"我头伸到沉香身前，顺着她的目光看出去，窗外除过房顶，除过大槐树的顶梢，并没有啥新鲜物。

"看啥呢，还把人迷住了？我咋啥也看不出？"我说。

"刚才有，现在没了。"还好，她总算是说话了。

"那肯定是喜鹊，鸡飞不了那样高。"

"为啥只能是喜鹊，就不能是凤凰？"

"你干脆说是你自己罢了。"

我再想逗她，她脸上也没一丝喜庆。

到天黑严实，沉香说她没吃饭，想吃烙豆腐，还想吃干笋丝炒韭菜。

我笑她想得太花哨，两样都吃不上。豆腐要是厨房里没剩下的，就得天明才能安排人买，穆庄没有人会做豆腐。韭菜好办，地里就有，想吃就能叫人提上镰去割，可干笋丝炒韭菜还是吃不上。她不懂，想泡开干笋至少得一晚上。

我说完，沉香笑了，说给她下一碗酸汤挂面总该可以吧。我说那咋能成，无论如何也得叫人做两个菜出来。

我安排厨房的胖子刘抓紧炒菜下挂面。胖子刘手脚麻利，没多长时间就下好了面，还炒了碟青辣子，拌了三根泡在水缸里的黄瓜。

胖子刘亲自把饭菜用大盘端过来，我又叫他提了一小坛酒。

饭、菜、酒一摆上桌，沉香就跳下炕，脸上也活泛多了。

"还是德贤哥好，把我的事当事。"沉香笑着夸我。

开始是我一个在喝酒，后来沉香眼馋也要喝。她吃下去半碗挂面，又喝了三四杯酒，我才又问她，我没来时她在看啥，在想啥。

沉香叫我给她倒酒，还叫我自己也满上。她端起酒，盯着我说："德贤哥，我到穆庄几个月了，就算我是木头，我也该看清你是好人。"我慌忙摇手，迎面候着人夸赞，咱关中人做不来。"可我心里压着对不住你的事，重得我都扬不了眉毛，笑不出声……德贤哥，我有事哄骗了你。"她喝了自己的酒，重重放下杯子。我看她那样子，不想跟她喝，可她抓起我的手把酒往我嘴里送。

我喝了酒，劝慰她："沉香，你能哄骗我啥？你实实在在坐在我当面，这总没错吧？你也不用说你哄骗了我啥，我不听，我信自己的眼——照我看，你的眼是明的，哄骗人的人，眼是浊的。你哄骗不了我，我信你。"

沉香有了醉意，她已经在椅子里坐不端正。她又颤着手给自己倒酒，我劝她别喝了，女的喝太多不好，传出去往后嫁都不好嫁。

沉香眼角潮潮的，脸上却在笑，说："德贤哥，你啥时才不当糊涂人，变成个灵醒人？你啥时才能长出心眼，不叫人事事蒙进鼓里？"

我想,那已经不是沉香在说话了,是一个喝醉了酒的人在说话。

我劝她别再喝了,她拨拉开我的手,还倒。她端起倒满酒的酒杯走到我身后,胳膊压在我肩膀上,嘻嘻笑着把酒往我嘴里灌——照我看,她彻底醉了。

"廖沉香,停下,你醉了!你再不停,我当下就走。"我说。

"你生气呀,你现在就生气。你会生气?我正好还没见过。酒也不敢喝,还算大男人?不会是怕着我那嫣蓉姐?去问问人家有没有怕着你……来呀,有本事一醉方休。"

好吧,我挽起袖子倒了一杯酒,说:"世上没啥我不敢的!来就来,一醉方休。"

说实话,我那时也有私心,我想看沉香一直喝下去会变成啥模样,到时候会不会更好看。

沉香有了精神,笑着立起喝,喝着喝着还唱了起来。她会的花样真多,京戏、抗日歌、山西的小调儿……她敲着桌子,敲着碟子、碗,唱得热血沸腾。跟她比,我没本事,只会一段一段唱秦腔:她高兴时我唱花脸,和她一起高兴;她流眼泪时,我唱丑角,把她逗笑。

我和沉香边喝酒边唱,一直到了半夜。中间,我叫人又送了一坛酒,端了一盘煮咸豆。

到后半夜,门开着,月亮照进屋,烛火忽闪忽闪摇晃,门外除了虫的叫唤啥声都没了。我倒出酒壶里最后的酒,与她一人一杯。沉香那时已经趴着,我只能自己喝。喝完我的,我拉起她,我说那是最后一杯，喝完想喝也没了。她眯着眼喝了那酒。放了酒杯，我扶她到炕上，转身又收拾她踢倒的椅子，打算收拾完就走。沉香斜靠在炕上哼哼唧唧，眼眯眯瞪瞪。我有点不放心她，可我得走，没说的。

临要吹灭桌上的蜡时，我回身问沉香："我来时，你到底在想啥？我得知道……我想知道……"

沉香抬起头，披散着头发，看了我一时，哇地哭出了声——我走不成了。

我过去，拉着她的胳膊扶她坐直。我叫她不要哭，有啥难处对我说，要想谁了也对我说，我叫人去请，去哪里请我也不惜。要她想回山西也行，天明我就安排人把她往回送。

沉香不理我，只是哭。我生气，说她要笑我就留下陪她，要再哭我当下就走。

沉香总算停住哭，眼里还窝着眼泪，回转身攥住我的手说："德贤哥，你的命……你的命好苦……"

沉香后来说的原话我没记清，那种话我也不愿记。一个男人，那种话都要去记清，可真是窝囊透顶。

就在那天，沉香心疼我，对我说，或许嫣蓉肚子里的崽儿不是我的，嫣蓉在山西和旁人好上了，吃住都在一处。我逼问沉香那男的是谁，沉香借着酒劲对我说，那人就是廖三。

奇怪，听完沉香说的，我竟啥事也没有，风平浪静，就像对事情的来龙去脉没兴趣，就像不在意事情的丧尽天良。

我知道沉香和嫣蓉已经不和，谁也瞅不上谁，可沉香实在没必要编派如此这般的瞎话，我信沉香。

我想起我还得回嫣蓉跟前睡觉，她是我婆娘，我还得往回走。我摇摇晃晃立起，嘴里嘟囔些我自己也听不清的话——大概是说我得走了，得回去睡觉了，得睡在嫣蓉跟前，她是我的婆娘。沉香像是猛地清醒了，溜下炕撵上我从身后紧紧抱住了我……

我眼前一黑，口唇再也挡不住胃里的酒，那些一杯一杯喝进去的酒，痛快地从我嘴里喷出。我的肉身重得我自己和天王老子都管不住。后来，我听见我的脑袋在青砖地上敲出咚的一声。那一声干脆又响亮，当下我似乎还能听见回响。

14

早上，我迷迷糊糊睁开眼，脑子里空空的，啥也没剩下。

我坐起，腿上盖的是红缎面被子，被子不是我的，我有点糊涂。

四周静得出奇。我靠在炕头的箱子上缓了缓才想起事情的大概，知道我在沉香炕上。难怪沉香的名字是沉香，她的炕上有沉沉的香。

我从窗子看出去，窗外太亮，我眼花。

我喊沉香，连喊了几声也没听见应声。我想着她还能行，喝了那么多酒竟起得比我早。

穿好衣裳下地，我头晕，眼睛不大，走路像踩进了刚犁好的地里，脚下不能踏实。

我想起沉香说的嫣蓉的事。嫣蓉是我婆娘，她心疼的却是旁人，我不会饶她。我想，要是她还坐在房檐底下看《红楼梦》，我当下要把她的书撕碎。我得叫她知道，她再看不起我，再不愿理我，再咒骂我是个土财主，可她还是我婆娘，得听我的，得由我管——我想打她就打她，打死她旁人也管不上。我想把她咋样就咋样。

出沉香院子往回走，我一路不想叫人看见，要有人看见我夜里睡在沉香院子，准要坏了沉香的名声。

进到大门里，我觉得有些怪，几个长工见我就往两边闪，没人过来招呼我。

我还看见厦房的顶上立着几只长尾巴喜鹊，按说那是好兆头，可几只喜鹊的叫声实在难听。我从地上拾起一个石子扔上去，没打中，它们一动没动。

看着那几只喜鹊，我想，我能把嫣蓉咋样？只不过打一顿，随后叫山西那边来人把她领走。我总不至于把她活活打死吧。你爷爷或许能干出这种事，我一辈子注定下不了这种冷手。

进到二门里，又碰见几个婆子，也慌慌张张，还是不和我搭话就往边上闪。我硬挡住一个问是不是出了啥事，她不明说，只说："东家你回来就好，回来就好……你往后院里去看……"

我到上房，嫣蓉没在，那她就应该在后院。嫣蓉事多，除过我俩住的大房，她还在后院为自己收拾了一间厦房。厦房里铺的盖的啥都有，她说她能在里头安心看《红楼梦》。嫣蓉夜里常先和我在大房里睡下，我睡着了，她会偷偷摸摸溜到那间厦房里去看《红楼梦》。那间房小了些，我不愿她睡里头，她睡在里头不好，旁人要低看，要说闲话。可她偏说房子小了好，人在里头四面离墙近，心里会更踏实。

才到厦房门外，我听见里头声音叮叮当当、乱七八糟。我一惊，心里闪过个不祥的念头。

我进屋，立在门边上的一个婆子看见我，低声说："东家来了！东家来了！"

屋里所有人定住，都转身看我，像中了邪魔变成了皮影。

我从没见过那么多的血：大砖铺的地面上到处都有血迹，小半间房子的地上血水汇成了河。三个年龄大些的婆子立在炕前，立在血水里，裤脚已经浸湿；她们个个两手沾满了血水，血水从手上滴到地上。

沉香也在，她和另一个婆子立在屋角，靠着桌子，沉着脸。

屋里所有人手都被占着：一个手里提着一串血布条，沉香的手里拿着一把血淋淋的剪子，还有一个提着冒热气的铜壶，和沉香站在一起的那个怀里抱着一大捆白布。

沉香瞪眼看我，像不认得我。

后来，我看到了最不该看又不可能看不到的：炕边的地上，放了一个木盆，木盆四周都是血水，木盆里也是。木盆里的血水泛着青色，我还是娃娃时梦见的山里的怪物，身上披的袍子就是那种颜色。

后来，我又朝炕上看了一眼，那一眼害得我眼一闭跑出了门。

门外太阳一晃，我蹲到房檐下，抱根柱子哇哇开始吐。我从没吐过那么长时间，没吐过那么多——我身后飘过来的血水的味道、隔夜的酒的味道害得我一直吐，直吐到后来我只能吐出点黄水，只能呼哧呼哧喘粗气。

我浑身没劲，靠着柱子，瘫坐在地上。

沉香出来，蹲到我身旁。我还在难受，沉香拍着我的后背说："早叫人去喊过你，没人能叫醒你，你夜里喝太多，醉死了……她那样子，我也害怕……我走不开，这边得替你拿事，那边得替山西拿事……"

我睁着眼不敢闭上，一闭上眼，我就看见血顺着嫣蓉的腿往木盆里滴答。我瞪大眼，刚回头偏偏看见沉香袖子上的大块血迹。我疯魔了，骂沉香，叫她滚开，换一件没血的衣裳再到我面前。我推了她一把，她倒在地上，流了眼泪。我那时管不了自己，鬼神才捏住了嫣蓉的喉咙，又来攥住了我的心。

我抬起头，想着天上总不会有血，可那天的太阳也是青黑的血色。

那是我一辈子最难受的一天。那天，我才知道我一直有晕血病：见血会吐，还觉得天旋地转。

嫣蓉就那么难产死了，我心里不好受。

要是沉香说的属实，嫣蓉肚子里的娃娃不是我的，那她就真不是东西，她坏了人伦。可即使这样，照我看，她也罪不至死。

离了嫣蓉，我心里空落落的。你不知道，一个人，一天到晚你能看见，一眨眼没了，这滋味不好受：原本想说给她的话没人听了，不能说了；原本要向她发的脾气也不知道该向谁发。因此，我心里恨嫣蓉,可在她灵前,我流了眼泪。

丧事由沉香安排料理,她有能耐,方方面面照应得能看过眼。

嫣蓉山西那边没过来亲戚,一个都没来,信寄出去也没见回。派个人过去报丧,也没到得了她家。那时山西好些地方属共产党管,关中这边全部归国民党管,这边的人不好过去,那边的人过来不易。

嫣蓉死后,我记起似乎算卦的说过嫣蓉肚子里怀的是双龙双凤胎。我叫了当天在场的婆子问。那婆子说:"啥双龙双凤呀,没有那回事,生出来就两个,都是女娃,一对灾星,见光死,还赔进去了大人。"

那婆子说着说着就哭,比我哭得还伤心。嫣蓉还真有一个优点我没法比,她从不骂那些端茶送水的,从不对长工、短工、婆子们发脾气。她待下人比待我还和气。

沉香也为嫣蓉难过,嫣蓉走后,她脸能吊一个月,我专意逗她,她也不笑。更叫我忧心的是,沉香那时冷不丁会说出些听了就叫人心疼的话:今儿个说"我以后绝不要生娃娃",明儿个说"人活下去都是受罪",过几天变成"唉,做女人活该命苦"。

怕沉香想不开,我悄悄告诉她,嫣蓉死前恨她,总在我面前说她的坏处。沉香说她自然知道,我爱寻她,嫣蓉就会不高兴,女人天生能吃醋,况且嫣蓉是山西人。

沉香还说,她慢慢认清了嫣蓉那个人:她想活出个人样子,可她想活的样子旁人都没见过,都看不明白,都觉得稀罕,自然觉得她在跟所有人作对,在伤所有人的脸面。

我问沉香那天晚上说的话是不是真的，那俩死丫头到底是谁的。沉香苦笑着说："大的小的都没了，说这些还有啥意思？我原本就是猜的，那种事要想确认，得去问当事者，可当事者已经睡进了坟里，如今该去问谁呢？"我说："该问你哥。"她冷笑一声不说话。

嫣蓉就像绊在我和沉香脚下的一块石头，我和沉香一辈子都受着她的限。

破败的局面总得有人收拾，我叫回了你爷爷。

你爷爷没记我的仇，我一叫，他顺顺当当回了——他还是放心不下我，放心不下穆庄呀！

说完正事，我和你爷爷喝了会儿茶。你爷爷有了白头发，我笑话他心小盛不下事，操心多，年纪轻轻的头发都白了。他说我也一样，我不信，一照镜子，真有。你爷爷说，世事纷乱，头上不长白头发才是怪事。听了他的话，我叫人把茶换成了酒。

你爷爷说，查家业大，穆庄地方又偏僻，四周多数地方还高高低低，寨墙咋修也修不坚实齐整，当下来看，防范生出乱子得下些功夫了。

你爷爷都是为我好呀，他说的都是性命攸关的大事，我不敢马虎。我对你爷爷说了，得他费心把穆庄的人聚拢好，把穆庄的事经管好，只要人心不乱，万事总有个好结局。

你爷爷说，《三国演义》上说的，"合久必分，分久必合"。我心说，其实在我心里啥时都没有"分"，只有"合"。

15

自嫣蓉难产毙命，我心里一直松不了、放不下，沉香在跟前也不顶事。转眼到了八月十五，你爷爷不放心我，他想借八月十五赏月多聚些人，大家吃吃喝喝，痛快痛快。

节前，你爷爷特意派人到庆山置办了东西，都是稀罕货：摘下就放进窨里再没有挪动的西瓜、窑洞里存的油纸包着的石榴、三个就能放一碟子的大板柿，还有省城德懋恭的月饼——我只吃五仁的，你爷爷爱吃豆沙的。

后院里摆满了桌子，除过里里外外的长工短工，穆庄每户最少还得一个人到席。人多热闹我就高兴，沉香也欣喜，她还换了身颜色鲜亮的衣裳。

穆庄人当天高高兴兴，像过年。我出门，人人见了我打招呼，有的还问要不要带些自己家酿的酒。我就一句话，空着手来，门口有人看着，手里提礼的不许进。

里里外外好兴致，我也真有些高兴，坐在后院里看了好长时间其他人忙碌。

沉香那时偏偏哭了，有人到后院里叫我，说沉香哭得收不住，我慌忙过去看。

沉香坐在炕上，炕上还坐着两个婆子。看见我到，两个婆子退走。

我问沉香为啥哭，人都喜着，她偏偏哭。

"我也是高兴。"沉香转过脸，的确是笑着，脸红着，好看，可眼圈也红着。

"她死后，你不顺意，我心里也不好受。你呀，你一不高兴，穆庄的天就阴了。今儿个是八月十五，从今往后，你我都朝亮处走，不准再给人摆脸色。"沉香嘴上说着要高兴，可自己的眼泪还在流。

我理了理沉香的头发，劝她："提她干啥？都收拾得差不多了，咱走。"

沉香说："她活着时，你见不得她，她见不得你；她一死，你却唉声叹气的。我都看不明白了。"

还别说沉香不明白，我自己也想不明白。没人能说清木盆里漂的那两个死女子姓啥，这真是丑事，我还不能对人说。嫣蓉对我不忠，至少内心里对我不忠，到头来我还得替她遮掩，我心里能好受？

我拽沉香快走："不说她了，咱走。有你，我心里就踏实。"

嫣蓉活着时看见我就拉着脸，她手里整天攥着本《红楼梦》，她喉咙常沙哑着。只要看见她我心里就不豁亮——她走了，带着她造的孽走了，天地白茫茫干干净净。

沉香下炕把衣服拽齐整，梳好头发。她问我好看不，我说："好看……咱得赶紧走，旁人可能已经入了席。"

沉香跟着我走，她把手偷偷塞进我手里。她的手光滑软和，连着她一走路扑腾跳着的心。我那时想，从前我一直把沉香当妹子看，往后我得把她当我的媳妇看。我想娶沉香进门，我酒席上就要宣说。

后院里灯火通明，九张桌子摆在当中，你爷爷已招呼其他人坐好。

往首席走时，我听见婆娘媳妇们嘀嘀咕咕，都在夸沉香好看，不愧是娃样子、人梢子。

我一坐好，你爷爷就喊说都把酒满上，男女不分，每人当面的喇叭口碗倒一碗。

酒自然是好酒，关中人最中意的西凤酒。

酒满上，你爷爷喊说："开席！"

他那边声刚落，这边就有人给我敬酒。几个人围着我，个个笑着，谁的我也不能不喝。我一口菜还没夹，酒就喝光了一碗。

一圈酒过后，你爷爷叫人都停一下，他有话要说。院子里立即没人说话了，也没人走动。

你爷爷端一碗酒到我面前，我立起迎住。你爷爷双手端碗在我的碗沿上磕了，说："东家，我喝了酒再说话。"他仰脖咕咚咕咚喝光了那碗酒，那种气概，谁看了都要胆怯。

我端起酒要回敬，他按住了我的手。

"东家，刚才的酒是谢东家的知遇之恩。这第二杯酒，你还不能动。上回，东家你没点头，我自作主张在外头欠了钱，到后来叫人撵来穆庄讨要，坏了查家多年的好名声。这事，我的错，我该谢罪，该喝这第二碗。"他又喝光了一碗。

我看不下去，说一定要陪他一碗，他又按住了我的手。

"东家，不忙，这第三碗我还不想跟你喝呢！"他笑着转脸看沉香，还叫人给沉香把酒添满。

你爷爷双手端起酒碗,高高举到跟自己头顶平齐,随后才对沉香说:"沉香妹子,这碗酒我要与你喝,你得赏脸呀。你才到穆庄,我就冒冒失失说了些不该说的话,做了些伤你脸面的事,我查亭林今儿个当着穆庄乡党的面给你赔罪,你一定要收着。路遥知马力,到如今,我查亭林信你沉香妹子,服你沉香妹子——我查亭林往后认你是穆庄的人。"

你爷爷由着性子说,说得沉香都低了头。其他人看见她低头,就开始起哄。

"沉香妹子,你得赏脸与我喝酒,我喝一碗,你随意。望你宰相肚子里跑大船,饶我先前的冒失。来,端起酒!"

沉香端起酒,你爷爷又一口气喝了一碗。乡党们劝说,沉香笑着抿了几小口。

三碗酒下去,没一袋烟的工夫,你爷爷就溜坐到了地上,一院子人都在笑他。对他来说,那不稀奇,他性子烈,喝酒出丑不是头一回。

叫人把你爷爷搀扶进屋睡下,我总算有空坐在席上看热闹。过了一阵,又有人倒下叫人搀扶走。喝多的人加上搀送的人走了十几个,各席的酒才喝得缓了些。沉香叫人把干果零食端出来,各席的男人们开始划拳,女人们开始拉家常,爱唱戏的不时会来几句秦腔。

刚开席时,我喝了点猛酒,后来还零散有人给我敬,我没敢多喝,酒喝到那时也只有个七成。

我坐首席,你爷爷走后,其他人也都散去各席敬酒,我成了一人一席。看着他们都高高兴兴，看着月亮在树的顶梢上摇晃，我痛快，烦心事都叫风吹走了。

我端了桌上旁人喝剩下的大半碗酒，一口气喝光。我想着，难得这八月十五的月亮又圆又亮，就该一醉。

酒一下肚，我开始迷糊，我看见了沉香，她正叫谁家的媳妇给她梳头发。我记起，我打算当着乡党的面说我要娶沉香，我准备叫沉香做我的媳妇……我刚立起，眼前火烛一闪，头一重，随后就啥也不知道了。

16

我当天喝的酒不算多，可也不少，按往常，酒醒时应在第二天晌午，可那天，我迷迷瞪瞪睁开眼时，天还没明，我坐在上房的椅子上，周围很亮，有吵闹声。

我想看清是谁在为啥事吵闹，看见的却是"廖三"的脸。他的脸在灯影里歪歪扭扭。

我火往上冒，想起沉香说是他跟嫣蓉好，我生气，想立起——可我立不起，浑身上下没力气，胳膊都抬不起。

他的脸快要贴上我的脸。他端着茶杯，没穿长衫，头发乱蓬蓬的，瞪着眼，黑眼仁少，白眼仁多。

"你……醒了？"

我心说：我眼睁着，我能没醒？

我还没说话，眼就让遮蔽住了。到我看清时，水珠还在我眼前摇晃，我的嘴角有渣子，我还闻见了茶叶味儿。他竟把茶水泼到了我脸上！在穆庄，在我自己房里，我叫人欺负，我得站起来跟他拼命，可我挣扎了半天动不了。我还在酒里，能动的只有眼珠和脖子。

之后我才看清四周的情形：你爷爷叫捆着，五花大绑捆着，坐靠在墙角，低着头嘴里咕咕噜噜；沉香在门边坐着，头发散乱，抽抽搭搭抹眼泪，换了个人一样。除过他俩，四周还立着七八个乌脸大汉，他们要么挂着长枪，要么提着短枪，虎视眈眈。

"清醒了吧，你？"茶杯还在廖三手里。

"为啥绑我？土匪！"我开始后悔喝了酒。

沉香见我醒了，疯狂朝我扑，还没到我跟前就叫人架回了原处。你爷爷估计也想起身，摇晃了几下，自己又软了下去。

他拿一张纸展在我当面，通缉令，和邱秃子那次给我看的一样："土匪，你倒是说对了。他们，我本人，按你们说的，都是土匪。还有，你看清：我，韩三省；韩三省，我！"

"廖三"就是韩三省，就是人人传说的恶煞韩老三，咋可能？他那样子咋能是那个脑袋值两千大洋的土匪？

我转头看沉香，她靠在门边哭着。我恨起了她，我还感激她对我说了嫣蓉的事，可那不重要，她能把土匪说成自个儿的亲戚，她和那两个人合起来哄骗了我——最毒妇人心。

我咬牙说："我后悔看错了人，把土匪当亲戚待。"

"看错了才对，要看对了，早没了你。"韩老三说。按他那口气，早前我要真知道他是谁，我就得丢性命。

我那时想：人家是土匪，我斗不过人家。我心一横，问他："你厉害。说吧，想咋？"

我脸上猛地火辣辣地疼，身子也差点跌出椅子——他竟然打了我。我自小到大除了受过我老父亲的巴掌，还没其他人敢这样对我。我挺起身瞪着韩老三说："有话说，有屁放，为啥打我？"

韩老三没名堂地哭了，一抽一抽的，眼泪不停地滚出。他后来压住了声，牙关咬得嘎嘣响。

"我想咋？你害死了我的女人，你害死了我的儿子，你……"

果然沉香说的属实！我伤心，伤心又如何，百姓跟土匪有啥道理可讲？他韩老三明知嫣蓉是我的婆娘，终了倒像他娶了嫣蓉，嫣蓉在我家里只是寄养。

韩老三把茶杯摔在了地上，碎片飞得到处都是，他自己的人也跳着闪躲。

沉香又跳起冲过来，还哭着喊："谁都救不了她，她难产死的……她死前对我说了，娃娃与你无干……"

我第一回听说嫣蓉死前说过这样的话，沉香以前从没对我提说。我那时也分不清她说的是真还是假，只知道这话韩老三肯定不愿听。

韩老三转身挡在沉香前头，沉香靠近，他抓住沉香的胳膊，又把她扔回门口。沉香头碰在墙上，叫出了声，韩老三指着她喊说："闭嘴！随后再说你的事！"

韩老三回到我面前，说："原本，我没想为难你，我来看我的儿子，看我的女人，只要他们都好着，我带他们走，你我谁不碍着谁，谁不伤着谁。你害死了他们，你……你……得偿命！"韩老三揪着我的衣领，唾沫能溅到我脸上，眉眼歪歪扭扭——他已经没了人样子。

你说好人跟个土匪能有啥说的？跟个疯子能有啥说的？我没理他，任他喊，任他撒野。

韩老三伸手，有人递给了他手枪。他举起枪，看也不看朝屋顶开了一枪。枪声炸响，在我耳朵里绕圈。

他开的那一枪不知道打到了椽上还是檩上，木头渣子随后往下掉，偏偏大多数正落在他韩老三的头上——看，老天爷也看不过眼了。

他的手下有人竟笑出了声——那时还笑，真是一群疯子。

我猛看见你爷爷抬起头，开始向四周看，大概是枪声震醒了他。他想立起，有人用长枪把他压回去了。你爷爷睁着虎眼看着韩老三。

韩老三唾了几口唾沫，又对着我。他刚刚还在哭——土匪还有脸哭？我才真憋屈呢。不行，我肚子里有话说，我要说，谁知道还有没有说出来的机会。

我说："哼，你……你有啥脸对我喊？我不管你叫啥，叫廖三，叫韩三省，不管你叫啥，你给我听着……"韩老三愣住了，瞪着眼看我。"我是见不得我那婆娘，我见不得她，她也是我的婆娘，你凭啥勾搭他人婆娘？你做出的事，上天老子都不会饶你！你候着，我当下动不了你，往后我总要……"

"你闭嘴。上天老子的事我不管,上天老子想咋样由着他咋样,你害死了我的儿子,害死了我的女人,我杀了你解心头恨!"

韩老三抬起枪,枪口顶在了我胸口。平生第一遭,我立在要死要活的岔路口。我心里激愤,闭了眼随命随他。

"停住!"有人喊了一声,喊话的人是你爷爷。我赶忙睁眼,正看见他朝我冲。他手在背后绑着,只能猫着腰,低着头,像顶仗的犍牛。他撞开了想堵他的人,撞在了韩老三身上,可韩老三没倒,倒是你爷爷滚翻在了地上。

韩老三冷冷笑了一声,转过了枪口。两个土匪过去骂骂咧咧架起你爷爷,让他正对韩老三的枪口。

你爷爷沙哑着声喊:"不准动我东家!看谁敢动我的东家!"

"好,我不动你东家,我拿你开刀。我告诉你,我早已经看你不顺眼,你今儿个收下的,都是你之前攒下的。"

两边架着你爷爷的人让开,你爷爷立不住软在了地上。

韩老三胳膊朝下,一声枪响……我眼一闭……我想着你爷爷指定是完了。我是个软蛋,不敢站起跟韩老三拼命……我往后一定要为你爷爷报仇……咋又听见你爷爷在骂人?我睁开眼,你爷爷已经坐起,嘴里在骂:"狗日的,狗日的,你狗日的候着……"话还没说完他就仰面倒下了。

你爷爷倒下后我才看清,他腿上湿了一坨,地上也湿了一片,那都是血。

你知道的,我有晕血的毛病,你爷爷流了血,一股血的味儿冲进了我的鼻子,我喉咙眼一热,眼前一黑,啥也不知道了。

17

我再醒来时,天快明了,我已经不在上房里。四周上上下下看了半天,总算认出我是在后院的柴棚里。你爷爷当时没在当面,我担心他,怕韩老三杀了他,怕他血流得止不住。

柴棚外不远处是前一夜摆下的桌子,几个看着就不善的家伙歪歪斜斜坐在条凳上抽烟、嗑桌上剩下的瓜子。我准备的东西进了他们的嘴,还真不如当初喂了猪。

不知道啥时我伤了胳膊,当时钻心疼。比胳膊疼更叫我难受的是:我觉得自己真窝囊,我过去在庆山也算个人,叫一群土匪半晚上折腾——整我的土匪先前还在我家里住过三天!

天大亮时,我听见外头有女人的声音,赶紧扒门缝往外看。过了一会儿,常给沉香送饭的那个婆子端盘朝柴棚走来,一个家伙问她谁叫送的,她说是姓韩的。有人立起,晃悠着过来开门。我退回,靠在柴堆上装睡。

门开了,那婆子想进柴棚,跟着她的土匪不许,叫她放下东西快滚。那婆子争气,说:"凭啥叫我滚?你滚一个我看。年纪轻轻,嘴上多积德,到老了能换寿数。"土匪还赶她走,她大声喊:"东家,茶水、纸烟、葱花饼子……"

挨到响午,我的酒才彻底醒。门外的土匪大多走了,只有一个原地打瞌睡。后院里静悄悄的,我朝外看,墙根下的白菊花开得正旺。几天前沉香还说菊花开得旺不好,不吉利,不如采了晒干泡水喝。我还心说,花开得旺有啥不对。由此看,沉香没说错。

我要是出了柴棚,第一件事就是铲干净那片菊花。

过了晌午,柴棚里变暗了。况且柴棚里聚着一股味儿,怪怪的味儿,有点像嫣蓉死时我闻见的那股腥味。嫣蓉啊,她当了鬼也不愿饶过我。

我立到窗口朝外喊:"嗨,来人!我有话说。"

那个打瞌睡的土匪应我:"说,俺听着。"他是河南口音。

"去问他想要多少钱,我给……要不行,三千大洋,三千大洋出这扇门就给,放了我!"我那时实在受不了柴棚里那股味儿。

"俺说东家,你也太小看俺们啦。俺们这么多人,三千大洋?谁看得上你那几个小钱?东家,你睡,俺对你说,一睡能解万古愁。"

"我问你,我的管家,他好着没有?"我问他。

"哟,这俺还真不知道。就是俺知道,俺也不能往出说呀,做事得讲个规矩不是?"

我急了,对他说:"我窖子里有个铜羊,古董,你们拿走,放了管家。"

那家伙笑了起来,说:"铜羊?新鲜。成,待会儿俺就叫人扒出来看看。"

他转过脸,再不理我。

钱和古董我都能豁出去,其他就剩下听天由命。

病多心思乱。睡在柴堆里,我一会儿想这个人,一会儿想那个人,熟人快想了一轮。我想起自己还是小娃娃时,我老父亲睡在炕上抽鸦片,我坐在凳子上看。他嘴鼻里冒出的烟和烧炕时从炕缝里冒出的烟混在一处。后来,那些烟变成了豺狼,豺狼一口就把我老父亲吃进了嘴,我当时吓得从板凳上跌倒在地……老父亲当年一走,我当即叫人把他的炕砸了,只怕豺狼还卧在里头。

我还想起个人,邱秃子。邱秃子早前山高路远也能想起到穆庄,到穆庄真出了事,他连个影子也不见。土匪都占了穆庄,他一点也逮不住风声?

我还想到了自行车。我想,要是我出了柴棚,以我的本事,我骑上自行车,土匪骑马也追不上。

我最后想到了沉香。唉,她哄骗我太多,她看着再叫人心疼,我往后也不该理她。

想东想西,我竟蜷在柴堆里睡着了。

18

天刚黑时,外头点起了大蜡和火棍。早上送饭的那婆子又过来了,土匪放松了,开了门站得远远的,随便那婆子摆出新饭,收拾前一顿饭的碗筷。

我借机问那婆子你爷爷咋样。她小声说,你爷爷没死,腿上流了有一盆血,反正没死,已经叫了先生给治。

我又问她有没有报官,穆庄出了这事总得有人往外送信吧。她说咋能没有,都出去几茬人了,县里指定已经知道了穆庄的事。

临走时,她还叫我宽心,说穆庄的男人准备好了,要是土匪动我一指头,他们就别想从穆庄完完整整走出去。

听了她的话，我头顶的黑云散了。我想，比耐性，我不害怕，在我的地盘，我怕啥？

吃饱饭，我睡回柴堆。我也不指望即刻出去，反正你爷爷的命在，反正已经报了官。就在那时，晌午和我说话的那土匪开门叫我跟上他走。

"天都黑了，出去干啥？"我不愿意出柴棚，怕中间生变。

"走，跟着俺去吃饭，还有酒喝。"

"我吃过了，饱了，不去。"

"这可不成，必须得走，要不俺没法交差。再说，你吃的啥，前头有酒有肉，吃起来多得劲。"

没办法，我只得跟着他出了柴棚，况且我实在闻不了柴棚里的味儿。

出了柴棚，我和那土匪拉话。我问他是不是河南的，听着他的口音像。他说是郑州的。我问他好好的咋就抡起了半斤铁。他啐了一口，说国民党当年在黄河上扒了口子淹了他家，他离家出走到山西，在山西活不下去才吃了这碗饭。

"俺当下可舒坦，以前是俺怕富人，现在是富人怕俺。"他转过脸问我，"说，你怕不怕俺？"

我说："我家名声好，多少代都没遇到过这种事，哪有不害怕的道理？"

他笑说："也没啥，俺们土匪也都是人。"

上房里灯火通明，八仙桌摆中间，边上几个人立着。韩老三换了身衣服,坐正中的太师椅。那是我过去坐的位子,他夺了我的位子,我的院子成了他的一样。我生气,恨不能剥他的皮,炖煮了他的肉。

河南人让我坐韩老三跟前的椅子上,我不想跟他靠近,我不坐。韩老三起身拉我坐,他说:"昨儿个是昨儿个,今儿个为今儿个,坐!"

匪就是匪,民就是民。自古民遇上匪,还能硬碰硬?我坐下,憋着气。

上房靠边还摆了一张桌子,桌上摆着酒和菜,最中间大盘子里摆着大荔的带把肘子。韩老三对我说,不用急,客人一到就开席。我对他说:"我不吃,柴棚里吃过了,饱得想吐。"韩老三没接我话,派人出去看客人到了没有。

我要见你爷爷。

他冷着脸说:"放心,没死。"

我说至少得寻个先生给他治腿。

他冷冷地说:"不用治,已经断了。"

我气得说不出话,立起,瞪他。他摆手叫我坐,我又不是他的手下,我能听他的?河南人也来按我坐,我心里铆着劲,不坐。

那时外头传进争吵声,有人喊:"客到了。"

听见喊声,韩老三往门口走,还对我说:"好了,好了,客人来了,你还认得。"

进来的是县长邱秃子,他笑呵呵的,老远就伸出手要跟韩老三握。

"韩先生,久仰,久仰!"邱秃子说。

"邱县长,我也久仰。我在山西时就听说过邱县长,没想到你我能在庆山相见。"

邱秃子僵硬地笑了笑,见我在,也对我伸出手:"德贤兄,好好好,穆庄真是藏龙卧虎呀!"

我懒得跟他们亲近,退到了一边。

院子里又嘈杂起来,韩老三喊问咋回事,跑进他一个手下说:"当家的,他们的人不缴枪。"

韩老三绷起脸对邱秃子说:"邱县长,谈判不是打仗,带枪恐怕不好。"

"韩先生,误会,纯属误会。我的人走夜路,得防身不是?"邱秃子对门外喊,"枪交给韩先生的人保管!都快成一家人了,还计较这些鸡毛蒜皮的事!"

韩老三、邱秃子,外加两边几个土匪头目聚坐到了酒席上。一群小人,我实在不想与他们一处,可韩老三不准我走,还安排我挨着邱秃子坐。邱秃子也拉我坐,还说他要为我打抱不平。

邱秃子先倒了一杯酒,双手敬我,我没喝。邱秃子转身对韩老三说:"韩先生,邱某听说有人在穆庄动刀动枪伤了人,不知道有没有这回事?"

"失手,失手,都是一时失手……"韩老三说。

韩老三说起了瞎话,我不能由他。我打断他:"开枪还有失手的?你打断了我管家的腿,还把枪顶在我胸脯上,你多威风!我一整天都在想,不如你要了我命,我真丢不起这人!"

邱秃子摆着胖手对我说："德贤兄，莫气，莫生气。邱某此次来穆庄，是要与韩先生商谈效命国家的事。等韩先生归附了党国，日后就要受国法的约束。我保证，以后再也不会有出格的事发生。"他转向韩老三："韩先生，邱某收编你部虽然上面已经同意，可正式批复下来得等上几日……五天，最多五天……恳请韩先生在批复到达之前一定要约束好属下，再不能出任何乱子，否则你我一切努力将成徒劳，这恐怕谁也不愿看到。"

随后，邱秃子和韩老三相互交了底，邱秃子看重的是韩老三的名气和他手下那好几十号亡命徒，那些家伙光短枪就有一百多，一人最少一把。而韩老三看中的是邱秃子答应他的位子，庆山县保安二团团长，还是个能自己招兵买马壮大自个儿的团长。

事情摆明了，官匪走到了一处，他们穿起了一条裤子。不知道往后还有没有说话的机会，我不如早说完我该说的。

"邱县长，我有事问你。当下，几十人不明不白占了我的院子我的房，还二话不说把我锁进柴棚。你是一县之长，你说这该咋办？"

韩老三沉了脸，我才不在乎。

邱秃子笑呵呵站起，又端了一杯酒敬我，我不喝。我喝酒才耽误了事，我不会再喝。

"德贤兄放心，你说的邱某心中都有数。韩团长任命之事，文书尚未送达，他暂不能跟我进驻庆山，这段时间还得德贤兄受累。德贤兄放心，韩团长在穆庄一切开销，包括前日失手打烂的家当，当下摆的这席面，都由邱某负担。德贤兄，邱某承诺，事成之后，一切开销德贤兄你报个总数，邱某将加倍奉还。邱某话说到这份儿上，德贤兄该放心了吧？"

"不单是钱的事，还有……"我话没说完，邱秃子接着说："德贤兄，邱某了解你的难处，邱某再申明两条：一、德贤兄管家受伤之事，由县上按公务受伤处置，邱某将批出专费予以救治补偿，德贤兄与你那管家不管是谁说一个不字，邱某将调整方案，直到德贤兄与管家满意为止；二、为弥补德贤兄财物与名声的损失，邱某将提请县议会为德贤兄授'贤良恭忠'匾——德贤兄该知道的，自邱某到庆山赴任，该匾为首次颁发，这可是一等一的荣誉。这样处理，德贤兄该满意了吧？"

邱秃子说完，韩老三不停点头，就像他也想有那么一块匾。我才不稀罕啥扁不扁、圆不圆的，我回绝了邱秃子。我对邱秃子说："你说的那几个字我一个都没沾上，当不起那牌子。你要真给我发那牌子，我会把那玩意儿劈了当柴烧。我只要你应承下的说到做到，要做不到，我绝不会答应。"其实我最后那硬话也是说说罢了，自古民不与官斗，斗也斗不过。我那时只希望你爷爷的腿快些好，往后在这事上不要怪怨我。

邱秃子和韩老三又说了半天闲话。我中途想走，他俩都不许。我知道他俩的心思，他俩知道穆庄也有几杆枪，只要我还跟他俩在一处，那几杆枪就打不出子弹。

半夜时，邱秃子要走了，两个人开始相互吹捧：韩老三说邱县长德高望重，他甘愿效命；邱秃子说自己一无是处，亏了脑袋顶上有青天白日旗帮衬提携，望日后与韩团长同为国家社稷肝脑涂地。

邱秃子刚走，韩老三就骂他：老狐狸，老滑头，一肚子坏水！一定得当心这秃子！

韩老三手下有人说，总算归了政府，总算能睡个安生觉了。韩老三回头就骂他愚蠢，只要没进县城，没穿上保安团的衣服就还是土匪，人家随时可以变卦杀个回马枪。

当夜，韩老三逼我和他睡一间房，他脑袋底下枕着枪。他叫我别动歪心眼，说门外就有他的人。他说他是匪，他不惜命，可我死不起。

我想，你韩老三的戏算是威风八面地开场了，我倒要看你终了咋收场。

19

隔天，邱秃子派人给韩老三送了枪、子弹、银圆，还特意给韩老三带了件军队上当官的才穿的大氅。韩老三乐得合不拢嘴。

邱秃子送的枪里有一种枪，送的人说那是美国货，叫冲锋枪，一梭子就能打几十发子弹，整个庆山县那样式的枪十支都不到。韩老三来了劲，拉上我和他的几个手下到空旷地儿，他朝天一口气就糟蹋了几十发子弹。

打完，他给枪上了子弹，递给我，叫我也开几枪试试。

"你不害怕我枪朝你开？"我说。

他笑说："你没那胆，有那胆你就不是当下的你。再说了，你我的仇还没大到我要杀你、你非杀我的地步。都是男人，做事该有分寸……哼，要只为女人，不值当。"

我说："这一枪不用我打，我看你终究得死在枪底下。"

我还是没接他的枪，他笑说："我听说你打匣子枪在行，不行叫人给你换成匣子枪。"

"就你听说的事多。"我转身就走。

我打过匣子枪的事他能听谁说？沉香嘛，一定是她。她看着和我一心，谁知道她心里一直咋想。

你爷爷那时叫韩老三撵去了外村，我没硬挡。我想着那样也有好处，要不，就你爷爷那脾气，别看已经腿不利索，说不定也要寻韩老三拼命。韩老三说了，你爷爷的眼里有凶光，你爷爷离他近，他夜里都睡不好觉。

邱秃子说话算话，真的给了你爷爷钱治伤，还说等你爷爷腿好利索，要愿意的话也可以进保安团，保安团里最缺他那样的有谋略的人。他说你爷爷真要去，他会给你爷爷留上官衔。我托人悄悄问过你爷爷，问他愿不愿意跟邱秃子走。你爷爷说，除非他死了姓邱的拉走他的尸首。

韩老三不只防着你爷爷，其实也防着我。他派了个山西娃叫铁蛋的进进出出跟着我，明着说铁蛋是我的卫兵，给我端茶倒水跑个腿。瞎子都能看出，铁蛋是他的眼线，看着我的。

韩老三想错了一条，铁蛋才十六七岁个娃娃，还没养成常性，他跟着我没两天，我给他多吃了几块点心，又给他口袋里塞了两块银圆，他就把韩老三给他交代的都给我交了底。

两天过后，穆庄新添一景——韩老三开始带着他那些土匪手下在穆庄的麦场上踢踢打打操练。事情的起因有些好笑。

韩老三的人驻扎在我院子里，睡觉方面他们从不抱怨。他们多数穷苦人出身，有了邱秃子给的被褥，又揪回些麦秸垫在底下，就是不上炕，他们也说像睡在了皇上的龙床上。可一到吃饭，他们就乱了。按说他们的饭不差，我按邱秃子给的价天天给他们开六七桌，每桌都一样，要么炒几个菜，要么吃面，吃面只捞干的。他们倒是对饭不挑拣，可他们都是钻山林的主儿，没学下守啥规矩，倒学会了一样本事——喝酒。邱秃子从穆庄走时明确说了，他们不能喝酒。他们快要进县城了，进县城改编成保安团，成了保安团的人还喝酒，上头一知道，那得卷铺盖走人。邱秃子说得当然在理，可他和他的理能管得住韩老三手下那些五王八侯？他们不认县长，不把县长当根葱，不给他们酒喝他们就瞎折腾：吃面，他们端起面汤都要先碰一下碗；吃馍，他们先猜拳，谁赢了谁吃。到后来，他们饭不好好吃，就记了划拳，记了吼叫，没喝酒也跟喝多了一样，力气大的还在饭桌边上摔跤，脾气大的动不动拔出刀子。他们说，要是给了他们酒喝就啥事也没了。傻瓜才信他们说的，真要给了他们酒喝，他们还不翻了天？

我和韩老三那几天不说话，见了面也谁不理谁，可为他的那些家伙耍酒疯瞎胡闹，我叫人给他说过好几回。韩老三自己也觉得该整治他们了，于是想出了操练他们的办法。他应该也想把那些人带出个队伍的样子。

韩老三把那些人分成三拨,安排了三个稳重些的手下各带一队,随后叫他们没黑没白地在麦场上跑圈、走队伍、打拳。而他自己多数时间提着马鞭在那些人边上转悠,或者坐着嫣蓉坐过的藤椅在麦场边上看那些人出洋相。

我也到麦场上看了那些人胡闹,韩老三见我过去,派人搬椅子叫我跟他坐一处。我当然不会跟他坐太近。我要跟他套近乎,穆庄的乡党准要笑话我:看,才叫人家圈了柴棚,转身又跟人家坐一处,这样没血性的人,不可信,不可交。

趁韩老三带着他那些土匪兵在麦场上胡折腾,我想去看看沉香。说实话,那回看沉香,我心里的坎高到差点跨不过。我那时对沉香怨气还没平,沉香应该知道,我啥都能受,就是见不得人哄骗我,她偏偏哄骗我最深。

我心里有气,可要我一辈子不见沉香,我做不到。

我老母亲当年给我留了个梳妆匣子,里头是些乱七八糟的首饰。去见沉香前,我从里头挑出一对绑在一起的链子,打算送给沉香。我当时想,毕竟我俩中间有了前头的事,谁心里都不好受。那链子我不知道干啥用的,觉着像是银的,样子也好。

沉香的院子关着门,我拍门环,里头有人问:"谁?"我"嗯"了一声。

开门的是前几天往柴棚给我送饭的婆子,我问她大白天为啥关门。

她小声说:"那个姓韩的指派的,没办法。"

我问她:"人在没有?"

她点头。我进了院子,那婆子关了门。

我背手往里走,那婆子小脚跟在后。

"咋就像把人给圈了?"我说。

"谁说不是呢?我也觉得不美气。姓韩的说他跟穆庄的人都结了仇,他害怕咱穆庄谁寻沉香撒气。东家你不知道,这院子如今白天关着门,就是夜里,院子外头也有人驴拉磨一样转圈儿。"

我猛抬头,沉香一手扶着门框立在屋门口,肩膀一耸一耸,那样子,一看就哭着。

她也知道哭?活该她哭。不说旁的,为她自己她也该哭。你想,她年纪轻轻就得往心里搁事,人不受罪才怪。

我先没理她,挺直腰杆进了屋。我坐我常坐的椅子,她退回来端起茶壶要去添水。我刚喝过茶,也不想麻烦她,叫她坐。她坐到我当面,低着头,不看我。

我当时寻不出话说,把揣在怀里的那对链子放到了桌上。

沉香看了一眼那链子,眼泪一下子就落下来。我慌了,问她为啥。

她问我:"知道这叫啥?"

我摇头。

"活该你不懂!是一对脚链,系在脚脖子上的。脚链是定情的,谁会随便送人?脚链送了谁,是要拴住谁今生,系住谁来世……想你也不懂这些。"

竟有这讲究。我当时咋能有沉香说的那种想头?她哄骗了我半年，我还会送她脚链拴住她？

我取回那链子揣回怀里。

好长一会儿没人说话，最终我憋不住，问她："你一直哄骗我，为啥？"

"他救过我的命。"沉香看着别处说。

"他救过你的命，你也不该跟着他害我的命。"

"我咋会害你？我这一世……害谁也不会害你！"她又哭出了声。

她说她不会害我，这我倒信。她那天当韩老三的面替我说话，又为我被韩老三摔倒，还头碰了墙，想害我她不至于那样。

"好了，你不用哭，哭也没用。"我劝她。

她还哭，说自己只想哭，由不得自己。

看她那样子，我对她说："不是我说你，沉香，你有错呀，还是大错。你早知道嫣蓉的事，你不对我说也就罢了，可他头回登我的门，你一口一个哥叫，你跟他俩抱成团哄骗我，这我想不通。沉香呀，你硬生生叫我当了半年傻子，你叫我往后咋信你？"

亏了我手边那时没个茶碗茶杯，我当时在气头上，手边有啥就能摔啥。

沉香还是不说话，一个劲哭。男人就是没出息，女人哭两声，男人就心软，我也不例外。

沉香哭了一会儿，又起身要去泡茶。我想她是受不住我的话，避出去缓一会儿。

她又回来时，我问她："他，没再来寻事？"

沉香摇头说:"你不要只把他当匪看……就算他是匪,也不是人想的那种匪。"

我不高兴她这时候了还替韩老三说话:"你该醒醒了。他害你、害我、害我的管家,还搅得穆庄安生不了,他不是土匪是啥?还得叫人给他发个'贤良恭忠'匾不成?"

沉香成了闷葫芦不说话了。我着急,训她:"沉香,你有啥话大胆说嘛,我还能吃了你?"

沉香抬起头——就几天没见,她脸瘦了不少,脸上的眼泪流得一道一道的。

"德贤哥,我原想好的,八月十五,我要对你说我的事,说三哥的事,事情的原原本本都要对你说,你问啥我说啥,你想知道啥我说啥……谁能想到,当天我还没来得及说就出了事……这就是命,命只准我在你面前当小人,命逼着三哥他当匪,命拽得你离我远了——德贤哥,你说,谁能抗得过命……"

沉香正说着,咚咚咚有人砸院门。

那婆子骂着冲出去开门。门一开,是韩老三带着他两个手下。

韩老三进屋,自己拉椅子坐在了边上。那婆子跟了进来,韩老三对她说:"给我倒杯茶,一整天都在训练,渴了。"说完,他摆手叫跟着他的两个人退出。

屋里剩韩老三、我、沉香。韩老三卸了枪放在身后的板柜盖上。我懒得跟他说话,打定主意准备走,韩老三说话了。

"算你能行,她见你就哭,见我只知道发脾气。"

沉香转过脸,盯了他一眼,站起身,扭头出门,那气势是她在我心里原有的样子。

韩老三掏出纸烟，自己点了一根，递给我一根，我没接。我不抽他的烟，我有烟袋，我抽自己的。

一锅烟抽完，韩老三又递烟过来，放在我手边。

"你也见了，我领着近百人呢，不易。我得叫手下弟兄信服我，叫他们想着跟我跟对了，我得把事做在前头给他们看。说实在的，我有时难免得明知山有虎，偏向虎山行。你我之间，我有不周全的地方，你见谅。"

韩老三说话又变回了不紧不慢，口气像头回到穆庄时。可他说的我还是不能容忍，我驳他："你说得轻巧，你在穆庄耍了威风，也当上了你想当的官。可我呢？管家的腿断了，乡党把我鳖看。要你是我，你受得了？"

韩老三转过头去慢慢悠悠说："要我咋样，当众给你跪下？"

婆子送茶进屋，韩老三叫她放下壶出去歇着，不叫不要进。那婆子看看我，退了出去。

韩老三又点了烟，把点完烟的洋火把儿吹灭放在桌子角上。

"过去的事过去了，咱在一处，还是多说以后的事。"

韩老三事事想显他见过世面，看得远，我最受不了人这样。我说："韩团长，往后的事，恐怕咱俩没啥说的。过几天，你去当你的团长，升你的官，飞黄腾达；我原样当我的百姓，吃天地赐的饭食，你的事与我无干。"

韩老三摆手："你误会了。我的心意是望你替沉香着想，替她想以后，替她安顿以后。"

韩老三的话当下就拿住了我，我不想叫他看出我的窘相，就只抽烟，没接话。

"好，我还是称你为德贤兄吧，跟我头回来穆庄时一样。德贤兄，其他人我都能瞒，你，我不瞒了。我这几天每夜里做梦，梦见我光着脚四处找鞋，地上到处是带尖的石头，我没处下脚，走一步，身后留一个血脚印。我进退两难：找鞋，得受疼；立着不动，可人总不能不穿鞋。德贤兄，这梦我问过人了，不吉利，说有血光之灾，前程不妙。虽说老天爷谁都饶不过，人人终了都得完蛋，偏偏我命不好，老天爷先托梦说我要完，随后再掐住我脖子慢慢收拢——德贤兄，你想，好不好受？"

韩老三说完端起茶碗，喝酒一样把茶喝完。我向来吃软不吃硬，他话说到这份儿上，我不忍，劝了他。

"行了行了，老天爷嘛，就那样，谁都不饶，不论先后，想谁先谁先，想谁后谁后。还没睡进棺材，谁真知道先后？"

韩老三挤出一丝笑，摆手挡了我的话。他说："好了，咱不说那些死啦活啦的，咱说实实在在的。"他给自己续茶水，续着水问我："德贤兄，你见过自己爹娘的面？"

我点头。我娘走时我还小，我爹抽鸦片死的，他们没给我留多少好念想，可毕竟我都见过。

"德贤兄好福气！我没见过爹娘的面，他俩生下我就把我往路边草窝子一扔没踪影了。亏了一对穷光蛋老夫妻捡了我还蛮疼我，要不我的寿数得按天算，月都满不了。该我命苦，十岁不到，俩穷光蛋病死了，我又成了孤零零一个。换别人那时能咋办，我看饿死都说不定。我不行,我得想办法,得想办法救自己。我到老夫妻干过活的财主门口,跪在地上求人家赏饭吃。跪了一天两夜,财主留了我。一开始我给财主端茶倒水,随后财主发善心找人教我认字,还让我进新式学校。我书一直念到北平,法政大学德贤兄听说过吗?没听说过也对,私人开办的,学生就二百多,加上先生也不到三百。要是我在那里体体面面念完书,哪会是现在这样子?最不济也是教员韩三省,说不定还是律师韩三省……偏偏老天和我作对,财主家遭土匪,他想不开,怀里抱着装了几百块银圆的盒子不放,人家一棍子把他给砸没了。就这样,我的财神爷死了,我又过回了苦日子。我后来回山西找了那些土匪,还杀了他们的头头,哦,就是砸死我财神爷的那个——那些当官的指望不了,我靠了自己。说出来没几个人信,从那时起,我还真没再取过一个人的命。我杀了人,众叛亲离,自己反倒成了土匪。轮回转了一圈,我和我杀的人成了一类,谁能想得到?"

韩老三转过脸问我:"德贤兄,我想说的你能了然?"

我摇头,不过他随后说的我倒句句明明白白。

"那我明说吧。你该看出了,我一辈子从没走过刀背,回回走的都是刀刃:倒在这边,生;倒在那边,死。我这回又要上刀刃了,我不怕死,可我放心不下她——嗯,沉香。沉香可怜,与我一样,没爹没妈,她从我当年在北平时就跟着我,我一直把她当亲妹妹看。你也能看出,沉香脾性好,人透亮,照她那样子,咋能遭世上的罪?最该享天下的福。我这一生完蛋了,沉香不能像我,她不能成了没根的草,她得扎根,得像平常人家的闺女……我想的是托付她给你,求你照顾她,叫她能安安生生。没啥说的了,就这事,我想托付她到你跟前,你得答应,一定不能……"

窗外人影一闪,我出门看,不是旁人,是她,沉香。

沉香没动,还在窗边立着,一手扶着窗台,一手搭在自己肩膀上,豆大的泪珠从她脸上往下滚。

韩老三也跟出,他见沉香哭,从裤兜里掏出手帕递了过去。那婆子也从侧屋跑出,我叫她快把沉香扶进她屋里,要多说好话,多宽慰沉香,沉香毕竟年轻。

我和韩老三又回屋里坐下。韩老三脸色青着,我心里也不是滋味。

我想起了嫣蓉。嫣蓉一点都见不得我,我也见不得她。可她毕竟是我的婆娘,咋说呢,想起来就丧气。我不知道嫣蓉咋跟韩老三搭上的,要是她迟死一天,我要当面质问她,她为的啥,韩老三有哪样好?当下,韩老三又想留个女人在我跟前,这女人还哄骗过我半年,我心里咋过这一关?我不能留她,得叫她走,远离穆庄,闪到我眼看不到的地方——可我刚刚见过她,她一手扶着窗台一手搭在肩膀上,我咋舍得她走?

谁不想知道自己在旁人心里重还是轻?不知道沉香在窗外听出了啥,看出了啥——要两个男人推来推去,谁都不愿意承住她的往后,她该有多伤心?世上不该有人狠心对沉香——至少,我不能叫她没个依托。

我抽完一锅烟,立起,卷好了烟布袋,韩老三还坐着,我对他说:"你刚说的事,我想好了,沉香留在穆庄,我管。"

韩老三点头说:"就知道你会应下,这我也就放心了。"

临从沉香那里走,我悄然把那对脚链放在了沉香炕上,放在一处她能看见又不显眼的边角。

20

终于,韩老三要带他的人走了——当然,沉香留穆庄。

韩老三黑夜里偷偷摸摸到的穆庄,走时变了,挑大白天,耀武扬威的。

邱秃子那天没到,说是在县城里候着给韩老三接风。他提前又往穆庄送了一车衣服,新做的,跟军服样式很像,就是没帽子。就这也不简单,韩老三的人欢欢喜喜穿了新衣服,过新年一样。

韩老三骑了匹大白马走最前头,刚出穆庄,他的人都停下,列成队伍,一齐朝天开枪。他们没来头地整了这么一下,吓得有的跟着看热闹的跑出了半里地。

枪打完,韩老三在马上招手叫我。我过去,韩老三没下马,扯下马脖子上讨喜庆的红绸被面子甩给我,说:"收下,算我提前上的礼。"

走之前那天夜里,韩老三到我房里,后头跟着两个人,那两个人还抬着个大箱子。箱子往地上一放,韩老三叫我打开。我感到稀奇,开箱一看,是多半箱子银圆,码得整整齐齐。韩老三叫我收下那些钱,说是托付我照看沉香,托付人办事就得给钱,我得收下。他的礼太重,我没收。他装模作样掏出枪叫我收钱,我知道那是唬人,还是没收。我对他说了,我家底算不上厚,可多养活个人也难不住。他最后只得叫人又把银圆抬走。他的银圆终了我都没收,可他甩下的红绸被面子我收了:一是红绸被面子吉祥;二是他给我那红绸还有一层意思,他预备着把沉香留给我一辈子,这我求之不得。

韩老三骑马远走了,听他说,按邱秃子的安排,他先到县城休整几天,随后就要开拔去北山那边打共产党。他一说要去北山我就知道他有麻烦,那时谁都知道共产党不是好对付的。他那几个喽啰还想跟共产党斗,那不是拿鸡蛋磕石头?我劝他别去,别听邱秃子的,邱秃子看着就不像好人。可他说人家收编了他,他就得表现,最好能立功,要不咋树威信,咋在队伍里站住脚。我说:"你都不怕人家是借刀杀人?"他笑说:"没事的,县长会跟我一起。"

我知道我劝不了他,他有野心。沉香往穆庄一安顿,他没了牵挂,刀山火海都敢去闯了。

韩老三前脚出村,我后脚就安排人把你爷爷往回叫,他要走不动,抬也得把他抬回来。

第二天一大早,你爷爷回来了。

我在二门口迎你爷爷,他挂着个大木拐,看见我,快步往前走,木拐绊住了,他身子一歪,倒在地上。我跑过去拉他,他嘴里说着不用不用,手还是拽住了我胳膊。

我扶他进到上房,与他坐定。他掏出烟袋要点烟,我挡住他,拿出韩老三留给我的一盒纸烟。你爷爷看看纸烟,看看我,说:"东家,姓韩的给的吧?他的东西我不沾!"

你爷爷点了烟锅,我也只能跟着他抽烟锅。

你爷爷问我:"东家,土匪圈你在柴火棚时,你害怕了?"

"害怕嘛,要命的事,咋能不怕?"我问他,"人家朝你腿开枪,你害怕了?"

你爷爷抽了一口烟,说:"害怕啥?我早料到他不敢真要咱的命。不管他要了你我谁的命,他咋在穆庄住下?要敢那样,他韩老三能不能活着出穆庄都不一定。实话对你说,东家,我早布置下人了,在穆庄要他的狗命,一个人开一枪就成。他不对你我下冷手,那是他在给自个儿留后路。"

兴许你爷爷说得对,可我还是觉得命是自己的,不应拿来冒风险。

我问你爷爷腿咋样了,他说:"断了,不想再费神了。腿这仇我记着,非报不可;这仇我要不报,我算白到这世上一回。"

韩老三说过,他最不愿意看见你爷爷,你爷爷眼一翻,他就觉得心里不安生,他真不该打断你爷爷的腿。

你爷爷一生都爱说书上的话,那天,他开头说的是一句孔圣人的话"逝者如斯夫"。我一开始把"斯夫"听成了"师傅",半天没明白意思。到我弄清了他说的是哪句话,我也就弄清了你爷爷和我一样,心里吃上劲了,有点见老见衰。

我和你爷爷那天从早上一直说到半后晌,中间我跟他一起吃了晌午饭，吃饭也是话就着饭，饭就着话。你爷爷把查家的里外，把能想得到的穆庄乃至庆山县的大事小情都给我捋了一遍。他还把好些事将来变成啥样子，变成啥样子他准备咋对付给我交了底。到最后我问他："世事乱成这样，咱能度过不？"

你爷爷在大木拐上砰砰磕着烟锅说："只要咱做人上靠得住，有啥不能？我就一个字：能！"

你爷爷这就算回来了，继续当他的管家。他做的事跟先前的一样，就是胳膊底下多出了一个大木拐。

跟你爷爷说完话，我心里还是纷乱，不为其他，只为一个不能跟你爷爷说的事——见还是不见沉香。耐到天黑，我心一横，去拍了沉香的门。我原想，韩老三刚走，我该缓缓再去看沉香，终了还是没管住自己。反正韩老三给了我红绸被面子，我去寻她也名正言顺。

沉香在院子里的马扎上坐着。我问她咋不回屋，她没说话。我不管，扯起她的胳膊把她拽进屋。韩老三把她托付给我时说了，要是她有不对，我得指教。

我和沉香在屋里坐好，她还沉着脸，不说话。我知道，韩老三走了，他们彼此把对方当亲人，她心里咋能好受？

我把胳膊底下夹的红绸被面子在桌子上展开叫她看，问她："红绸子，上海货，你知道咋来的？"

"知道，她们回来说了。"唉，那些看热闹的妇女传话倒快。

"你知道就好。他说了，叫我以后看管好你，你有啥不对，我要多指教。"

"我不用人管，你该管教的是他。"

沉香说的没错，韩老三就不该去当那个保安团团长。他跟别人不一样，他有野心，想做出有名堂的事。可他跟的是邱秃子那个小人，还想去北山树威望，这么下去，他凶多吉少。话说回来，前前后后，我没好好劝过韩老三一回，私底下，我还巴不得他留了沉香在穆庄随后快些走——该不会我还记着他的仇？

沉香开口问我："想喝酒不？"

我说行吧，随后就传人准备酒，做菜。

酒菜上桌，我端起酒杯问沉香："咱为啥喝这酒？"

沉香把她杯里的酒泼在了地上说："为一只丧家之狗。"

我也算念过几年私塾，沉香那句话我懂，她用的是孔圣人的典。我心说：韩老三，你一定要保住你的狗命，你要有个三长两短，沉香她得多难受！

沉香看着我，我把自己的酒一口喝干，我恍惚喝出了八月十五那夜的欢喜与轻快。

21

时间也就过了半个月，有一天半夜我正睡得香，门外有人大喊着叫我，还一直不停。我披上衣服开门准备骂人。

门外立着你爷爷布置的那些巡夜的，手里都拿着火棍子。

立在最前面的是结巴老王，他是那些人的头头，他说：

"少……少东家,韩……老三……他……他又来了……"

"对呀对呀,还有县长,县长也来了。"有人给老王帮腔。

一听见"韩老三"三个字,我心里咯噔一下。

我吩咐老王去叫你爷爷,老王说:"有人已经……已经去……去……去了。"

"你亲自去,叫他快。"我对老王说。

我一直觉得,遇事有你爷爷在当面心里才踏实。

韩老三和邱秃子在上房里候我,两个人像霜打的茄子,没了当初耀武扬威的劲:韩老三衣服到处破烂着,裤腿撕得一绺一绺的,袖子上还挂着棉花絮子;邱秃子更狼狈,秃脑袋上绑着白布,就跟家里死了先人一样。看他俩是那光景,我心里有了底。

"德贤兄,打扰穆庄了,打扰。"邱秃子一见我,立起说。

我还礼:"县长咋能说这话?你是县长,庆山地面你想到啥地方不是任由你的性子?"

和邱秃子拉着话,我偷瞄韩老三。他稳稳坐着,还斜了一眼邱秃子。我心想,你输了事输了人还死不认卯,好,你英武,我今儿个先叫你吃不上查家一口饭,喝不了查家一口水。

邱秃子摇晃着桌上的空茶壶对我说:"德贤兄,人已经上门,倒壶茶总应该嘛!"

我说:"县长放宽心,水我叫人去烧了,你得候。照理我这里还得管饭,不过我刚问了,人都睡了,总不能叫我去炒菜、去烙馍吧?我也弄不了这些呀。饭,只能等天明再说。"

韩老三冷冷地说:"三十年河东,三十年河西。"

我才不管他俩咋想,我就是想杀杀他俩的威风。

随后不久,你爷爷就拄着拐到了。你爷爷专意拾掇了自己,头发光光亮亮,都朝后梳,像四川袍哥的打扮。他长衫上还扎了腰带,练武的人才扎的那种宽腰带,一排一排钉着铁钉的那种。他那身打扮,不像管家,倒像个刀客。

你爷爷一进门,我们几个都看他。你爷爷自己坐了,点一锅烟吧嗒吧嗒抽,眼皮儿都不抬。

一直僵着也不是个事,我打个岔子,问邱秃子仗打得咋样。

邱秃子瞅了瞅韩老三,才说起他们败走麦城的经过。

他们"剿共"的那队人从庆山出发时号称"八百勇士",实际也就两三百人,八百的一半都不到。他们明着说是"为党国效力",其实心思都在其他事上——上头人对他们说了,谁攻打共产党得力,升官发财不说,往后还能去香港,去美国。他们都中了这个邪。

共产党的部队哪里像上头说的是群缺吃少穿的山里人,连枪都端不起?相反,他们倒像专为打仗生下的,白天在地里啥活都不耽搁,夜里还能不睡觉四处跑着打仗。邱秃子他们才到耀县地面,夜晚在一个村子里歇着,到后半夜,共产党就围了整个村子。也说不清他们是从哪块地里冒出来的,还是从哪条沟里钻出来的。

跟共产党的仗就没法打,你明明看见那地方打枪,跑过去看,人早没影了。你刚寻个地方躲藏好,没弄清咋回事,身上早挨了子弹。没多长时间,韩老三他们就损失惨重。总算熬到天明,他们把人收拢起一数,死了几十个,伤了几十个,还有几十个没了踪影,估计早成了人家的俘虏。仗打成那熊样子,人家军队的人影都没见上,自始至终倒像是自个儿跟自个儿打了一仗。

啥也不顾了,逃命要紧。他们带了剩下的几十个残兵败将一路不停跑,这才半夜到了穆庄。原本他们能回庆山,韩老三说要绕停穆庄,他有事得办。

邱秃子说完,我看了看你爷爷,他正在大木拐上磕烟锅。烟锅磕完,你爷爷说:"县长和韩团长半夜里绕路来穆庄,不至于只为喝一口水吧。要觉得方便,谁给我这个管家交个底,有用得着我这个管家出力的地方,我也能当下就把话传下去。"

你爷爷说完,邱秃子立时拉下了脸。

我对你爷爷使眼色,想叫他说话软和些,可他不看我,看邱秃子,看韩老三,死等人家回话。

邱秃子定了一时,说:"德贤兄,邱某虽打了败仗,但依然是国民政府明令委任之一县之长,县域之内,邱某各处巡视,不必事先知告吧!"

你爷爷不理邱秃子,盯着韩老三看,明摆着韩老三不发话,事情收不了场。

韩老三抬手挡了揿着脖子还想说话的邱秃子,说:"我说几句。德贤兄,叫你的管家不用着急上火,没啥大事,我与邱县长也不会把穆庄当成庆山,穆庄也成不了庆山。我知道管家一直对我怀恨在心,嗯,也难怪,腿的事,我知道。一直也没个时机当面给管家道歉,今儿个正好,当着德贤兄,当着县长,我给管家赔不是了。"

韩老三坐在原处，朝你爷爷拱了拱手，却连正脸都没给你爷爷。这算哪门子赔不是？

韩老三绷着脸又说："话说明了，我这一遭也不过是折了几个兵，丢了几支枪，可我人还在。金鳞不是池中物，遇了风云还要变成龙！人都说凤凰落架不如鸡，容我明说，就是鸡，急了也会啄人，要不它的尖嘴干啥用？"

说完，韩老三甩袖子抬脚出门，谁都没看一眼。

韩老三去了沉香院子，他在沉香院子停了约半个时辰，随后搬走个箱子，带了他们的残兵败将，跟着邱秃子回县城去了。邱秃子原想叫人养养精神再走，他怕一群人破衣烂衫回县城叫人笑话；韩老三一定要走，立时出发，绝不暂留。

事办难看了，我脸上挂不住，撇开邱秃子不说，咋说沉香也把韩老三喊三哥。

我送邱秃子、韩老三出穆庄，韩老三昂着头走在最前面，不说话，我在他后面，想说也不知道说啥好。

才出穆庄，韩老三停下，拔出手枪抬胳膊朝天啪啪啪打完了枪里的子弹。那响声招得穆庄一片鸡鸣狗叫，我听见邱秃子嘟囔："疯了，乱打枪，白白耗费子弹。"

送走他俩，你爷爷还在。我埋怨他把事情弄僵了："往后要有事碰到他俩枪口上咋办？"你爷爷不在乎，叫我不必担心："看阵势，要不了多长时间，邱秃子他们就要完了。这关口上，万不能跟他们扯上干系，要不然，共产党一来，弄不好得掉脑袋。"

"就你料事如神？改不了朝，换不了代，咋办？"我说。

"东家，这事你不用管，人是我得罪的。"你爷爷拍了拍自己那条好腿，说，"我这条腿给他们预备着，候着他们来取。"

不用问我也知道韩老三从穆庄搬走的箱子里装的啥——银圆。韩老三、邱秃子吃了败仗，得拿钱重新置办家当，这我懂。我生气的是沉香，韩老三在她那里留着钱的事她从没给我透过风。她要对我说了，我也好叫人替她留神；可她倒好，对我只字不提，就跟我稀罕那几个糟钱一样。

你爷爷那天还叫我去看看沉香，他说沉香那时准保哭着，跟前得有人。我没听他的，没去。我对你爷爷说："各人自有各人福，各人自有各人命，随便！"

22

一九四九年，农历己丑年。那一年的春节平静得出奇。年前，我油坊的生意不比平常兴旺；到了年跟前，四下里也没人吆喝着敲锣打鼓耍社火。腊月二十三，看见下人在灶王爷前点香蜡，我才想起鼠年快完，牛年近在眼前。

我叫来了你爷爷，问他四下里有啥新鲜事。你爷爷说，最大的新鲜事就是改朝换代的事：国民党很快就要完了，估摸着到不了收麦，事情就要瓶倒水流——见底了。

你爷爷偏爱说些改朝啦换代啦的话，那些我都不懂，也懒得过问。我的想法是，我和他都没经过改朝换代，只能走一步看一步,哪里乏了哪里歇。

我叮咛你爷爷经管好庄稼和生意,不管到啥时,营生最要紧,任凭啥人坐天下一睁开眼总得吃总得喝。

有盐没醋说了一阵闲话,你爷爷神神秘秘地说:"东家,我这儿有个人,想叫你看一眼。"

我问他是啥人,他不说,只说见了就知道。

你爷爷先叫我候着,过了一会儿,他引了个人进门。那人一进门,你爷爷回身插了门,做贼一样。

那人道士打扮,留一小撮山羊胡子,道袍灰不溜秋,脑袋上扣了帽子,破烂的。打眼看那人,说不清他的年纪:说他五六十吧,脸皮白白的,眼亮亮的;说他三四十吧,他弓着腰,嘴里粗气呼哧个不停。

我心说:我又不信佛不沾道的,为啥给我引来个道士?

我还没张口问,道士倒先说话了:"查东家,别来无恙,你我见过面。"他说话满腔满调的西府口音。

我想不起啥时见过他。他笑说:"当初东家太太身子沉时,在下曾到府上给她号过脉。在下当时说她前景不妙,要遭大难,果真叫在下说中了。"

我细看,还真是那个算卦的。

"是你。不算卦了?咋出家了?"

"一言难尽,不说也罢。"他摇头。

"你还敢来穆庄,不害怕我剁了你的脚?"我说。

他又笑了,说:"管家已说了,那妇人浪荡成性,背信弃义,死有余辜。不这样,我还真不敢再来穆庄。"

"就说你号的那脉,说准也准,说不准也不准。说准吧,你说出的数对不上;说不准吧,人毕竟是死了。这不算啥,我最看不上你的为人,你为几个钱见死不救,这你没话说吧?"

"查东家有所不知,在下祖上世代行医,妇儿杂症到在下这里也能看个八九不离十。东家说的见死不救实在是错怪了在下,太太的病在下见时已属绝症,神仙来了也想不出办法。至于钱的事,东家体谅,在下上有老下有小,六七张嘴候着吃粮食,有时实在是迫不得已。"

我又问他:"这回来又要算啥卦?"

道士点一锅烟说:"东家,在下这回可不为啥看相算卦,只为给东家指点迷津。"

我原想说,就凭你还给人指点迷津,先救了自己再说。又一想,算了,听他的下文吧。

"现如今,地崩山摧,天翻地覆,国民党气息奄奄,蒋中正的位子岌岌可危,江山改姓已属必然。实不相瞒,二位莫看在下是道士打扮,在下实为共产党派到庆山探听消息、安抚众人的先行官……"

说实话,我一开始把道士的东拉西扯当成热闹在听,反正他说的事四处都在传,听听也犯不了王法。可到最后,他冷不丁说他是共产党的先行官,我吓了一跳,看你爷爷,他也张着嘴,瞪着眼。

我慌了,撇下道士,拉起你爷爷进到里间。你爷爷说:"我的错，东家，我的错。"

我问你爷爷："这人到底啥底细？是不是北山那边的人？"

你爷爷说："东家，他是蒲城来咱油坊拉菜油的二雷子引来的。二雷子说他见多识广，各路神仙都认得，听他说道说道能长见识。我想着他之前跟穆庄有一面之缘，就引他来见你。他跟我说话时也没提他是探子的话，说的都是八卦五行，咋一见东家，他就信口开河乱说。不管咋说，出了这事，怪我，我的错。"

你爷爷知不知道那道士是啥来头还真不好说，道士刚一进门，你爷爷就回身插门，我当时就觉得怪怪的。我也不想追究你爷爷啥，对他说："邱秃子他们还没完呢，当下就明着跟山北边的人往来，那不成了谋反？"你爷爷点头，我交代他："这事千万不敢传出去，传出去说不定就得掉脑袋……就是咱为人不怕事，那咱也不能稀里糊涂叫人害死。我不出去了，你出去打发他走……拿些钱叫他走。记着，带他出去时走后门，当心叫旁人看见。"

你爷爷点头出去，刚走出去，又折了回来，道士也没走，还跟了进来。我故意不看道士，对你爷爷说："叫你送客，咋回事？"

你爷爷鼻眼挤在一处说："人家说还没到走的时候，要说的话还多着……"你爷爷用下巴给我指道士的右手，我看清了，道士右手端着，袖子里伸出一截匣子枪的枪管。

我没话说，只能请道士再坐，有事好商量。

道士露了枪，人变大方了。他坐上炕，叫我隔炕桌坐在他对面。他竟然还叫你爷爷去给他沏一壶热茶。你爷爷看了看我，出去沏茶。

道士又摇晃着山羊胡子开了腔:"查东家,原谅在下软的不行换成了硬的。这其实也是为东家你好,国民党眼看要完蛋,关中道的大户哪一家不和咱这边通着气?你当下才醒悟过来,算迟的了。再说,咱当下又不叫你出工,又不叫你认捐纳粮,咱只叫你少跟他们国民党走近,不准朝南边逃跑。你不用害怕,你看我,现如今拿着枪四处走,你还有啥害怕的?我对你说,庆山县县长在我眼里蚂蚁都不如,过不了几天,自然有我们的兵马从天而降来收拾他。哦,我听说东家你和保安二团团长韩老三称兄道弟有交情。我得劝劝你,你要好自为之,少和他那种死硬分子来往。"

他已经亮过了枪,他说话我只剩下点头的份儿。

天快黑时,我和你爷爷从后门送道士走。

临走时,你爷爷问他:"敢问道长咋称呼?"

道士挺着胸脯说:"本人行不更名坐不改姓,清玄是也。"说完,他咕哝了一句:"记着,不准给国民党干事,也不准逃跑。"

23

要是道士清玄不提逃跑的话,我还真想不起跑的事。老祖先不是常说"三十六计走为上"吗?戏文里不是也有"此处不留爷,自有留爷处"吗?

我把要跑的话对你爷爷一说,你爷爷反过来问我:"跑?东家,咱当下朝啥方向跑?别处也打打杀杀,咱去了还人生地不熟,更难活命。咱不如静观其变，以不变应万变。至少，咱在穆庄有吃有喝，有房有地，死也能死个舒舒服服。"

"咱不行住到省城去，你不是在省城给咱置了院子，你不是说世道乱时咱就住进去……当下世道已然乱了，咱住省城行不行？"我那是故意说的，省城里的状况我心明如镜。

你爷爷皱着脸说："唉，好我的东家，谁能想出世道三天两天就乱到这地步？省城里当下驻扎着大队伍，准备打仗呢。护城河沿的树都砍光了，听说准备死守，要再演一场'二虎守长安'。当下，城里的人都在往外跑，咱要往城里跑，传出去不叫人笑话？"

你爷爷有个毛病，啥时、啥事都忧心旁人笑话他，保命时也不醒悟，实在叫人哭不是笑不是。

"那咱也不能坐着等死。"我说。

"东家你放心，咱不怕。不管往后谁当了皇上，都得有人纳粮吧？得有人给进贡吧？看看朱洪武，他有能耐把打江山的功臣杀光，他能杀光老百姓？杀光了百姓，谁给他纳粮抬轿子？照我看，改朝换代时最须静观其变，以不变应万变。"

你爷爷爱看古书，说起话来一套一套的，像是蛮有道理，可我觉得他说归说，自个儿都不一定信，不过是图个心安罢了。

我不信你爷爷说的，可我也想不出前路，只能与你爷爷听天由命，走一步看一步。

自打韩老三把沉香托付给我，还当着众人的面把红绸被面子给了我，我到沉香院子更气长，沉香眉眼里也愈发能装下我。

一九四九年过完年，天一直没暖和过来，还下了几场大雪，二月比腊月还冷，滴水成冰。大活人立在野地里，穿棉袄都顶不住事，得棉袄套皮袄才能抗住那一年的倒春寒。沉香身子小，怕冷，我吩咐人一天至少得给她点三回炕。沉香高兴，不出门，整天坐在炕上。我倒乐意她出不了门，我要寻她，她指定在。

有人已经告诉了我，沉香年前迷上了剪窗花，她一直对我隐瞒，怕我笑话。听说她拉了五六个心灵手巧的婆子教她，可教过她的都说她就不是那块料。五六个人手把手教，一两个月过了，她还连十二生肖都剪不出个样子。我想，沉香的手咋能是握剪子的手？她的手该用来写字、摇马鞭、骑自行车，用来剪窗花那是用错了地方。

那天晌午，我到沉香院子。我先没进屋，趴在门上从门缝朝里看，沉香正盘腿坐在炕上剪窗花。我大喊一声进去，沉香吓了一跳，学剪窗花的事再也遮盖不住。

我坐到炕边。沉香被子上已落了不少的红纸片，手里那张窗花才剪了一半。我把她剪的那张窗花看了半天也没看出她打算剪啥——野鸡不像野鸡，凤凰不像凤凰。我问她，她笑说："这都看不出，白做了关中人。慢慢看。"

我气她说："山西人会做醋，其他嘛，算了，瞎子点灯——白熬油。"

她扔了纸和剪子，噘嘴捶打我肩膀。

我看见她窗上贴着一张窗花，生龙活虎的，知道肯定不是她剪的，我偏偏故意夸她，说她那张剪得好，能拿到街面上卖钱。

"我有那本事？黑牛媳妇剪的，别看她人胖，手还真灵巧。"

我装不懂，问她："那窗花里头是些啥，总得有个名目吧。"

"那是五毒，蜘蛛、蜈蚣、长虫、蝎子、蛤蟆合在一处。"沉香一样一样给我指那五样毒物，还说五样毒物合到一处更不得了，妖魔鬼怪都闪躲得远远的。她自己胆小，专意要了那个辟邪。

我心里冒出个怪念头，那念头兴许不该对沉香说，可我忍不了，还是说出了。

我问沉香："看那窗花像不像一个人？"

沉香脸一阴，没说话。她何尝不明白，韩老三身上有"毒"，平日里他和旁人没两样，可要"毒"劲一发作，那就得有人受他的害。不单旁人，他"毒"劲发作时，恐怕他自个儿的心肺也承受不起。

见沉香低了头，我心疼她，岔开话题说："沉香，你心里得有个防备，从今往后，咱得随时准备着往后山上逃命躲兵乱。你不知道，大前天，马额镇上聚了几千人的队伍，听说是啥国军九十军。镇里的房子都叫占光了，牲口棚里也睡了人，大炮小炮排了半里地。你不知道，马额镇离穆庄就三十里路，真打起仗了，穆庄跟着遭殃也说不定。"

沉香问我："我不信。真的能到穆庄？"

我又怕吓着了她，忙给她宽心说："穆庄和马额镇倒是隔了几道深沟，当兵的要来也不易。实在不行我提前叫人把大路挖成小路，再不行就把路全挖断，看谁能进穆庄！"

沉香迟疑了，问我："那庆山呢，庆山也要打仗？"

"这谁也说不准。照我看，那些兵要一直扎在马额镇，往后必定有仗打。共产党要来打马额镇，他们咋能不顺路扫了庆山县？到时候，就凭庆山那点队伍应付，谁输谁赢不是明摆着。再说了，咱那县长邱秃子眼里只有利，他不卷了庆山县逃走已是阿弥陀佛了，谁跟了他，别说摘吃好果子，保不保得了命都难说呢。"

沉香忽闪着眼问我："德贤哥，你这么说，该不会是想吓死我？"

沉香内心从没停止过为韩老三担心，她说过她的命是韩老三续下的，韩老三待她好，她永世不忘；要韩老三有个三长两短，她心里会没法安生，她将生不如死。我有过一个嫣蓉，她从未与我一心，她的心不在穆庄，她的心在《红楼梦》里，在韩老三身上，我有她不如无她。沉香不一样，世事像一片迷雾，我再看不清前程，只要她往我当面一坐，啥祖宗礼法、面子里子、地产房产，我一概能不顾念，只要她眼扑闪着坐在我当面。

唉，再细想，我对沉香说啥也没用，我劝不回韩老三，就是沉香当面劝说料想他也不会回头。我也狠心想过，要是韩老三战死，沉香的念想断了，往后她不是只能挂念我一个人了？这话呀，我永世不能对沉香说。

24

仗一场接一场打，北山上居高临下的共产党与想守住关中道的国民党谁也不让谁,终究国民党也没赢下一场。这就是一九四九年春上的局势,明眼人一看,关中道的国民党扛不过夏。

县上派人到穆庄传令,庆山县邱忠孝县长并保安团的韩三省团长,特邀请我去县里商量治安、筹粮等事宜,务必本人前往,否则按私通"共匪"论处,绝不轻饶。

去还是不去,我叫了你爷爷商量。你爷爷听完骂说:"呸,本地的治安关百姓屁事!东家,那两个都不是啥好人,谁知道又耍啥花枪?不去,坚决不去,不上他们的当!"

说实话,我也看不上邱秃子和韩老三的为人,可我也不想把事做绝。我想着,邱秃子和韩老三都知道穆庄长长短短买了些枪,他们该不会是看上了我的那些枪?他们真要借我几支枪,我借给他们也没啥大不了。

你爷爷咬定不能听了他们的话去县上,万万不能去,肯定不是那二十几支枪的事。你爷爷说韩老三翻脸不认人,跟他打交道不防不行。就算他们摇身一变成了大善人,与他们往来多了也不行,叫那个清玄知道,还不成了事端?

我跟你爷爷想的不一样,我琢磨了半天,决定冒险去一趟县里。你爷爷一直不放心韩老三,我倒觉得韩老三不会害我,有沉香在穆庄,他不会乱来。我担心邱秃子,他贼眉鼠眼,旁人想不透他的主张。就这我也得去县上,我不能叫人觉得我胆子小得像老鼠,往后看不起我。

我叫你爷爷准备自行车,我要赴这鸿门宴。

你爷爷看我打定主意要去县上,便要随我一起去。我不容他跟，我和他都走了，那穆庄就没人拿事了，出个岔子更麻烦。你爷爷说实在不行多带几个刀客。我觉得没用，就算带一百个刀客，也不会比人家那边人多，只带两个人，出啥事有个送信的就行。

出发那天，风大天阴。一大早，你爷爷、沉香和其他几个人一起送我到村外的大槐树下。临了，你爷爷还念了句戏文，说啥"风萧萧兮易水寒"。另有一个长辈还流了眼泪，弄得像我要上刑场。

我已经走出有半里地，沉香追上来叮咛我，真遇上麻烦就对她三哥说，说她沉香要看不到我回穆庄，就用剪子扎心窝。我想，还算沉香有良心，明白了我对她的好。

我拍着胸脯对沉香说："放心，我没见过啥？你回去，安心候着，我一根汗毛也少不了。"

你爷爷派的顺子和闯娃护送我去县上，我骑自行车走在前头，他俩骑着马跟在后头。

几个时辰后，我们几个到了戏河滩，去县里的路那时绕不过戏河滩。

戏河滩是一片石头滩，夏天涨水，滩里的石头淹一多半；冬天时水落石出，一里多宽的河道只能看见石头。戏河滩的石头大的像一间厦房，小的也有斗大。老辈人说，当年陈胜闹事要打咸阳，眼见着不足百里便进咸阳，队伍到了戏河滩。秦王叫章邯想办法，章邯把给秦王挖陵的匠人拢到一处，在戏河滩里扎阵。那些匠人还真能行，一仗把陈胜给打跑了。仗打赢了，死伤也惨重：

河两岸、河滩上到处都是死人，戏河成了血河。古书上说，河滩里的尸首半年没烂完，臭气能飘好几里。那以后，一到天阴下雨，人要立在戏河滩上，常能听见怪声，像是地底下传出的鬼哭狼嚎。因此，庆山人有一句话：打雷闪电敢上南山，天阴下雨不到河滩。

怪了，那天一上戏河滩，我耳朵里就听见哭声，细细的、缓缓的。河滩过一半时，我听见的那声变大，四处都有：头顶有，背后有，四周的乱石里有，连马肚子底下都有。我心慌，头皮发麻，想着该不是碰上了战死鬼。

我停了，问顺子、闯娃听见哭声没有，他们都说没有。

顺子说："该不是老天爷在路上挡咱，不准咱上县里。东家，要不行咱不去了，咱回穆庄。"

我骂他说的是屁话："碌碡推到半坡了，咋能随意丢手？"

闯娃说："东家，你放心，我有办法。"

他从褡裢里抽出手枪，砰砰砰砰朝四个方向各开了一枪，枪声在河滩里还荡起了回声。

闯娃把枪往褡裢里一插，说："哪个能不惧怕枪？我就不信这世上会有不惧怕枪的鬼！"

我耳朵里的响声更大，猛一抬头，看见铺天盖地的黑点压过来，子弹一样朝我飞。

顺子和闯娃也抬头看，他俩吓呆了。

到那些黑点离我只有三四丈远时，顺子大喊："东家，老鸹阵，是老鸹阵！"

顺子提起是老鸹阵，我也清醒了，是老鸹阵，不会错。老辈人传说，当年章邯在戏河滩上打完那一仗，河滩里留了连片的尸首，尸首在河滩里臭了烂了，成了黑老鸹的好吃食。烂尸首吃了半年，戏河滩上的黑老鸹吃惯了人肉，死人吃不到，便成群结队啄起了路过戏河滩的活人。一个黑老鸹倒没啥了不得，要命的是它们一出动就成千上万。听老辈人说，每朝每代都有活人在戏河滩叫老鸹吃成白骨架。

一听是老鸹阵，我丢下自行车，顺子和闯娃也下了马。四下看，躲都寻不出躲的地方。顺子头脑活，喊："东家，钻马肚子底下。"

我钻进马的身底下，顺子拉着马缰绳防着马受了惊吓不听使唤。

老鸹们还在朝我冲，就像要飞进我的眼里。

老鸹扇动翅膀的响声大到像洪水在河道里卷着石头跑，老鸹落下的黑羽毛快要飞进我嘴里。

老鸹也不客气，一落到两匹马身上就开始动嘴。马惊得乱嘶乱叫，我早从马肚子底下跳出抱着脑袋趴在地上。

两匹马都惊了，嘶啸着跑走。马一跑走，一半的老鸹追了过去。

老鸹飞走了不少，剩下的也还铺天盖地。顺子和闯娃两手把褡裢举过头顶像摇纺线车一样转圈，还有点用，老鸹在他俩头顶转着圈，不敢下落。

他俩总不能一直转褡裢吧。我跳到闯娃跟前问他要枪，他喊说："东家……不敢，这都是我……我打枪引来的……"我夺了他的褡裢，抽出枪，对着他头顶上就开枪，一直开，直到再扣扳机也没子弹出来。顺子看我开枪，也抽出枪，咒骂着朝四周乱开枪。

好几只老鸹哇哇叫着落到了地上，在地上还扑腾，黑羽毛翻飞。

老鸹慢慢散走，头顶没了老鸹，露出了天。河滩里安生多了，只留下地上十几只老鸹不停扑腾，只留下一股子腥臭。

顺子和闯娃的马跑得没影了，他俩四处寻也寻不见。我说算了，不寻了，马脖圈上写着穆庄呢，还写着我的姓，人拾了定然会送回。

顺子和闯娃没了马骑，只能跟在我自行车后跑。闯娃喘着气说："东家，你的铁驴子就是好，老鸹想咬也咬不动，我以后也要买个铁驴子骑。"

顺子接他的话说："说啥以后，过了眼前这一关再说。"

戏河滩里一耽搁，我到县上时天已经黑了。

进了县城，顺子说要不然他去衙门看看，看有没有人候着。我说不去，折腾了一路，先寻地方睡觉，天明再去看邱秃子那张驴脸。

每回歇在庆山，我都住北关旅社。北关旅社的掌柜姓王，叫满娃，东北的。日本人占东三省那年他出东北一路到了庆山，落脚后开了北关旅社。王掌柜刚到庆山时，庆山人可怜他有家回不了，照顾他生意。北关旅社渐渐有了名气，成了庆山最兴盛的旅社。王掌柜人活泛，会说话，会做事，跟我和你爷爷都是熟人。

我带着顺子、闯娃一进北关旅社，王掌柜听说是我才下楼。趁着伙计去预备饭，他问我："少东家，你没觉得县城这疙瘩当下成了是非之地？"

我说："是县长和保安二团的韩团长下命令叫我来，不来就是私通'共匪'，不来不行呀。"

王掌柜叹气说："这俩活宝！"

我不解，问他咋回事。

"据我所知，有几天了，邱秃子一直在把人往县城招拢。一般人他不招拢，招拢来的都是有钱的。邱秃子明着说为这为那，啥玩意儿！少东家，不瞒你说，我已经好几天没敢下楼——我还打算着明儿个起关门拉倒……不瞒少东家说，已经有人给我透了消息，庆山要出事儿，出大事儿，三天两天就见分晓的事。到那时呀，谁还顾得了谁？"

真是的，我在穆庄一点也不知道。

闯娃咋呼说："东家，弄不好咱中了奸计。"

我骂他，叫他沉住气。

顺子沉稳，说："东家，咱三十六计——走为上。当下就走，先回穆庄再说。"

"这小兄弟有见识。"王掌柜也给顺子帮腔，"啥都没命要紧。少东家，我劝你一句，跑吧！少东家放心，你走你的，我这嘴严实着呢，大杠子都撬不开。"

我那时也有点胆怯了，打定主意第二天回穆庄，天不明就走，避开人。

　　和王掌柜说完话，我马马虎虎吃了一碗汤面，正准备进屋里睡，前院有人砸门。王掌柜叫伙计去应付，有人住店的话说没房，不行就说关张了，塌火了。

　　小伙计没多大工夫回来说："掌柜的，县长派的人，还有枪。"

　　王掌柜说不出话了。我问小伙计，那些人咋说的，想干啥。小伙计还没开口，四个背枪的已经到我当面，打头的是个小个子，一口河南话，说："谁是查德贤？查德贤给俺出来！"

　　还没人答应，他看了看我说："是你？"我看躲不过，点了头。

　　顺子一步走到我跟前，说："顺子，你乱说啥？哪有你说话的份儿？"

　　我知道顺子想钻空子，替代我。我摇头叫他不用管，我认了。

　　小个子看了看顺子，又看看我，手指着顺子笑起来："就你那熊样儿还冒充东家？你穿的啥？东家穿的啥？看你小子仁义，老子饶你，要其他人来，早一枪毙了。滚一边去！"

　　王掌柜拉开顺子，嬉皮笑脸地给小个子递烟说："我还当是谁呢，是咱河南连长。您来前也不派人送个信儿，要不我这里好酒好菜早预备齐了。"

　　小个子接了王掌柜的烟，他身后一个背枪的划洋火给他点上。小个子抽了一口烟问王掌柜："哈德门？"王掌柜点头。小个子接着说："烟倒是好烟。俺说王掌柜，你往后少给俺灌迷魂汤，还给俺预备酒菜呢，背后不骂俺就成。没工夫扯闲话了，俺带人回去，县长还候着见人呢。"

王掌柜堆起笑说:"连长,黑灯瞎火的,就不能过了今夜?"

小个子摆手说:"还过了今夜,黄花菜早凉了!哎哟,王老板,俺这一两天把欠你的钱送来。放心,俺不是说话不当话的人。"

"不急,不急。"王掌柜答应着。

我也不在乎了,跟着背枪的往外走,顺子和闯娃后头跟着。小个子不高兴了,对他俩说:"跟着干啥?造反呢?实在要跟着去就去一个……瘦不拉唧的那个跟着,五大三粗的那个该干吗干吗去。"

顺子人瘦,麻秆一样,他跟了我。

路上,我问小个子咋知道我住进了北关旅社。他翻了我一眼说:"看你也有鼻子有眼的,咋就这么糊涂?就庆山县这巴掌大的地儿,俺们县长啥不通透?谁家的鸡下蛋下错了窝俺们县长都知道,别说是县城进了仁大活人!"

我那时才真后悔了,后悔自己爱脸面,想逞能,结果蹚进了浑水。

25

背枪的押着我和顺子穿过县城,停在了城隍庙门口。一路走过,县城其他地方都黑着,只有城隍庙里里外外亮得跟大白天一样。你爷爷对我说了,韩老三一打出保安二团的旗,就赶跑了城隍庙里的道士,把城隍庙改成了自己的团部,门口站着端枪的,谁也别想再进去烧香,整个庆山县的人都在背后咒骂他。

庆山的城隍庙有年代了，廊下的碑子上写着，明朝修的。庙大，香火又旺，整个关中道驰名。

小个子一到，城隍庙门口站岗的几个兵齐刷刷给他敬礼，小个子还礼，还装模作样侧过身叫我先进，嘴里说着："请！"

城隍庙院子里到处是火堆，噼啪噼啪，烟熏火燎。

绕过前殿到大殿前的空场子，那里的火堆更大，火更旺，啥都能看清。

空场子上聚了上百人，打眼一看就能分三拨儿。最中间席地坐着的几十人都是东家打扮，有的我还认得。估摸着他们就是王老板说的邱秃子糊弄来的财东们，庆山县有头有脸的一拨人。东家们坐在地上，灰头土脸，有气无力，少数凑在一起小声嘀咕。他们身后，前殿廊下坐的都是伙计打扮，一看就是那些东家带的人，有二三十人，大多没事人一样有说有笑，不把东家的事当事。第三拨人是散在四下里的兵。他们有的端长枪，有的背短枪，多数叼着纸烟，在人群里走来走去，不时还跟人打招呼。听口音，他们多数是庆山当地人。

小个子河南连长带我到最前头，地上铺着些厚草垫子，他指了一个草垫子叫我坐。我坐好，发现身前不远处就是大殿的台阶。河南连长站到台阶上喊："听好啰，县东穆庄的查德贤东家到。"没人听他的，各人还说各人的，各人忙着各人的。

河南连长走开没多久，有人拍我肩膀。我回头看，认得，是县城三元草药铺的任掌柜。他从我手里买过草药，我三原的药铺也从他的铺子周转过西药。他是个厚道人。

"查掌柜,你咋也来了?"任掌柜问我。

我说我原不打算来,一时糊涂就来了,我问他:"你不是也来了?"

任掌柜摇头:"不来?抓都把你抓来。不信你打听,家在县城的哪个不是叫人家端着枪押来的。"

他两边一老一少两个东家点头又叹气。

我问任掌柜邱秃子为啥要把人都聚到一处,他说不清,猜想是为了讹钱,收够了钱出去买枪买炮买子弹。

我正跟任掌柜说着话,一边有人扯我袖子,是一位老者,我不认得。老者哭丧着脸问我:"这位小东家,不知道身上有没有吃的?老朽一天饭没沾牙,你要有吃的,我给钱,多少都行。"

我不高兴,对他说:"老东家,咋能说这话?说这话就是看不起人。吃的我有,不要钱,想出钱,那就没有。"

我站起,回身喊前殿廊下的顺子,他褡裢里背的有锅盔。我刚站起,几个端枪的就朝我聚,还大喊:"干啥?坐下,坐下!"我喊说我要吃的,在伙计身上背着。

河南连长跑了过来,说:"俺说查东家,不能站起,拿吃的也不能站起,得喊俺的人帮忙。你那伙计叫啥名字?"

"顺子,他叫顺子。叫他把吃的都拿给我。"我说。

河南连长从顺子手里拿了锅盔,我给那个老东家分了两角,剩下的也给其他没吃饭的东家分了。那个老东家咬着我的锅盔,还掉了眼泪。我心里一热,我要不是在北关旅社吃了一碗汤面,岂不跟他一个样子?

约一个时辰后，大殿的红漆门轰隆隆打开了，里头先走出了邱秃子，身后还跟着十几个人。邱秃子在最中间，他的秃脑袋火光一照锃亮。一群人里，邱秃子穿中山服，其他人穿军服，乱七八糟的军服，估计都属保安团。我仔细看了那些人，里头没有韩老三。

邱秃子高高站在台阶正中，两边各立着两个举着火棍子的兵，弄得他跟皇上一样。他就那德行，爱装腔作势。

邱秃子朝台下鞠了一个躬，随后才清清嗓子喊话：

"列位，邱某这厢有礼了。连日来，劳烦列位逗留，列位必多有怨言，甚至有人妄加揣测，污蔑邱某意图讹诈钱财，此乃无稽之谈。蒙祖上恩德，邱某家中虽不敢说资财雄厚，但家境殷实，衣食无忧，尚不屑于鸡鸣狗盗之事。在座的有所不知，邱某曾就读于中山先生亲创之黄埔军校，亦曾亲受蒋委员长教诲。时至今日，中山先生及蒋委员长之勉励与教诲如在耳侧，邱某怎敢餍足与懈怠？列位明鉴，于政事，邱某何曾放任？列位明鉴，为党国，邱某岂敢不鞠躬尽瘁？"

邱秃子举起了胳膊说那最后一句，他的人给他拍手，东家一拨人里竟也有人糊涂到跟着人家拍手。

"闲言少叙。前几日，有民众举报，在座的竟有人私通共匪，甘愿受其驱使，谋划于共匪抵达庆山之时内外勾结，颠覆党国在庆山之政府机构。呜乎，党国生死存亡之际，县域之内竟有人做出如此愧对天地良心、愧对党国之事，其用心何其险恶，何其卑鄙！

邱秃子那时回过头朝大殿里喊:"来人,押出来!"很快,两个兵从大殿里拖出一个人,那人耷拉着脑袋,看不清脸。他的腿脚拖在地上,软成了烂泥。两个兵把他绑到了大殿廊下的柱子上,直到那时他的脑袋依旧耷拉着。

邱秃子看了看那人,回身说:"此人乃邱某近日抓获之共匪在庆山第一号人物,想必在座的已有人认出了他。不必着急,好戏还在后头。"邱秃子转身,到那人身前说:"好啦好啦,道长,清玄道长,醒醒,醒醒,该醒醒啦……"

我差一点惊得喊出来。难道这个人是他?你爷爷领给我见的道士不就叫清玄?他不是自称共产党在庆山的先行官吗?

我着急想看清,看他到底是不是我会过的那个清玄,可他不抬脸,邱秃子叫也不应声。

一个兵走上前用棍子顶着下巴撑起那人的脑袋,那人终于露出正脸——唉,不是他是谁?

倒霉事偏偏叫我给碰上了,我心里叫苦。我身后也有人嘀咕:"咋是他?唉,咋会是他?"我立时估摸着见过他的不止我一个,他的大话不止对我一人说过。

邱秃子指挥一个当兵的说:"叫灵醒,叫他见一见自己的同志。"

"报告县长,晌午打重了,不一定能叫醒。"那当兵的说。

"叫不醒他,我绑你换他。"邱秃子说。

当兵的嘟嘟囔囔举起棍子劈头朝清玄脑袋上打了下去,声音响亮,像是棍子都快断成了两截。第二下还没来得及打,道士的脖子慢慢直起说:"还打?不是醒着呢?"

我身后慨叹声连连。唉,肯定有人巴不得他一直昏着。

清玄睁开眼,向四下扫了一圈。就那一扫,我周围几个东家慌忙低了头。还好,清玄多余的话没说,转过头沙哑着声对邱秃子说:"邱忠孝,你爷我落到你手里,想杀你杀,想剐你剐,给你爷来个痛快的。你爷我敢入共产党,就不怕死。少费口舌,给你爷来个痛快的!"

邱秃子没怒,笑了。

"看看,看看,好勇气!不过,你也是煮熟的鸭子——肉烂了只剩下嘴硬。不急,有的是时间叫你求饶告罪。"

邱秃子回身又开始讲:

"列位明察,此人身披道袍,明着是方外之人,实际是假道士、真共党。列位认清他,他是共党的探子,但凡曾与其交往者,自己站出,邱某既往不咎。举报他人者,邱某重重有赏——不单赏钱,还要赏匾,还要赏官!望列位认清局势,早做决断。邱某给列位留半个时辰考虑,半个时辰过后,哪个胆敢继续欺瞒邱某,莫怪邱某铁面无情。列位,好自为之!"

邱秃子转身进了大殿。他一走,清玄的脖子又撑不起脑袋,低下了头。

见清玄又昏了过去,人人都把心放进了肚子,有人开始说起了闲话。更有胆子大的,好家伙,说起共产党快进省城了,省城里能跑的早跑空了。周围当兵的来来回回,分明听见了也当没听见。

我跟旁人不一样,我那时心里还吃着力。虽说我只跟清玄吃过一顿饭,饭吃完给他提了几斤腊肉走,事情不涉要害,可话到了邱秃子嘴里,谁知道将来要变成啥样。我也巴望着清玄他一直昏迷下去,那我就能蒙混过关了。

约半个时辰后,邱秃子出了大殿,中山服也换成了军服,还是没戴帽子。

"列位,时限已到。实在遗憾,半个时辰竟无一人找邱某招认罪责,邱某承诺之既往不咎已无意义。佛法说,放下屠刀,立地成佛。敬酒不吃,如今,邱某只能给你吃罚酒了。来人!"

邱秃子话音一落,大殿里走出个当兵的,五大三粗,右手提刀,左手提短枪。那人的眉眼看不清,一脸大胡子,像脸上蒙了黑布——邱秃子要下狠手了,那人是刽子手长相!

刽子手一截木头一样立在了清玄旁边,他不说话,谁都不看,像个瞎子。

邱秃子指了指刽子手说:"列位,不到万不得已,邱某不会出此下策。邱某刚来庆山之时,人说邱某之前任从未施大刑以惩一儆百,足见庆山民风厚朴,吏治清平。妄言!谎话!邱某所见,本地共匪横行,刁民暴虐,政令难行,党国与生民之劫难无以复加。邱某在庆山若不能承继横渠先生'为天地立心,为生民立命'之志,不能尽中山先生'以天下为己任'之遗责,邱某将有愧矣!"

邱秃子假模假样地一会儿把手放在胸口,一会儿举起手在头顶摇晃。

"列位,乱世需用重典,宽严自然相济。哪怕只有一年甚至半年仍在任上,邱某也必然尽到本分;哪怕只有一个时辰甚至半个时辰在任上,邱某也绝不会姑息胆敢违犯党国律法者——此等人,不杀不足以快人心,不杀不足以平民愤!"

邱秃子停了片刻,可惜还是没人响应他为他拍手。

邱秃子转身指着清玄:"叫他醒,他不招也得招。"

刽子手用刀把抬起清玄的下巴,清玄看起来迷迷糊糊的,他早前到穆庄时的那股子精气神已没了踪影。

邱秃子对清玄说:"道长,邱某给你最后一次机会,只要你说出你跟这院子里哪些人有过勾结,邱某当下放你回家,你再不用受皮肉之苦;如若不然,你只剩下死路一条。道长,你有没有话说?"

那清玄硬气,邱秃子话刚说完,他就骂说:"呸,勾结……我跟你娘有勾结!"

邱秃子翻了脸,朝刽子手一挥手,说了一个字:"割。"

刽子手转身,枪插回腰里,抬刀——他的刀长有三尺,宽约二寸,刀把上系着红布。刽子手的刀一闪,他随后转身,垂刀立正。

清玄喊了一声,低了头。

邱秃子指另一个兵说:"止血。"

那兵手里攥了块布,到一个大火堆旁,从里头抽出了一把烧红的铁铲。他提铁铲到清玄面前,抬起,往清玄的脸上一按,清玄脸上冒起了白烟,紧跟着,一股肉的焦煳味儿慢慢散开。

院子里没一个人敢出声。

清玄受了疼，低垂着的脑袋抬起，嘴里呜呜喊，喊过几声之后，脑袋又垂了下去。

邱秃子背手走到清玄面前，伸头看了看清玄的侧脸。随后，他走回台阶正中原处，背着手说："列位见笑，邱某出此下策乃不得已而为之。私通共匪，祸乱党国，是可忍，孰不可忍！忍无可忍，必无须再忍。邱某今日施以严刑，如能对歹人起到杀鸡骇猴之功效，邱某在所不惜。"他朝刽子手摆手，刽子手抬了手又很快放下，"列位，道士清玄言其为共匪之先行官，为千里眼，为顺风耳。其罪行证据确凿，不可辩驳。为表邱某惩治共匪之决心，今日，邱某要割了他的顺风耳，挖出他的千里眼。列位过目，当面即为共匪清玄之顺风耳。邱某敬告清玄同党，若仍不愿招认，随后便奉上他的头颅……"

到那时，我才想到，那刽子手抬手时扔出的该是清玄的耳朵。那耳朵去了啥地方？

我低头，借着光，细看了地上——苍天呀，清玄的耳朵就在我的腿前，不出一尺远。

26

你该记得，我有个毛病——晕血，见血就晕，见血就吐。那回嫣蓉难产，我见了太多血，晕血的毛病加重，见一滴血都能头昏脑涨，眼冒金星。那天，狗娘养的刽子手把清玄的血耳朵甩在了我腿前头，我见清玄遭受可怜，心里原本就一直在翻腾，两事合在一处，我再忍不住，开始哇哇地吐——终了，我吐的脏东西盖住了清玄的耳朵。

坐我两边的东家见我吐了，立起，捂着脸闪开。他们一乱，后头也乱了。有人吵闹着说没他的事，他要回去。有人胆子小，拉起了哭腔。邱秃子的兵四处端着枪制止，到后来，有人朝天放了几枪，院子里才又安生下来。

等院子里恢复平静，邱秃子下台阶问我："德贤兄，别来无恙。德贤兄，你要有话说，邱某洗耳恭听。"

我嘴里苦，心慌，回他："我没啥说的，吐了。"

邱秃子摇摇头说："哼，你吐的可真是时候！"

他往原处退，退时喊说："列位，邱某也是读书人，本不该动刀动枪。无奈邱某身为一县之长，与党国之命运系于一处，怎能不为党国尽忠，为蒋委员长分忧，为民众除害？邱某今日之所为，只为捕获共党奸细……"邱秃子脚底一乱，差点摔倒，有人见他出丑，笑出了声。笑声激怒了邱秃子，他从一个当兵的手里夺了一根棍子，狠狠敲起了廊柱，笑的人才收住了声。

邱秃子又到清玄当面，揪着清玄的单耳朵左摇右晃，倒霉的清玄又醒了。

清玄睁开眼，四周看了看，随后只看邱秃子。

邱秃子问他："能听得见我说话？"

清玄瞅着他，不说话。

"看，底下这些人哪些与你有往来？你说出来，放你走，你能活命……"

连我都不信邱秃子说的，清玄能信他？清玄照旧不语。

邱秃子恼羞成怒，狠狠说："不说是吧？好，另一只。"

清玄那时摇晃了几下脑袋，忽地使劲，呸一声直直朝邱秃子唾起了唾沫。邱秃子闪身，清玄不罢休，够着够着朝他唾。

清玄厉害，死都不怕，我身后看到他这气概的东家们骚乱了，开始大声说话，还有人顺势立起。我那时想，越乱越好，乱到所有人四散跑了更好，跑了就不用再遭邱秃子这份洋罪。

邱秃子看又乱了，拔出手枪，朝天开了枪，还对那些穿军服的大喊把捣乱的揪出来，揪出来。

当兵的进入人群，揪出了两位老者。一个哭着叫着喊："为啥抓人？抓我干啥，说个话都要抓？"另一个骂个不停："狗日的，有本事一枪毙了老子。老子早活够了，有本事当下就开枪！"

两位老者被拉出了院子，其他人才又坐好，院子又安静下来。

邱秃子到清玄当面，左右打了清玄两个耳光，打完，甩甩自己的手，对刽子手说："割另一只吧。然后扎眼，行刑！"

刽子手迟疑，立在原处不见动，像是怕了。但他到底是刽子手，又走到清玄正当面。他抬起刀，刀已经快到清玄另一只耳朵上了，只要他手往下一拉，清玄另一只耳朵也就完了。

"停！停下，停下！"有人一声大喊。

我一惊，心说：这是谁，真胆大，这时间、这场合也敢呐喊。

我猛地想到，喊出"停下"的人竟然是我，竟是我查德贤。

我朝四周看其他人，他们都在盯着我看。

我为啥要喊"停下"？为啥？我跟清玄不沾亲不带故的，除了佩服他做人硬气,我跟他再无关联……

为啥?为啥我要喊"停下"?该不是我见不得人流血?

两个当兵的立在了我两边。

邱秃子盯着我,明知故问:"列位,方才是哪位喊的?敢不敢站起来?"

躲也躲不过,再加上赌着气,我登时立起说:"我,我喊的。穆庄,查德贤。"

"德贤兄,别来无恙。"邱秃子冷笑。

呸!我心里骂。

"好好好,德贤兄,邱某等你多时了。实不相瞒,邱某早已得悉,共党分子清玄来到庆山,第一处去的便是你德贤兄的穆庄,且前一天到,第二天夜里才走。不知邱某所述是否属实?邱某方才容列位躬察已过,督促列位悬崖勒马,德贤兄置若罔闻,偏偏邱某要对共党分子行刑之时,德贤兄大喊刀下留人。德贤兄,你倒讲一讲这中间的道理。"

没想到邱秃子知道清玄到过穆庄的事。哼,他知道偏一直不说,他的阴险比得上秦桧,比得上赵高。

是啥就是啥,我没啥好害怕的。我就跟清玄喝了壶茶,为这不至于杀我吧?

"县长,那我实话实说。道士到过穆庄不假,他喝了壶茶就走了,其他我一概不知。他就在你当面,你去问。"清玄那时又耷拉了脑袋,估计早昏死了,"他到穆庄,脸上也没写'共产党'三个字,我那时咋知道他的底细?……"

邱秃子截断我的话,朝我招手:"德贤兄,上来,来,上来说话。"

人走起了顺风路,谁都挡不住;要走起霉运,立在啥地方也是碰霉运。我没犹豫,上了台阶。

我一上台阶,邱秃子拉住我手,大声对台阶下的东家们说:"认得吗?穆庄的少东家,邱某的德贤兄。邱某与德贤兄相识甚早,邱某一来本县即拜会了德贤兄,邱某自陕北剿共返回时也拜会过德贤兄。智者千虑,必有一失,德贤兄万万不该勾结共党……"

我甩开他的手说:"邱县长,我刚说过,那道士到穆庄时啥话也没说,啥事也没做,你咋能咬定我勾结他?实话说吧,共产党干的啥、为的啥我都不懂,我为啥要去勾结?"

"既然德贤兄不知共党之所作所为,今日,容邱某细说给列位。列位算是方圆百十里有头有脸的人物,邱某请问,列位有没有想过列位的脸面自何而来?依邱某看,列位的脸面自仓里存下的粮食来,自世世代代积下的田地来,自手中响当当的银圆来。列位可知共党所为者何?他们疯狂痴蛮,立志于共产共妻。若他们来到庆山,列位的钱粮田地统统抢夺,绝不会存留。列位,到那时,共党吃你的粮,住你的炕,种你的田,而列位如何?吃糠咽菜住进窑洞尚算庆幸,性命都不见得能保住。请问,哪位愿意落到妻儿从河滩里往回抬自己尸首的地步?"

邱秃子说得够吓人,有的东家听得点了头。

邱秃子说完回头缓着对我说:"德贤兄见谅,你勾结共党之事容邱某随后详查。当下,委屈德贤兄后面歇息,邱某随后就到。来人,带德贤东家退下!"话一落音,边上的几个兵就往我面前走。

我当时想:人多处,他邱秃子做事还有个分寸,避开人,就啥都说不好了。我不愿走,我说:"有事当人面说,有理当人面辩,我就在这儿,哪里也不去。"

没人听我的,那几个兵扭住了我的胳膊,他们劲大,我的胳膊扎心似的疼。

吃了我锅盔的那位老者站起喊说:"这位东家说得在理,有话要说到明处……"他没说完话,一个兵过去踢了他一脚,他坐在了地上。

"东家,东家!"顺子喊叫着从后朝前扑过来,当兵的拉都拉不住。我原先觉得顺子人机灵能干,就是胆子小,老鼠都不敢上脚踩,那场合顺子竟不管不顾朝前冲,有你爷爷那股子天不怕地不怕的劲。

邱秃子喊手下人让开,让他们不要挡。

当兵的松手,顺子到我面前。我担心他鲁莽,会跟着遭罪,训他:"你跟来干啥?你不用管,快闪远!"

顺子张开胳膊护我,说:"东家,你糊涂,他们拉你到没人处,出了事咋办?你要出个事,我咋回穆庄?我不管,有我在,谁也别想拉你走。"

"让开吧,我没事。"我说大话。

邱秃子笑了,对顺子说:"小兄弟,听东家的,让吧。邱某保证把你的东家全全乎乎送回穆庄,一根汗毛也少不了。"

顺子噘着嘴看我,我给他递眼色。

"顺子,你不回穆庄,我在啥地方都没人知道。快往回走,给管家说我与县长在一处,他就放心了。"

顺子盯着我看了一会儿,终于灵醒过来转身就跑。

顺子一走,我对邱秃子说:"县长,求你个事,放开道士吧,看他那脸,血都流成河了。再不管,他就没命了!"

邱秃子笑说:"德贤兄用心良苦。好,听你的。"

城隍庙的大殿后有一排厢房,原有两排,多年前失火烧了一排。

当兵的押着我在一间厢房门口停了,他们开了锁推我进,厢房里漆黑,我说:"太黑,先点上灯嘛。"

一个家伙踢了我一脚,说:"喊啥?离死不远了,用得上光亮?"

他点了油灯。油灯一亮,我吓一跳,灯一旁立着个爷像,眉眼皱巴着,张着嘴,佝偻着腰。

那当兵的离开前,我问他为啥说我离死不远了。

他瞪我一眼说:"这屋里关过的人,当下哪有一个活着的?"

当兵的走了,我的心一下绷紧了。

我想了半天,麻烦说到底出在两个地方:一是我收下了邱秃子的自行车,他肯定惦记上了我;一是我有晕血的毛病,见了清玄的血耳朵喊出了声,后头的事就躲不开。

我四下看了看那房子，进门正对的是墙，原来应该有窗子，已经封了。墙上揳了两个木楔子，一个楔子上挂个斗笠，一个楔子上挂件半截子蓑衣。进门右手是土炕，没铺盖，铺了一层烂麦秸。炕对着的墙角有桌子和一对椅子，一开始吓我一跳的爷像就在桌子上，眉眼还皱巴着。

坐了一会儿，我起身在屋里转，动弹动弹腿脚。我想，顺子已经回去送信儿了，你爷爷指定会想办法。

我还没走个几圈，窗外有人大喊："转啥呢？贼盯出路哩？坐在炕上不准动，听见没有？"

我也算知道了，门外一直有人，我插上翅膀都难飞走。

我上炕，倒在麦秸上眯了一会儿。我想，我也够倒霉的，韩老三才囚过我一回柴棚，当下又叫人囚了。算了，吹灯睡觉，车到山前必有路。

我刚吹了灯，房门就开了。一开始那当兵的开锁进门，划着洋火就对我喊："谁叫你吹的灯？想跑还是想死？听好，再敢吹灯，剁你的手！"

我心想：你也真够糊涂的，我要吹灯，该缝我嘴，咋说要剁我手？他该不是想得好处？我怀里那时正好揣着十几块大洋，趁他没出门，我掏出多一半塞到他手里，对他说："小兄弟，我有个毛病，灯亮着就睡不下。再说，我又不是土行孙，钻不进去地缝，行个方便吧，叫我吹了灯睡上三个时辰就成……不行就一个时辰。"

当兵的掂了掂手里的大洋说："还有没有？"

我说没了。

他揣起大洋说："东西我收了，灯你吹不成。别怪我，上头交代的，我也没法子。"

我憋了一肚子气，心说：不让我吹灯，你收我钱干啥？

过了约半个时辰，他又进屋往椅子上一坐，扔给我一角锅盔，说："都怪你刚吹灯，这下好了，人家叫我脸对脸看着你。"

我坐起，看他眉眼虽凶巴巴的，可毕竟年纪轻，应该不难搭话。

我问他："是不是庆山人，他说是，县西的？"

我高兴，又问他认得我不，他说不认得，不过，当下就算认得了。

我对他说，要他以前认得我就好了，我开着油坊，能提十斤好菜油给他。他笑笑，说我想买通他。我说不是，说说话，岔个心慌。

我和他有一句没一句总算搭上了话，他放松了戒心，啥话都愿意对我说。

我问他："那个道士呢，死了没有？"

他说："放心吧，死不了。啥时候了，谁还愿意得罪人家？那不成了自断后路？"

他把我说糊涂了，不想得罪人家，割人家耳朵干啥？

我又问起院里其他人，是不是也都叫关着。

"唉，人多成那样，往哪里关？放了，已经都放了，都回去了，就剩了你一个……哦，还有你那个伙计，他绑在前院。"

他说。

我脑袋里嗡的一声,顺子咋能仍在前院?他要还没走,那谁给穆庄、给你爷爷报信儿?明明抓的是清玄,打的是清玄,到最后咋只关了我一个?

我想起韩老三,咋没见他?我问那当兵的:"小兄弟,保安二团的韩团长,我认得他,咋没见他露面?"

"死了。"他说。

我说不出话。

他看看我,补充了几句:"我是一团的,归县长管,二团的事我不太清楚。听人说他们团长死了,才死的,听说是叫人打了黑枪。活该,他爱当团长,肯定得罪了不少人。唉,这年月,随便哪个今儿个活明儿个死都不稀罕,更别说我们这等子背枪的。"

我眼一闭,想:韩老三大小也算个人物,咋稀里糊涂说死就死了?要是沉香知道韩老三死了不知道能哭成啥样。我开始一点也见不得他韩老三,巴不得他早死快死——他一死,他跟嫣蓉的事就算一笔勾销;他一死,沉香也就没有了朝外跑的念想,沉香就能安心在穆庄,就能安心同我一处。可当真听说韩老三死了,我有点受不了,觉得他无论如何也不至于……

我原本还想从当兵的嘴里多打听些事,听说韩老三不明不白地死了,心里空落落的,倒在炕上睡了。不过,你大可放心,韩老三没死,传的那信儿是假的。

27

也怪，那样的情景，死活都说不准，我还睡着了，踏踏实实。不知到了几时，我迷迷糊糊听见有人叫我，睁开眼，是那个兵叫我，还踢我的脚后跟。我问他啥事，他说县长请我，叫押我过去。我说该不会哄我出去枪毙吧，他说不是，应该不是。

我出门，门外还立了两个人，三个人前后夹着我穿过大殿。到院子里，一院子的人早没了踪影，到处扔着砖头瓦块、细细粗粗的树枝，零星的火堆里闪着火星。那个当兵的没有哄骗我，其他东家都走了。

进到前殿，前殿里点了几堆火，松木烧的，有煮好的砖茶香味。

邱秃子在前殿香案边的墩子上坐着，见我到了还立起，招呼我坐。我没客气，跟他坐了对面。我想，大不了就是个死，不用低三下四，堂堂正正还自在。

邱秃子摆手叫当兵的都出去，只留了他身后一个文书模样的人。

其他人退出，邱秃子拿出纸烟盒子递给我，我没理他。

"德贤兄，别来无恙！"邱秃子还笑嘻嘻的，只是我见识了他的狠辣，觉得他的笑真恶心。

我不想拖延，对他说："邱县长，咱打开窗子说亮话。我至今想不清事情到这地步为的啥。那道士到穆庄属实，可我与他啥话也没说，也没为他做啥事，当下倒好，旁人都走了，我还被圈在这儿。我不该在这儿,我要回穆庄。"

我那时其实最惦记顺子和韩老三,可我不能问起他们。我要问了,邱秃子就知道有人给我透了信儿,那个看我的小兄弟恐怕会有麻烦。没法子,我只能想着先出去再说。

"德贤兄,不急不急。你要体谅邱某的难处,邱某也是不得已而为之。如若邱某对涉共的事有一点马虎,上峰万不会饶过邱某。不过,念在德贤兄回穆庄急切,邱某甘愿为德贤兄网开一面。礼尚往来,只需德贤兄帮邱某一个小忙,不知德贤兄意下如何?"

谁知道他心里又想出啥坏主意,我说:"你是县长,我是百姓,百姓有能耐帮县长忙?这说出去都没人信。"

"那邱某就直言不讳。邱某听说,和韩三省韩团长兄妹相称的廖沉香一到庆山便落脚于穆庄,同到穆庄的当时有马车两驾。据传,马车所载非柴米油盐之类,而是珠玉宝器、字画古董,更多则为金条与银圆。此事早有传言,邱某也有耳闻,然真伪难辨。今日,邱某拜托德贤兄将马车之事予以澄清,如德贤兄能说出车上东西的下落,邱某自当感激不尽。德贤兄想必不忍心令邱某无功而返!"

听着邱秃子说话,瞅着他油光发亮的脸,我心里早已经冰凉冰凉。我一整天的思不明理不清一下子贯通了。邱秃子所说的为黎民、为百姓,全是些糊弄人的鬼话。我还傻到真想着他是见不得共产党,真是尽职分,谁知道他做一套样子,心里却只想着丁零当啷的大洋!邱秃子他只配那两个字——小人!

邱秃子又说:"德贤兄,介绍一个人给你。侯副官,山西阳曲人，国军上尉。实不相瞒，不出意外的话，邱某所述马车上的金银，多数原属侯副官家中所有，后才辗转到的穆庄。至于那些东西如何到的韩团长手中，想想韩团长归附邱某之前所干之勾当，便不言自明。哦，德贤兄有所不知，阳曲侯家与我太古邱家是世交，侯副官远道而至，邱某自然要过问此事。望德贤兄能体谅邱某与侯副官的难处，助邱家与侯家尽早了结此事。邱某已与侯副官商定，只要德贤兄说出那些东西的下落，邱、侯两家愿出两成所得酬谢德贤兄，一诺千金，绝不反悔。德贤兄，两成，不算少啦。"

那侯副官不说话，只在邱秃子身后对我拱手。

我想起韩老三第一回到穆庄时的样子，穿长衫，不紧不慢，样子咋都不像个土匪，倒像个教书先生。可整晚上没见韩老三，据那当兵的说，他已经死了。我心里翻腾个不停，愤然说："县长大人，韩团长的东西你寻我问是不是寻错了人？韩团长不是在你手底下，你有啥想知道，去问他本人好了，何苦揪着我不放手？"

邱秃子神色不变，说："德贤兄，实在不巧，韩团长公干外出，到渭北去缉拿共党分子，两日后方能返回。他在的话，邱某自然不会麻烦德贤兄。"

"两天算长？两天又伤不了身，两天又死不了人。"

邱秃子堆出笑对我说："德贤兄真会讲笑话。等，邱某自然可以等，无奈侯副官公务在身，战事瞬息万变，他即刻要返回前线，事情拖延不得。德贤兄，帮帮邱某，事情办妥之后……哦，待韩团长缉拿共党分子归来，邱某一定设宴款待德贤兄与韩团长，你我三人一醉方休。"

那当兵的一开始说韩老三死了，我还信三分疑七分，见邱秃子提起韩老三就哼哼哈哈，我信韩老三他应该是真毙了。我想：韩老三走了，我的命也没几分攥在自己手里。我动了怒气，死活也看轻了，只想争口气——至少邱秃子想咋样，我不能叫他咋样，我要叫他的如意算盘打不成。

"县长，你说的马车，我没见过，听都没听说过。我说的你愿信就信，不信我也没法子。我平头百姓一个，托祖上的福能吃饱穿暖，没指望发横财，没想过亏了良心去害人，更不会把没有说成有，把白的说成黑。县长，我是民，你是官，自古民斗不过官。我的命攥在你手里，你想咋样就咋样，由你！"

邱秃子瞪起了眼，说："德贤兄，你……不惜命？"

我立起身，脑袋里嗡嗡响，说："你想得钱，我想活命；我没你要的钱，你不想饶我的命。我死了我也不服！"

"噢，有何不服？"邱秃子问我。

"还用问？庆山多好的地方，老天不睁眼，给庆山降下个嘴里党呀国呀、肚子里认钱不认人的好县长！"

邱秃子拍桌子站起，喊："来人，来人！把他押走，押走！"

几个兵枪管子顶到了我背上，那时，我知道我已经凶多吉少，可我不怕，我没亏心，我没低头。我就是死了，整个庆山谁都说不上我啥，我不会留下骂名。

临出门，邱秃子喊我，我没回头，只听他说："德贤兄，别以为你装糊涂邱某便无计可施。实话说吧,邱某已派人去往你穆庄,去搜查,去抓人,这就叫敬酒不吃吃罚酒!押下去!"

"你是县长,你想咋样就咋样!"

回到厢房,我心里才紧张了。我给邱秃子放话说"想咋样就咋样",那是在说大话,是害怕他拿住我的短处。我咋会不替穆庄担心?我咋会不担心穆庄的人?别看邱秃子当着县长,他心性恐怕连地痞无赖都不如,到穆庄逮人、害人的事,旁人做不出,他指定做得出。况且他要真派人去了,你爷爷能伸出手由他绑?你爷爷指定领了人跟邱秃子的人拼命,到那时……前几年,滋水县有村民跟土匪拼命,双方合起来死了大几十号人,村巷的石板缝里糊满了血,一夏天的雨都没冲刷净。

我越想越憋气,心里骂邱秃子,骂韩老三,还骂了嫣蓉。我后来流过一阵眼泪,那是因我想起了沉香,还想起顺子和闯娃,还想起流眼泪有个屁用!

28

天快明时,下起了雨,开始雨小,过了一会儿,雨点子重了,砸得屋瓦噼噼啪啪。

我从来不喜欢下雨,下了雨出不去门,四周只有墙,心里发慌。那天的雨下得更不是时候,我心急火燎,又下雨,真丧气。还别说,就那样子了,我都没想我死定了,得把命就近丢给城隍爷。我想:我还没到绝路上,阎王爷保准不愿收我,老天爷正指派人来救我，我命大着呢！

总算熬完了黑夜，天明时，雨也停了。我那时明明醒着，就是睁不开眼——着急上火，还流过些眼泪，我的眼泡应该肿成了梅李。

过了有一个时辰，院子里有了脚步声，我心里开始翻腾：福还是祸？救我还是害我？

"东家，东家，我来接你了！"

谁的声音？还能有谁，你爷爷。

一听见你爷爷的声音，我一下坐起，鞋也没穿到了门口。

门开了，你爷爷扑进屋一把拉住我的手，他的手热乎乎的。你爷爷浑身上下都是泥水，他指定没少为我着急。原本我想说点啥，可嘴张了半天，终究一个字也没说出，倒是又流了眼泪。

沉香跟着你爷爷进来，她怀里抱着个包袱，眼也是潮的。她上下看我，笑了。我在麦秸堆里翻了一夜，周身沾了不少麦秸，沉香该是笑我狼狈。

沉香把包袱塞给我，说："不遭罪不知道平常日子香，不出门咋知道在自家屋里好？这是厚衣裳，换上！"

沉香身上也湿透了，我心疼她，包袱递还给她说："干衣服由你穿，我一个大男人，冻个三天五天都伤不了根本。"

再后头走进来的是顺子和收过我钱的那个兵。

顺子年龄小，见我就哭，说："东家，我不好，没能救得了你，叫你遭罪了。"我说："咋能怪上你，看见你好着我就放心了。"

我问你爷爷是谁报的信儿，你爷爷说事情紧，随后再细说。

我指着收过我钱的那个兵，对你爷爷说："这娃没成心害我，留钱给他买酒。"那兵推说不要，还慌着掏我先前给他的要还。你爷爷按住他的手说："小兄弟，不能。东家给你的你就得拿上，他说一不二。"你爷爷按我说的又给了他几块大洋，随后对我说："这地方留不成，东家，咱得快走，有话路上再说。"

一到院子，我问你爷爷穆庄好着没，人都咋样。你爷爷挠头反问："东家咋问这话？穆庄自然好着，穆庄能有啥事？"

我把邱秃子说的已经派人到穆庄逮人的话说了，你爷爷还没开口，沉香说："姓邱的高看了他自己。他倒是派了人，他的人路上一见三哥就听他的令折返了，当下就在外头……"

沉香的话吓了我一跳，我问她："你三哥……他还活着？我咋听人说他死了？"

"你这话从哪里听说的？他好好的，他死不了，有我在他就死不了。咱当下就去见他。"

收过我钱的那个兵跟在后头，他凑上来对我说："查东家，这事不怪我。他们都说韩团长死了，我就跟着说了。我也才知道，那是假消息，哄骗人的。"

到前殿门口，沉香叫我进，想着夜里的事，我不由得骂邱秃子："就在这儿，我叫邱秃子害苦了。今世再见到他，我要扒了他的皮。"

沉香笑说："你说话可要算话。"

"我把话撂在这儿，我今世再见邱忠孝，先割他耳朵，再要他命！"

前殿里,韩老三坐在邱秃子夜里坐过的墩子上,他见了我,立起,安顿我坐。怪事,我坐的还是夜里坐过的位子。

韩老三看我时笑着,少见的不讨人嫌。

"不是传出你死了,咋又活了过来?"我说。

韩老三安排人给我倒茶,还叫人想办法弄些吃的。安排完后,他回我:"对,邱忠孝确实派了人想杀我,我早有防备。他派的人也是我的人,我叫他放出消息,随后装死了两天。时机合适,该活我又活了过来。"

"唉,白叫我念叨了你半天。"我说。

"德贤兄,问句闲话,要是我真死了,你会咋样?能流出眼泪不?"

他的问话着实有点怪,我为啥要为他流眼泪?嫣蓉的事我还没忘,我记在心里,可毕竟他救了我,我敷衍说:"流眼泪是女人才干的事,咱男人不说这。当下我活着,你没死,这就好着。"

韩老三竖起大拇指说:"好答复。"

沉香那时插话说:"德贤哥,你刚说要割邱忠孝的耳朵,要取他的命,没忘吧?"

韩老三上下打量我,对沉香说:"他做不出。"

说完,他回身叫人押邱秃子过来——邱秃子竟然在他手里。

趁邱秃子没到,我问韩老三清玄的下落。我那时有些佩服那个清玄,觉得他像个义士,我见不得义士送命。

"那道士叫人接走了。我才懒得管,谁愿干啥就干啥,这世道,活下命来最要紧。"

"你说他还活着?"我有点欣喜。

"有一口气吧,活得了活不了得看命。唉,他倒是跟我一个样,人世闯关都靠命。"

我想起韩老三才当上保安团团长从穆庄走时的情景,他骑着高头大马,鼻孔朝天,趾高气扬,只怕人不知道他姓韩,只怕人不知道他活出了人模样。没过几个月,他疲疲沓沓,还差点丢了命,像一匹拉不了车、下不了地的老马。

几个人推搡着邱秃子进了前殿,他头不光亮了,军服没了扣子,敞开着,膝盖上还扯出个大口子,皮靴上糊满了泥。

邱秃子一进门,见我在,急赶几步,扑通跪在我脚前:"德贤兄,德贤兄,韩团长说我加害他,这不可能,不可能,绝无可能……德贤兄,救救我,我遭人陷害,有人陷害我……德贤兄,昨儿个……我也是不得已而为之……"

邱秃子话没说完,已倒在地上——韩老三踏了他一脚,说:"没骨气!自己做出的事自己担着,有啥不敢承认的?人前说好话,背后捅刀子,你还算不算个人?"

邱秃子翻滚了一圈,爬起,又跪下,哭。他那样子叫我想起一句话:人狂没好事,狗狂一摊屎。

韩老三走到他一个手下面前伸手,那兵给了他一把牛耳短刀。韩老三走到我面前,把刀拍到我手里说:"刀在这儿,由你!"

邱秃子跪在地上,翻着眼看我,可怜得像一条瘸了腿的老狗。

我才不会割邱秃子耳朵,更不会杀他,刚才那是在说大话,说气话,这一点,韩老三倒看准了我。要是旁人杀邱秃子,我在跟前眼都不会眨一下,可让我取他的命,我做不出。曹操说"宁教我负天下人,休教天下人负我",到我这儿该是"宁教天下人负我,休教我负天下人"。

我捉刀靠近邱秃子,邱秃子打着哆嗦。

"咋了?你割旁人耳朵时咋没想着会有报应?"

邱秃子磕着头,眼泪一把鼻涕一把地说:"德贤兄……自行车,自行车,你的自行车……他韩团长不来,我也会放你……我有一句假话渭河发水淹死我,华山倒下砸死我……"

我冷起脸说:"我总算是认清了你,你个小人,老天饶不过你!"

邱秃子看见我装出的怒气,近前一步,哭着说:"德贤兄,算我求你,邱家只我一个后人,求你别割我耳朵……给我留个全尸……留个全尸……"

韩老三插话说:"留他全尸。"

我抓起邱秃子前襟,做足了要一刀捅死他的样子,邱秃子脸煞白,身子摇晃得我抓都抓不牢。

我手里的牛耳刀在邱秃子衣领上扎、挑、拉,割下一块布……布约两寸宽,三四寸长。割完,我松手,邱秃子瘫倒在地上,嘴里哆哆嗦嗦念:"阿弥陀佛,菩萨保佑……"

我把割下的布条和刀子一起放在了香案上,对韩老三说:"我晕血,割一块布,算我报了仇。从今往后,我与他井水不见河水,他与我无干了!"

韩老三瞥了一眼布条，笑道："我早说你不会伤他，你不是那种人。"

韩老三摆手叫人把邱秃子拉拽走。邱秃子走时，他又在邱秃子屁股上踢了一脚。

押走邱秃子，韩老三看看我，又看看沉香，说："没一个人问我往后咋办？"

我说："这咋问，得你自个儿往出说。"

"你们也该听说了，共产党三两天就能到庆山。我是保安团团长，人家能轻饶了我？我得……逃命了。"

"天下迟早都姓共，你往哪儿逃？"我问他。

他摇头，说："这是命，躲也躲不过。我当初是匪，才不做匪，天翻地覆，我又该逃了。我干脆顺着命走，从今往后，四海为家，谁的门也不认……"

沉香哭了。

"那县太爷，你杀了他？"我问。

他掏出手帕递给了沉香，说："他大小也算个人，有用没用先留着。要是哪天我往前走不动了，杀了他结局。"

我那时实在想拉他一把，对他说："我有个办法，你不妨试试。他是县长，你把他献给共产党，这也算立了一功，人家一高兴，说不定你就没啥事了。"

我那时想：他要真跑了，结局指定好不了。

他叹口气说："唉，我迷了心窍，跑去北边打仗。如今人家得势了，事还在那儿，人家能放过我？谁能做到有仇不报？"

"好，你四处跑去吧，当回你的土匪吧。反正土匪总得有人当，你不当旁人也要当。土匪与土匪也有不同，你当也当个好名声的土匪。"我无能为力。

韩老三笑了，说："德贤兄，我这土匪好生羡慕你，我下辈子也做你这样的人，安安生生当好百姓。"

普天之下没有不散的筵席，我往出走，韩老三送。

快要出大门时，一直没说话的你爷爷停下，朝韩老三拱手说："韩团长，我谢你救了东家，也谢你为穆庄挡了一劫，可我的腿断在你手里，这仇我忘不了……"

韩老三打断了你爷爷的话："管家你记好，你我定然还要见面，到那时，我还你一条腿！"

等旁人都出了门，韩老三对我一个人说："德贤兄，我有几句话私下对沉香说，你许不许？"

我看了看沉香，她那时看着旁的地方。我说："韩团长，你这话不该对我说，这不是我说了能算的事。"我叫住沉香："沉香，三哥要走，你与他说说话，我在外头候你。不用着急，慢慢说。"

29

你爷爷给我准备了马车，他、顺子、闯娃还有其他人都上了马。沉香还在庙里，我坐在马车上，其他人骑在马上四周游荡。

乱了整整一夜，我坐在马车上看天、看地、看树、看庙门口出出进进的人，看见啥都觉得新鲜、喜庆。

你爷爷骑在马上,我问他昨儿个是啥日子,今儿个是啥日子。一天之内,大起大落,我想知道皇历上咋说。你爷爷说他记不住皇历,回穆庄查了才能知道。

刚好我抽完你爷爷的一锅烟,沉香从庙里走出,韩老三跟在她身后送。沉香上马车坐在我旁边,韩老三拉着马缰绳。

我对韩老三说:"你走时说一声,我来送你,给你钱行。"

他说:"我天一黑就走,谁也不用来。拜托你照看好我托付给你的人就行。后会有期!"

他重重拍了下马屁股,马撒欢儿一样跑起,把他丢在了原地。

才下过雨,又在大清早,县城里冷冷清清。我和沉香坐马车在前,你爷爷他们骑马在后。你爷爷一直在后头催促快些再快些,所有人轰隆隆穿过县城,像刮过一阵大风。出城三四里之后,你爷爷说总算逃离是非之地,可以稍缓一缓。

那时,你爷爷和其他人骑马走在前头,我和沉香坐马车跟在后头。沉香半天无话,过了好大一会儿她说她想赶车。我知道她能赶车,便叫赶车的把长鞭子给了她。前头你爷爷他们有闲着的马,我叫赶车的去骑马,这下就剩了我和沉香在马车上。

我想知道韩老三最后时对沉香说了啥,可我问不出口。闭眼靠在马车里,我想着一会儿回穆庄先吃点啥,一碗油泼宽面该是最好。闭眼时我想着油泼宽面,睁开眼我看沉香的背影。

过一段窄路,雾气重,路快叫罩严实了。一看见沉香把车往大雾里赶,我在她身后替她担心。爹娘生养我,就知道叫我侍弄好地,经管好油坊、药铺,从不提说叫我心疼女人,叫我跟媳妇安安生生过好日子，叫我挂念自己的女人。可自见了沉香，我把爹娘没教过的都学会了，我常为沉香操心，总担心她啥地方吃亏。

"沉香，雾大，慢些。"

沉香应了一声。

"你三哥交代我要照看好你，你放心，我能做来。"

沉香不应声。

"庆山人爱欺生，谁敢欺你是山西的，你对我说，我去揭他家的瓦，砸他家的锅，叫他日子过不成……"

沉香转过脸说："还照看旁人？自己先管好自己，昨夜里差点把命都丢了。"

"那是中了奸计。吃一堑，长一智，往后再也不上这种当。"

沉香转身去赶车，话头断了，我不知道续啥。

过了一会儿，沉香问我："你不想知道三哥对我说了啥？"

"你要想说就说出来，我听着。"

"嗯。他说我长大了。"

"对呀，你到穆庄快一年了。按关中道的规矩，你在穆庄还过了年，你算长了两岁呢。"

"他还说你德贤哥是好人。"

"这话用他说？乡党们都说查家人自古以来就厚道，我不能坏了门风，叫人看笑话。"

沉香又没话了，只一下一下轻轻甩着马鞭。

后来沉香快不行时，她才对我说，她那天少给我传了一句韩老三的话——韩老三叫她每年嫣蓉的忌日替他到坟前烧几张纸。

沉香说那些时，我已经想不起嫣蓉的样子，只记得她整天坐在房檐下看《红楼梦》。到我今儿个与你说这些，韩老三的模样在我心里也模模糊糊了，牢记着的也只有两条：一是旁人说的，他第一回到穆庄穿长袍，穿皮鞋，提个棕箱子，身后跟了一群麻雀；一是"镇反"时枪毙他，子弹是从前胸进的。

路刚走一半，你爷爷从前头折回来对我说："东家，咱得快些，我总听着四下里像是有枪响。"

我没听见枪响，可早回早安生，我叫沉香坐回车里，换我赶车。

马车又开始轰隆隆跑起，官道变宽，骑着马的顺子、闯娃他们在我车前车后窜来窜去，还摇着鞭子嗷嗷喊。

我回头对沉香说："看他们多高兴。咱得学人家，心宽了，神鬼都躲着你走。"

沉香笑笑说："这年月，谁的心宽得了？"

"沉香，你有啥心事说出来。"

沉香静下了，我也不说话，容她看清自己的内心。

快到戏河滩时，顺子打马回来对我喊："东家，咱昨儿个在这儿见了老鸹阵，这地方通灵了，许愿灵得很。"

我对他喊："你先许个愿，年前娶个新媳妇。"

顺子笑着打马又跑去前头。

顺子跑远了，我头没回地对沉香说："沉香，这里昨儿个现了老鸹阵，你许个愿。"

沉香没出声，我又说了一遍，她还是没言语。我以为她瞌睡了，鞭子慢下来，想叫她歇歇。可车刚慢下来，沉香却说："咋慢了？快些，刚才那样。"

"好，掌柜的发话了，驾、驾，撵上他们！"我在马背上抽了几鞭子。

马车飞快，我以为合了沉香的意，可沉香还喊说再快些，再快些。戏河滩上路不平，马车又快，好几回差点翻车。我也不知道沉香为啥要那样，随她吧，只要她乐意。

我猛觉得沉香抓住了我肩膀，我回头，她竟抓着我的肩膀在马车上立起了——她皱着眉头，眯着眼，她的头发朝后披散着，像马脖子后的长鬃一样。

沉香仰头大喊："上天呐，还记得我不？上天呐，沉香孤零零一个，你给我留着活路没有？上天呐，为啥不把我生成个男人？上天呐，你还睁着眼没有？上天呐，你要送我往哪里去呀？上天呐，我向你低头，你许还是不许？"

听沉香嘶哑着声儿喊，看她眼泪往下滴答，我心想，沉香多可怜，我不心疼她谁心疼她？

我心里不好受，跟着沉香也落了眼泪。

回穆庄当晚，我和沉香住到了一处，沉香见了红。夜里，她又在哭，我问她："是不是你上过新式学堂，觉得跟着我吃亏了？我不管，你就得跟我，不能跟旁人；心里不愿意也得跟我，不能跟旁人。你要跟了旁人，我就活不成。"

沉香红着眼说："凭这话，我就没吃亏。上天听了你的话，也会叫我跟上你。"

第二天一大早,你爷爷急慌慌寻我,说:"东家,你昨儿个问我日子,我查了,前儿个是四月二十二,昨儿个是四月二十三,查完我还想,俩日子没个节气没个讲究的……嗨,东家,一大早话就传进穆庄了,昨儿个出了大事,天大的事,省城里的国民党败的败降的降,邱秃子他们国民党低头啦!共产党的兵马已经进了省城。关中道呀,变了天啦!"

我恍恍惚惚不大信,问他:"真低头啦?"

你爷爷一个劲点头。

"真的变了天啦?"我还不信。世上多少人能遇上改朝换代,我就能?

"东家,你咋还不信?我敢拿脑袋担保。"

我对你爷爷说:"国民党那么大的排场,说低头就低头了,咱平民百姓,低个头算个屁!"

你爷爷指定不知道我说的啥事,他又没听见沉香在马车上仰头喊出的话。我说的只有沉香能明白,我替她把话埋在了心里。

我吩咐你爷爷:"老伙计,你去安排,从今天开始,院子里连摆三天席面,好酒好菜别吝惜,都往出拿。穆庄的、过路的、要饭的,不管啥人都由着吃喝。记住,连着三天,不能停歇。"

你爷爷瞪大眼问我:"东家,为啥?为啥弄这样大的排场?"

我只在心里说:为啥?为沉香,也为我性子里的喜新厌旧,毕竟是换了天下。

第二卷　信和日记

1

沉香写给韩老三的信：

第一封信

屈指算来，你已离去半月。然半月亦足以行千里路，恰是你走得越远，我生出越多话想说与你听。

近一两年，我与你依然颇受艰辛，可生活终归好于往日。记得我曾与你说过，上天的厚待自当珍重，倏忽间，你却踏上亡命之途。莫论你别无可选或心有不甘，自你有了决断则必然前路漫漫，艰难苦辛。三哥，我怎能不把你挂念？

前日，我梦见你穿行山林，临悬崖绝壁，岌岌可危。更前一日，我梦见你寒夜里寻不到栖身屋舍，又恰逢淅沥苦雨。三哥，我怎能不为你揪心？

别离之日，我劝你莫离去，那分明是不归之途。谁知你去意决绝，一走不回。不知世上有谁能将你劝服？我不能，不知另有谁能？即使如你所言，行走为你之命定，然三哥你之行走带给我无尽纷扰，你可知晓？

三哥，我只恐将来日日如此：你在他乡奔命，我在此地祈盼。

昨夜难以入眠，赋小诗一首，聊表心意：

春花春草春燕早,乏情乏义乏思量。

谁怜月窗麽眉黛,征人万里望绣娘。

须知,于窗下日夜守望之人便是我。

今日且如此。不知你身在何方,此信无处传送,写信之人便是收信之人。悲夫。

第二封信

前日之信尚在苇席之下,我权当你已收到,并知悉我之挂念。写那信虽只过了三日,于我似已过三秋,心中更生出一番话想说与你听。

闲来追忆,从未听你提及我与你北平之初遇。然那日之一切境况常回旋于我之脑际,近日已十数次。我不敢臆测你有何忌惮,许是你不愿触我伤痛,许是你以为乃区区小事,不必挂齿。须知,此乃我一生重中之重,绝难忘怀。

记得那日漫天飞雪,方几个时辰,北平城已白雪皑皑如盖。大雪之时,街巷萧条,行人往来匆匆,有家者归家,无家者亦多有和暖馆驿栖居,而我独行于街巷,凄凄如孤雁。

不知那日见我之人会如何想:彼时,我怀抱一柄三尺长刀,于街巷间游走。北平死寂,无人与我言语,况他人言语我也听不进。彼时,我神思恍惚,只一息尚在。至我无力前行,遂坐于大户人家门檐之下。两个石门墩冷彻肌骨,我坐其一。

不知何时,你立在我面前。事后你说你见一小女子怀抱长刀,蜷于门檐之下,似无家可归者,若彼处过夜,则必死无疑。

三哥，你为救我命之人，若无你该日之善意，四年前我已冻毙于街头。

三哥，你那日围了白色围巾，我至今记得。三哥，你那日与我说话时袖手弯腰，一副学生模样，我能看出。三哥，你那日连问我流落街头之来龙去脉，我未作答。我那时已不信世间尚有人愿救我，即使他学生模样，围着白色围巾。

其后我向你探问一事，你便决计救我。我问你是否知晓残害我父之汉奸住所，你讪笑，信誓旦旦说自然知晓，然不能说与我听。我举刀逼问你，你闪躲，劝我莫急，我欲杀之人，为民族败类，北平无人不恨之入骨，然刺杀他非常人所能为，鲁莽行事无异于自投罗网。

我欲寻仇之汉奸，残害我父，令我失去至亲。当日，我怀抱钢刀欲替父报仇，无奈于北平之胡同东西奔走，遂迷失了方向。

你离去，后携一烤白薯回，似知我累日茶饭未进。

我吃白薯之时，你夺刀而走，声言想要取刀，须随你走。

此即为开端，为尘缘，为你与我之初会。此后三年，我随你东西奔走，避于你羽翼之下。你救了我命，亦活了我心。

三哥，你远赴他乡，当日你救下之沉香此时至为感怀，不知与你重逢将在何时。三哥，不堪想，不堪想。

第三封信

记得你说此番出行将一路西行，迫不得已则穿秦岭，往西南入四川。四处传来消息，你西去已不能够，料你已南越秦岭巴山去往川渝。三哥，莫论错对，期望你所念有成，终有落脚之所。

想你居无定所，疲于奔逃，陡然想起当年之北平小院，即你将我托付他人照料之小院。依今日看，小院为我再生之地。

那日初见，你救下我回至你处，为我煮米粥三碗。你其时寄住他人家中，不能带我一起。幸有与你相识之旁听生有意帮我，他们皆赁屋而住，且心地纯良。曾与他们相识共居，实为我人间美好机缘。

三哥，小院你尚记得否？院中大树参天，院外草木葱茏。房屋四合，住十多人，今日此人来，明日彼人往，皆为北平各大学之旁听学子。我年少，处其间，凡男生皆称哥哥，凡女子皆唤姐姐。

哥哥姐姐们去听课之时，我一人坐庭中枣树之下，读书之余不免神伤。想我早年母病亡殁，其后兄失踪迹于战火，再后父遭杀身横祸，真所谓生有多艰，命运多舛。

待哥哥姐姐们返回小院，一切哀伤顷刻消散。哥哥姐姐们当年对我照料细致，疼爱有加，我至今感怀。哥哥们读给我听他们新作之诗，亦借给我他们新买的好书。姐姐们则教我织毛衣围巾，教我洒扫做饭，虽她们亦不熟稔。哥哥姐姐们唤我为小院公主，我亦从他们那里得到了至高欢欣。

那时你亦常赴小院看我，每次必带我意料之物，一把落花生或一串冰糖葫芦。

私下竟有人戏称你"金屋藏娇"，你沉默讷言，不加辩解。

三哥，多年来你只容许我唤你三哥，且只能唤你三哥。你说你要给我希望，让我信任前程。你说世间的帮助并非只为报偿，善意向来只是暂时离开，终究会普照众生。

三哥，小院之中，我不但弥合了伤口，且读到了好书，学到了新字，后来竟能写出几句新诗。小院之中，我从孩童变为女子，从心中錾刻复仇与死亡之人，变作像你与哥哥姐姐们一般立志为民众为天下做事之人。

过往之事如烟云消逝，今日竟不知你身处何处。忆及你患有胃痛之症，该症莫大意，须忌食生冷辛辣，万望谨记。

三哥，他日你若落脚于一地，速速书信告知，我寄棉衣等物予你。

三哥，你纵有过错，然我仍无心怨你。

时时长太息，只愿天怜你。

第四封信

三哥，我来对你说说当下。

长久以来，三哥你视我如同胞妹。今日，你虽远赴他乡，我信你必挂念我之境况如昨，必望我能一世安康如昨。

那日分离，你将我托付于德贤。你曾说德贤愚笨，如同生活于唐宋，哪里像民国之公民？我也曾嘲笑他呆傻，穆庄亦有人私下笑他疯癫。然他果真如此？今日看，他何尝傻过一时与一事？我们皆自认聪明之人，岂不知世间聪明常会贻误聪明。还好德贤向来不在乎他人评说，亦不以他人之非议为意。近日，我唤他傻哥，他亦乐呵呵应答。

我为女子，年少亦是女子，洞悉儿女之事。世间女子他日必嫁入一户人家，日后为其生养后辈，料理生计，我亦不能例外。世间男子救人不求报偿者极少，你却是其中一个。三哥，你救了我，却只愿留美好于我，决意不许我随你颠沛。三哥，你别去之后，傻哥待我绝好，他已成为另一个你，予我最美好年月，且许诺将其绵延一世。

回头看，是你三哥那日许我给傻哥并愿望我浮生安康，祥顺一世。我今日之祥和与欢欣，正是你为我排定之人生好戏。

如你所愿，我决计与傻哥长相厮守，休戚与共。

前日，傻哥于后院腾出房舍一间，内以木板围砌，地面铺了青砖，门窗之后挂草帘。无人知他打算，只待他亮出答案。待一大木桶置于房间中央，我方恍然悟出，他为我专修了浴室一间。山乡荒野之地，辟出浴室，冬日亦能洗去尘垢，何等之惬意。

另一事稍早。那日，德贤去往省城，我问他因由，他顾左右而言他。德贤所为者何？他竟去购红色皮鞋一双予我。鞋为羊皮材质，那红色皮鞋我早年在北平都不曾见。商家说那鞋产自意大利。战乱之际，那鞋要价甚高，德贤说用去五车粮食之卖价。

三哥放心，我在穆庄，德贤待我很好，虽那好和你之好稍有区分。

不知何时方能收到你之回信，果真要如杜子美所言"烽火连三月，家书抵万金"？

第五封信

这几日夜夜难以入眠，时日之静寂令我不安。德贤日日想法子讨我欢心，然我时时为你担忧，欢笑时亦不能肆意无忌。三哥，我于穆庄从容无迫，你或穿行于河湖莽原，或寄居于野店高林，你之局面终究由我缘起，这怎能不令我心焦？若当年无我，你今日必过着另一种生活，有别样之命运。

记得那残害我父亲之汉奸在日本降后销声匿迹，虽日日有人报上声讨，亦有受其害者吁请政府抓其惩办，然无人知其藏身于何处，悲观者预计其将脱逃法网。你那时问我是否愿雪胸中长恨，我不知如何答你。不想为父报仇必是假话，可寻不出他，我能奈何？

我那时仍帮哥哥姐姐们洒扫做饭，随他们习文读诗。记得姐姐们闲来教我编织之法，我遂为你织得一件灰色毛线衣。当你试穿之时，毛衣两袖竟不同窄宽，着实引得姐姐们笑话。

那是我平生少有黄金年月，因彼时我已收敛仇恨，只愿如哥哥姐姐一般，去追求新生活。诚如巴金先生所言，年轻人应到广大生活中去，如我日日思虑仇恨，如何去追寻新生活？

世事难料，那一日，城外那间破屋里，命运改变了你我前路。

记得我到破屋之时，你与其他三人已将我那仇人缚绑于角落。盖因其容貌已难辨析，待你道出其名姓，我闻言顷刻失声。我近前踢踏其颜面，直至其口鼻滴血，凄惨告饶。虽我与他有深仇大恨，然见他痛苦难耐，于心不忍，退出。

你与学友商议应如何处置那汉奸。有言应交与政府，反对者言其必以贿赂逃脱罪责；有言不如惩杀之，使其为当年之凶残付出代价，反对者言不经法院审判之杀戮即为野蛮。你亦问了我之意见，我痛哭，不知如何作答。

由你做出最后之决断。你说找出他太难，耗时久长，连政府都已放弃。若将其交与政府，无人能保证其不会脱逃。汉奸不死，正义得不到伸张，多少人之魂灵无以告慰。其他人举手赞同你，然我未举手，我那时已不愿冤冤相报。

最后确定，由你杀那汉奸，做那最终担责之人。

三哥，难道你当日之作为真如你所言之"须给天下人一个交代"？难道你彼时没有为我报仇雪恨之心意？

你遂成报上之英雄，亦成为报上之杀人犯，相左之态度让法官亦难下定论。最终，你于囚牢中住过三个月后，告别学校远赴他乡。我那时世间唯信你一人，遂与你浪迹天涯。

三哥，我有愧于你。你一切之遭遇，源头皆在于我。你之所以为匪，你今日亡命，皆源于你为我取汉奸性命并获罪，获罪离校终令你成匪。

三哥，我劝你日后莫以仇恨回报仇恨，万事宜以德报怨，这一条天下谁人不了然？

我昨日想，你似一支离弦之箭，是我当年将你击发，唯望你将来再不要伤害无辜。三哥，你落脚于一偏僻所在也无妨，只要你我能再会。

第六封信

你离去已近三个月，仍无信寄回。企盼遥遥无期，几摧毁人性命。所写诸信仍在，不知寄往何处。终究你知我身在穆庄，因何仍不见你只言片语？许是各地纷乱，邮务崩摧，我常如此安慰自己。

德贤前日说起不见你音信传回，亦为你忧心。莫论他是否只为排解我之烦恼，然你杳无音信令我与他心神难宁。

前日我偶感风寒，周身热烫，昨日已有先生看过，说须静养几日。此信作于病榻之上。

德贤两日来皆在我左右，形影相随。依他言，你原本不必远走别处，为你，他舍几间铺子也不吝惜。你知他之性情，向来不屑于戏说。

新的政府业已运行，为政府做事之人仍有旧人，其中颇有德贤熟识者。我与德贤商定，他过几日拜会新政府中相熟者探听消息，进而交涉，看新政府打算如何了断你之是非。如若新政府能对你网开一面，则是天大好事。我尚不如德贤乐观，只希望新政府能念你随邱忠孝袭扰过北方为职务所当，罪责不应全由你担负。况那次铩羽而归，为落魄失败者。只望新政府能看轻你之错处，容你回头是岸。

新政府当下忙于宣传支前事项，大意是勉励富裕人家量力出钱、捐粮、上缴衣布，支援各处征战。我担心那些收走的钱物会用于捕你，便不愿多使心力，只在剪纸之余缝布鞋两双。德贤颇出了些钱粮，他对邱忠孝失望，进而厌恶整个国民政府，寄希望于新政府能扭转世风。

写这信，只望你早日回归穆庄，我与德贤在此地候你。德贤说你救过他性命，有恩于他，你若到穆庄，他必然感激不尽并鼎力扶助。

快回，三哥，我日日于穆庄唤你，你可否听到？

2

韩老三写给沉香的信：

第一封信

离庆山已十余日，应写信给你。

暂停的镇子叫石云，不大。镇上原有邮局，已歇业一月有余。这信暂不能寄出，无妨，实录心境也好。

自庆山逃时，愿随我者三百余，我仅携其半。明知将亡命他乡，何苦还拉扯更多无辜？随我之人一路散逃一半，麾下现仅七八十人。这些人中必有难于长久者，我决意不加拦阻，任由其自寻前程。倘有人愿回庆山，此信将随他见你。

十余日皆在亡命，这与多年前在山西境遇倒也相似。然今日之我已非当年之我。当初尚年少，只顾及眼前痛快。如今则不同，抬头时不能见大道坦途则心神不安。一路走来，我亦怀疑我选错了生路，遂更觉前路漫漫，人世荒芜。

近来，我部在前，追兵在后，追切时仅一河之隔。我部已无心拼死，便只逃不打。追兵着意于劝我部投降，未急于致我部于死地，我部亦多了些奔逃的时机。

路途之上，我已归附一咸阳出逃之徐姓长官，冀望其率我部出陕南落脚四川。但多日接洽交往方知其才智低下，只是比我多些枪支兵士。预料徐某绝无带我部抵达四川之可能，我决计终将脱离之。现暂且随他倒有好处，此地多乱军逃兵，徐之军队有正规番号，我部大树底下乘阴凉，少了被欺扰的担忧。

徐某许诺，他日抵达四川，他将向胡宗南长官引荐我。他早年跟随胡宗南长官，私交甚笃。依我看，随了胡长官又能怎样？倘国军真有人能扶大厦于将倾，怎落得个千军万马四散逃命？

忆及我早年间理想：扎下身子经营一处煤山，或带一群人去修一条铁路，至少应做了教书先生，为我晋西故里尽绵薄心力。可惜我早早落下盗匪的恶名，遂与志向渐行渐远。

我原以为查德贤只是纨绔子弟，今日方觉悟其做人与处世之道，不免心生感佩。其秉性向来流水不争先，顺势而为，未失本真，又不伤害仁义。其于乱世中自在而行，其德其行，磊落光明，可资我辈镜鉴。望你善待于他，切勿亏欠良人，有愧于天地。

本地虽仍属秦岭之北，然饮食风习多辛辣，我脾胃多有不适，希望几日内能纾缓化解。痛病之余，更期天助我部颓势稍缓，不必日日鼠窜。

第二封信

晨起，时间紧迫，写完此信即刻开拔，兵士已整装待发。

昨日，徐长官各部就行军方向产生分歧，有主张向西，有主张朝南，各执一词。我以为向西妥当，路途平坦，粮草给养易于取得，兵士自然易于把持。倘向南，须翻越秦岭，部队必难于整饬。然主张向南者期望早日翻秦岭脱离险境，心志坚如磐石。徐长官不能震慑南向意见，任由其部南向而行。仅半日，南向兵士受伏夺路逃回，全员西向再无纷争。

入夜，欲渡清河，无船。隔岸有先到之友军控制船只，惧有诈，久不放船。我部有谙习水性兵士泅水渡河陈述，对岸竟实弹射杀。泅水者死三人，余二人渡过清河见友军长官，乃徐长官同乡，始容我部渡河。

若当日彼岸非徐长官同乡镇守，我尚不知今日身在何处，不禁慨然：虽死生有命，富贵在天，然世间几人能真洒脱？

我亲人皆殁，世间最牵挂于我并忠心于我之嫣蓉亦已撒手而去，如今唯你最难令我释怀。料想情势日后时时紧迫，不知何时又会遭逢昨夜之变故。如漂萍之人望你日后保重性命，安稳自身，万莫执意争取，更多清静久长。

信不能寄出，只慨叹人间良辰难久，还望人人执着于朝夕。

第三封信

前日抵南坪县，查方圆百多里暂无军情，我部可休整三日，是为第二日。

我住南坪一秤铺二楼，有床铺桌椅。桌椅对窗，窗外山水清幽。出庆山一路行来，晴几日雨几日，心境随之跌宕。依我所见，行军时晴好，不拖沓；驻军时雨好，少打扰。今日有雨，不大，恰好。

我部随身所带给养已枯竭，唯就地获取以自足。供养获取不易，属下常有出格之手段。昨日，我部人员赴南坪县府征供，县人视我辈为流寇，敷衍推托，我部讨要急切，双方反目。我部挟持县长，并拔枪警示众人，终致双方对射，对方两人轻伤。该县自卫队后续支援，人多势众，缴我部人员枪械，褪去军服，卸走马镫，方容返回。

冲突之时，我恰在城外买酒，未能控制事态。我部随后全员出动，包围县署，情势间不容发。县府要求议和，送我部子弹粮草，并金条六根、当地产烟土两坛。

一路押解之邱忠孝于昨日趁乱脱逃。逃即逃了，小人多活了时日仍为小人。我眼中之他早已生不若死。

我部已新编为川陕保安二师，徐长官晋升少将师长，他提我为副师长，似皆大欢喜。此情势颇像各立山头，自立为王，与土匪手段几无二致。全师所部皆为原班，全员不超五百人，钱粮枪支一概自谋。

近来思忖，你许身于穆庄，必与德贤之亭林管家交涉，其腿脚之疾为我所酿，念及此我常有不安，望代我多多赔礼，乞其谅解。

近日天气湿热，本地蚊虫相较晋西、北平及庆山尤其冥顽，兵士多遭噬咬，后必化脓破疮，痛痒难耐，我亦受其害。其他如常，勿念。

第四封信

屈指算，离庆山已四月有余。近日，追兵步伐缓滞，我部于白萍古镇安营。据查，此处敌情和缓，传可长期驻守。已有上司要求各部严加整训，时时准备反击歼敌，回马省府。

徐长官途中染风寒，不治，亡。上司命我升任代理师长，所部人员不变，且已由五百减至四百不足，人心涣散自不必言。终有一日，我师长之职衔必成空衔，麾下恐不剩一兵一卒。

白萍古镇面河背山，建镇已达千年。古镇所在偏远，远离管辖，民安居乐业，商旅发达，倒似世外桃源。庆山所来之兵士皆言原想庆山自古丰裕，岂料本地远胜之。依我之见，莫说庆山，相较于北平、太原，白萍亦颇有优越之处。

古镇镇长原为国军退役营长，曾驻守北平，知我亦曾求学于北平，遂多与我饮酒叙旧，互为忘年之交。其赠我以家藏枪弹，助我扩充兵员，壮大声威。我回馈其字画、瓷器、金条及烟土诸物。

前日，镇长执意将一义女许我，言可当日拜堂结亲。嫣蓉音容犹在，我并无乱世中叙儿女情长之意。然盛情难却，且我部有长驻本地之可能，他人疆界，自然言气卑弱。又因手下弟兄鼓噪，遂无奈应允。经各方通融，事定于明日。女子名婴宁，乳名豆豆，已晤。家贫，识字不多，然目清耳聪，性情平和不乖张。

明日之后，运命中即有婴宁伴我，虽非我心之所系，亦要衷心待之，以求始终。

第五封信

上次写信当在我同婴宁洞房之前，仅半月，人世变化，不一而足。

原想局势已稍平稳,我部可于白萍长久驻扎。无奈局势恶化,追兵迅疾而至,我部于绝境中唯以翻越秦岭南下为策。我部兵士一概出于关中,大多无意南迁,临阵脱逃者十有五六。此行,婴宁随军,其秉持"一日夫妻百日恩"之古训,抱定不畏艰险之意志,德义令人动容。

蒙婴宁义父保障得力,且向导有为,翻越秦岭竟未历预想之艰险。怎奈待我部移师高台,方知汉中多县已易主。讯息传至,军心离散,部下有团长职衔者皆率本部逃亡,所余多为自庆山随我兵士,全数五十六人。我不忍率众人长途徙远,遂召兵士议,不愿跟从者予其川资,不加拦阻。兵士多数领钱辞别,场景凄凄。高台之变,我部仅余弟兄十三人,为多年随我或无家可归者。当夜,我十四兄弟鸣枪饮酒,多人失声泣下。

后我等十四弟兄及婴宁共十五人简装易行,欲取小道抵达川滇。无奈汉中所有县镇皆变局,潜行难上加难。虽有人反对,我决意降服。我命属下一人就近赴镇公所谈判缴枪事宜,不想他遭警卫辱骂,暴怒而回。属下皆不曾受此等屈辱,怒发冲冠,欲寻仇搏命。我不忍伤人性命,遂亲率众弟兄赴镇公所,拳脚教训警卫,且事后留名以免其怀恨于他人。待对方多人驰援之时,我部还击而走,终全身而退。

此后我们十几人再无人论缴枪事宜,唯前路漫漫,一意孤行。只可惜婴宁嫁我不足一月即随我浪迹,我决计善待之。

第六封信

见字如面，持此信者为我所托付，所携其他为我私人用品，收。来人家在庆山县境，我嘱其以逃兵身份在新政府集训，后可逃回庆山。其人随我之事莫与他人提及，万事以稳妥为好。

我向来不信命数，然上天亡我尚不知足，前日又夺走我妻婴宁。详情不忍细述，只望其魂灵于深谷急流中获得安宁。

此信发出，我心已死，再不计议来日何处。

转告德贤，切莫学我这连女亲尚不能保全之人。

冬日在望，料想实难度过，不妨早日去另一个世界见婴宁与嫣蓉。永诀。

3

沉香日记六则：

一九五〇年元月十日　雪

近半年内，似以今日最为愉悦，只因我今日被任命为妇女主任。虽此事早有传说，今日区上开会林区长当众宣读任命时，我仍不减惊喜。早年曾希望进入社会，发挥自己所长，为民众做事，此次就职也算有了绝佳机缘。

依林区长安排，穆庄周围五个村的妇女同胞都属我的工作对象，肩上责任着实重大。遗憾的是我对妇女主任的职分不甚清晰，今后当在工作中学习，在学习中工作，决意使本地妇女工作成为庆山典范。德贤与穆庄姐妹鼓励我担好这份责任，我怎能轻易辜负他们？

依我看，本地妇女工作的确有很多地方可有作为。例如婚姻问题。城里女子早已明白婚姻应自己决断，虽婚姻自由难于当下实现，但拒绝那些不合自己心意的男子，也算对得起自己。本地的女子一概没有这种自由，父母之决断便为天命，子女没有回绝的权利。如有不从，或被锁入窑洞不许出门，逼你屈服；或被捆绑于马上，送到婆家成亲。恋爱与婚姻自由是先驱们新文化时代便擎起的大旗，可本地女子仍无法享受婚姻自由。我愿新的社会能给女子一分力量，能有更多女子与心仪之人恋爱成家，拥有属于自己的和美婚姻。

第二个问题便是妇女识字问题。本地教育之落后，超出我平素所想。青年男子中识字者一村不过三五人，稍好者亦不超过八九人。女子识字者更少，一村常找不出一人。个中原因甚是荒唐：本地私塾一概不收女子，因要秉持古训"女子无才便是德"。更有女子父辈认为女子终究要嫁掉，花钱上学是赔本的买卖。女子识字者少，可做教员的更少，区长定我为妇女主任当有让我助政府扫盲之意。恰我也早有教妇女读书习字之打算，此事必然大有可为。

第三当是革除陋习。已是新社会，无奈本地仍存留各种恐怖风俗，尤其过分者即为溺婴。具体做法为：若婴孩刚出生父母不想抚养，则旋即将其溺亡于尿盆。溺亡者自然多为女婴，因女婴即使成人，亦不堪承担耕种田地之责任。若为男婴，即使父母不愿抚养，也能找到人家收养，且能得钱粮报偿。此风俗既是损亡人命、灭绝人性这等大恶，也关乎妇女解放、男女平等此般时德。此种坏风俗于我任上应断然去除，不能留任何种根。

今日先至此，望明日能发觉新的问题，有新的打算。要之，我既做了这妇女主任，定要尽心尽力，望能像父亲当年，在广大的范围里获取民众的称许。

德贤已睡去，他怎能知晓我此时久难平复之欣喜？

元月二十五日　晴

德贤这下干出了大事。他于今日向政府请命，除为家中少有几人留地些许，穆庄其余他名下的土地将全部捐出供村人分占。全部土地几百亩，断然不是小数字。据他说，其他远处土地他亦将于近日全部捐出。

德贤已将欲捐出土地地契全部封好，待他日交与政府。政府大概也没想到他有如此气魄，竟说需请示上级再处置。穆庄乡亲已开始议论此事，有信者有不信者，信者开始争辩各人喜爱的地块，私下祈求得到期望的良田。

我问德贤为何要捐出田地，他说一是新社会里他决计不再剥削，过多的土地又无力耕种，留也无益，一是要为我这妇女主任壮声威。他的用心实在是简单而又自在。

不管德贤因何捐出土地，我是钦佩有加。华夏古来帝王将相、道德楷范皆言要建立大同社会，到后来哪一次不是"损不足以奉有余"？普天下之"有余者"，有几人情愿损己而利人？早年即听说，共产党将实行"土改"，即将富人的田地分给无地、少地之人，如此，乡间再不会有人饿死，无产者不必再漂泊流离。想来德贤所为，与古圣先贤设想一致，大德者方能为之。

德贤曾劝管家也捐出一半土地，管家的土地非祖上留下，乃世代在查家受报偿所得。怎奈管家拼死不捐，言说将至死守住土地，期望万世承继。

三哥走后即没了消息，不知他当下如何。流落在外，冬天应最不易过。记得与他初相遇的雪天，若非他出手扶助，我必冻死街头。我已与德贤找林区长商谈三哥之事，林说要向上禀报，听从上层安排。三哥名声太大，区上不敢私拿主张。但林区长亦说，无论是谁，无论何事，只要主动返回，向人民说明情况，必会罪减一等。然三哥会回头吗？可怜的三哥终成了天地难容之人，悲夫哉！

三月十一日 大雾

为你心痛，我那三哥。

今日方收到三哥托人捎回物信。依日期看，距他写那最后一封信已五个多月。不敢想之后几个月他如何忍过。

所托捎信之人回庆山已达三个月，然今日方送信至穆庄。这遭天杀的，他哪里知道我一年来对三哥的挂念与担忧？他说今日大雾，他才敢来送信，且他送完信不敢稍加停留，随即逃了。

信中所述实在令人心痛，其中婴宁尤令人动容。我与她未曾谋面，但见三哥对她念念难舍，方欣喜三哥终修得福缘。然婴宁却遽然而去，留下伤痛仍须三哥承担。万望三哥切莫苛责自己，亦莫迁怒于无辜。

早知今日，我当日应将三哥他决然拦下，舍掉性命也该拦下他，至少此地有我与德贤在。

六封信我已收起，与我写的信收在一处，连德贤也未曾见。无他，不应给他添更多担忧。

冥冥中我有感应，终有一日，三哥，你终将回穆庄和我相见，一定。

一九五一年二月六日 大年初一 晴

太多事一闪过眼，新年扑面来到。昨夜里鞭炮声似未停歇，据说这境况已多年不曾见。

德贤一夜未眠，鞭炮放了十多挂，如淘气孩童。他说这等事往年不必他亲为，有人点火，他仅旁观。今年不同，田地多散去，长工们自然也所剩无几。不愿离开的那几个，除无家能回者，德贤也让他们回家过年。新的政府，新的时代，德贤不打算像往年一样迎来送往，没必要留人在身边支应。

年前几天，林区长带全区妇女干部到穆庄，目的是借鉴与学习。林区长赞我妇女工作做得出色，已为我向县上申请奖励。我觉得工作不能说尽善，因许多工作没有展开，展开者也不能说尽如我意。区长的嘉许仅算鼓励，切不应矜满并懈怠。

临别之时，区长特意夸赞德贤，称他为开明绅士，有不一般的见解。那当然指的是德贤捐出土地之事。德贤主动捐出土地，拒绝剥削群众，给区上土地工作带了好头。县上已有消息，来年全县铺开土改工作，大意是要想法子让地多的人家拿出土地来给无地少地的穷人。由此来看，德贤误打误撞竟走在了所有人前面。

今日一大早即有村里乡亲前来拜年。不多时上房已坐满，到后来檐下也摆了桌椅。所来乡亲皆分得德贤土地，无一人空手进门，真是淳厚可亲。礼物各有不同，有野鸡野兔，有核桃红枣。另有一整个猪头，耳支棱着，开大嘴，露长牙，实为可怖。

响午时分，众乡亲于门外敲起大鼓，伴秧歌之舞，一派过年气象。

德贤今日欢喜，方才乡亲别后，又痛饮乡亲馈赠烧酒，醉后睡去。

明日为新的一天，今年为新的一年，望能于本年以妇女代表身份往省城开妇女会，结交各地姐妹。据说省城的妇女同胞非同一般，前些日子单声援抗美援朝，便有四万妇女同胞走上街头，果真声威雄壮，在全国亦有影响。穆庄与省城实不能攀比，我有心组织读报会，寻到的皆是几个月前的旧报，想必省城的姐妹们断不会面对如此窘境。今日已向区长申请一份《群众日报》，不知何时方能获批。

最近无三哥讯息传回，欢喜之日，穆庄无他，乐中实有不足。我与德贤在穆庄恭迎新生活，三哥尚不知身在何处，怎能不叫人叹息。

流落他乡的三哥，我已向区长提说到你，区长言说你并非战犯，只要能自觉回庆山，他保你性命无虞。祈盼你得听此言，祈盼你动了回转的心思。

七月三十日　晴

"朝鲜到底在哪里？"这问题读报时常有姐妹问起，然我仅知朝鲜接壤我国东北，更具体的说明，则无能为力。怎奈朝鲜的事端已让万里之外的姐妹们牵挂，每有《群众日报》到，姐妹们第一要我讲的便是朝鲜战局最新情势：志愿军又取得了怎样的胜利？抓到了多少俘虏？我军损了多少将士，需不需要更多人参军？倘我敢说需要，她们一定会命丈夫或兄弟参加志愿军保家卫国。谁说乡下妇女心中只有自己的小天地？谁说她们永远走不出家庭，不能融进社会之大潮流？

前几日，县长专程赴区上给全体干部开会，言说国家正号召大家为志愿军捐飞机与大炮。我军浴血朝鲜，美国人天上有飞机，地上有大炮，我军一概皆无，只能饱受苦累。今当加紧为战士买枪购炮，此道理谁不明白？我早有为前线子弟做事之决心，只少了时机。当下则不同，国家有倡导，区上有传达，我身为妇女主任，应为其他妇女同胞做出榜样。此番立志在区上争头名，亦要在县上做第一。

区上已宣布，因以金银去外国购买飞机大炮最便利，此次募捐力求多征集金与银。果真如此，我将捐出妆匣中所有金银，一件也不会留下。家国为先，我个人缺了那些首饰能妨碍多少？料想德贤绝不会拦阻。当初捐出土地，他不是比哪个都痛快爽利？

中国才走出封建社会，又艰难挣脱国民党旧统治，却又被美国人拖进了战争泥潭。哪个愿坐视敌人烧掉自己家园？为朝鲜战火平息，为华夏早日强盛，我将号召周围姐妹明日即开始行动。

预祝前线将士奋勇杀敌，早日凯旋。

十一月八日 立冬 雪

是日旧历为辛卯年，己亥月，壬子日。

是日节气立冬，下了本年第一场雪，机缘甚巧，不知有何预兆。

德贤说今日需大书一笔，他之喜悦与时令及天气无关，缘由在我腹中。

今日晨起，腹中的婴孩踢踏肚皮，断续三次。晌午时，他似又不安分，比晨起时更奋力。德贤叫来王婶问过，她说开始时不应急切如此。不过应该也无大碍，大概我腹中的婴孩好动而顽皮。

德贤自午后一直守在我左右，他的欢喜胜过了我。他叮咛我若腹中再有踢踏，则一定喊他，他想听一听，看一看。无奈过午之后，婴孩似睡去，德贤白耗去半日。

将入夜，老管家来看我，端来鸡汤，携其新妇。人人皆知新的社会查家此后再无剥削，再无管家。然老管家似与查家更亲，兄弟一般，情状令人赞叹。老管家问寒问暖，有时甚至胜过德贤。德贤仅关心腹中婴孩，似已忘掉了我这孩子的母亲。

老管家才离去，德贤已睡去。他无心无肺，何时也心无挂碍。他怎知道我一日的欢喜退尽，四下冷清之时，亦有烦恼放不下。

秋季伊始，庆山开始兴起惩治与肃清反革命之风潮。不止庆山，各处似皆以该项运动为重要任务。虽认定惩治与肃清对象之标准各地有出入，但听说旧军队中的军官需要重点核查。倘如此，不知三哥的保安团算不算得上旧军队。前几日有消息说庆山已有人死于相关事端。有与德贤相识者言，三哥与那人相较声名更著，这着实令人不安。

区长提到三哥时之语气亦有变化。倘我问及政府待三哥之态度，他只说人且不在，他万难判定；只待人到了近前，方有根据说后面的话。

姐妹们皆说我腹中应是男孩，道理是显怀慢，喜食酸。我本想男女无碍，皆合心意，然近来忽觉似乎男孩更令人放心。若为女生，如我当年沦落，一人行于北平雪中，父母于阴间应不免垂泪。倘为男孩，以后随德贤的性情，不管何时也能自得其乐。

德贤已日日推算孩子降生的时间，莫说他急切，我也想早日见他，与他嬉戏与交谈。祈求上苍再予我五个月的平安，我将诞下自己的骨肉，让腹中的他快来世间见我，并与这世界共生共荣。念及此，怎不欢欣？

第三卷 麦冬说

1

以下我说的，有些我已说过无数遍。当年，我把这些说给这个，讲给那个，就怕多年后事情的眉目乱了，没一个人能说清。可惜当年听我说的人要么觉得我说的没分量、不重要，要么自身没文化，我说了他也记不住。还有人命不好，倒是听了我说的，却死在了我前头。还好，你来了，这些事终有了落脚处。

我要说的有些事，当年属庆山县的大事，一年里数一数二的大事。这些事大多我当年还写成材料向组织汇报过，后来编的《庆山县志》里提说这些事，用的就是我交上去的材料里的说法。这证明我的材料还是起过作用的。可现在，事情过去几十年了，中间还经了"文革"，经了改革开放，我可以负责任地告诉你，我交上去的材料已经丢失，没踪影了。也就是说，除过《庆山县志》上引用过的我说的那点东西，我交上去的其他材料都已经烟消云散。你问我咋知道这些？前些年，我还在位子上时，特意安排人回庆山翻查相关档案，想找出些我早年写的材料复印了留待将来写回忆录用。我派去的人后来反馈说，都没了，啥也没了，哪个部门也没留底子，就剩了我交上去的材料的名册，名册下空空如也。材料不见了，留个空名册有啥用？要是我在场，肯定得发脾气。

最近啊，我身上越来越凉，感觉就像时令到了寒冬三九，我觉得自己来日不长了。我送走的人不少了，我的眼像个照相机，记了他们的作为、样貌；我的耳朵像个录音机，录下了他们的言语腔调。列宁同志说过，忘记过去就意味着背叛。我就像特意在这里专等你来寻我，专等你来问我，专等你来听我讲故事。我原想着现在的年轻人忙，已经没心思往回走，往回看。我心里也自问过：你操那些闲心干啥？你还把自己当成了司马迁？我已经准备装着我肚子里的事进棺材——哦，我进不了棺材了，现在不让土葬了，我只能进火化炉——偏你来寻我了，我肚子里的陈芝麻烂谷子终于不会朽烂了。这话咋说呢，老天长眼吧。

说来我该谢你，你来听我讲再合适不过。要来的是旁人，我说不定还懒得理哩。你跟其他人不一样，你来了，我要敢不理你，敢怠慢你，估摸着老管家——也就是你爷爷——他绝不会答应。他还不从地底下跑出来举起木拐打我？

话还得从一九五一年国家最要紧的事情抗美援朝说起。

一九五一年上半年，抗美援朝前线战事正紧，不用说，后方支前的工作又多又烦琐。我当年在东家那里好歹认了几个字，因此，区上抽了我帮着来回跑各个村子，安排各村的支前任务，并督促他们按时完成。我从那时起也算区公所的人了，吃住都在区公所。

区公所里，我年龄最小，我给所有人跑腿，给所有人打下手，每个人都能指挥我。不过，区长、副区长他们知道我是孤儿，对我偏着心照顾。几个干事工作原本就积极，加上他们都比我年龄大,比我有文化,更不会有意为难我。所有人工作上照顾我,尽量不派我干在外奔波的活,更多时候留我在区公所里看门守摊子。

当时,前线战事紧,国内的重点工作都在支前上。那时,人人都想为国出力,谁都不愿意落后,区公所的院子里一天就留一两个人,其他人天天去村上督促支前任务,真的是眼对眼盯着,脚跟脚催着。

区公所在一座庙里,关帝庙,破庙,解放时庙里的出家人跑了,区公所便在里头办公。庙嘛,房子大,地方宽敞,做区公所最适合。

可地方大也有坏处,一个人在里头总觉得阴森冷清,有点瘆得慌。要在黑天,或者赶上白天阴冷,一个人坐在区公所的大房子里,看看房梁上画的歪歪扭扭的各种小人儿,有个十分钟,全身的汗毛都能立起。

我那时最怕的就是一个人守在区公所,虽我知道那是众人照顾我,可我害怕呀,只要区长安排我一个人留守,我总拼死拼活想拉个伴儿。可区上工作紧,区长不答应。再者,大家都觉得留两个人看门纯属多余,窝工。没办法,我只能战战兢兢忍着。

这还不够,区公所里的张干事吓唬我说,区公所当初还是关帝庙时,里头吊死过人,是个女的,千真万确。另一个姓侯的干事变本加厉,说解放前区公所里闹过鬼,厉鬼夜里浮在离地一人高的半空四处游荡。

我受不了,找区长,请求时时跟着他,给他当警卫员,那样我就能随时随地身边有人。

区长拔出他的手枪让我开两枪试试，我说我不会打枪。

区长当时正吃饭，他端着碗走到门外，朝院子里的一棵槐树开了两枪，震得槐树上的叶子唰唰地往下落。

区长说："不会打枪当啥警卫员？出了事是你警卫我，还是我警卫你？"

我无话可说。

区长还对我讲道理："你现在是政府的人，你要怕神怕鬼的，你叫群众咋信任咱政府？"

我说我再也不当胆小鬼，再也不怕鬼。

还好，到后半年，朝鲜前线安生多了。甚至有人说，仗要打完了，谈判已经开始，解放军很快将"班师回朝"。支前的任务轻了，紧急任务变少了，区公所里的人出去少了，我也就不再独自留守区公所担惊受怕。

一九五一年的冬天冷得离奇。那年的阴历十月就下了大雪，十一月太阳只出来了三五天，十二月倒没下多少雪，可地上一尺多厚的雪整月也没薄下去一寸。

那年冬天风大，大风吹雪，沟渠里都填满了雪，不认路的人一不小心陷下去，雪能埋到膝盖以上。

进了腊月，群众开始操持过年的事。新中国成立已两年多，群众的热火劲高起来了，到处都能听到唢呐锣鼓的响动。快要过年时，区上没多余的事，就安排了少数人留下值守，其他人各自回家张罗着过年。

我那时还能回东家院子住，东家给我留了间房子，但我半年都没回去。我觉得住在区公所里方便，火是现成的，炕是热的。要回了穆庄，就得麻烦东家，麻烦沉香，我心里不忍。

那天是腊月二十二，第二天是小年，所以日子我能记清。那天晌午还出了一会儿太阳，没过多久，冷风一吹，寒气又开始威风。那天区公所里就留我和侯干事守着。那侯干事大我几岁，县上中正中学毕业的学生，有文化，脾气好，在区公所里跟谁都合得来。他住得离区公所不远，区长就安排他和我一起留守。侯干事呀，这人其实很不简单！

天刚黑下，我和侯干事下着棋。我的棋快赢了，所以只关注棋盘；侯干事棋快输了，抓耳挠腮不安生。

我正盯着棋盘，侯干事突然说："嗨，你干啥？吓死人了，你这人走路没一点声！"

我转头看，一个人已经进到区公所里，离我和侯干事三四米远。

"我有事要办，大门敞开，就进来了。"那人客客气气地说。

"快过年了，没人了，不办事，过完年再来。"侯干事说。

"没有人？我倒是看见两个秉烛下棋的小兄弟。"来人说话还文绉绉的。

侯干事回他："都是说话不顶事的，只能下下棋，办不了正事。"

来人说："不需要说话顶事的人，只需要找人帮忙带路。"

我那时才仔细看那人：他个子不高，身板笔直，穿着一身还算整齐的解放军军服，脸上留一圈络腮胡子，遮住了大半个脸。我恍惚觉得那人有点面熟，问他："请问，你咋称呼？我像是见过你。"

"鄙人姓马，名如龙，马如龙。难道这位小兄弟认得我马如龙？"他答说。

"哦，那就不认得。你来这里找带路的，你知道这里是啥地方？"

那人点头："自然知道。这地方原是关帝庙，早年这里尚有三五个出家人，过路的人可以在此处歇脚。我方才看这里已挂了区公所的牌子，想二位该是政府的人，解民众之困不是理所当然？"

侯干事搭腔说："你很会说话嘛。找人引路的事，政府可帮不了你。"

来人没接侯干事的话，从口袋里掏出一张纸递给我。我和侯干事凑到油灯下看那张纸，是解放军西南军区的一张公函，大概是说战斗英雄马如龙回乡探亲，并为部队募集军资，望各地予以接待。

那时的人，见了英雄就像见了亲人，我很高兴，迫不及待地问他："没想到呀，原来是战斗英雄。不是已经解放了吗，你们还有仗打？"

"小兄弟，并不是解放了就没有仗打，朝鲜不正有人浴血战斗？跟朝鲜的战斗比，我们的战斗不值一提，没有大仗，进山抓抓土匪，小规模战斗。"

抓土匪不是更有意思？我问他："土匪多吗？好抓不好抓？"

"要说也不算多，倒是不好抓，好些都是国民党留下的正规军，不好对付……"

侯干事打断他问："你说要找人引路，你也不说你要去啥地方。"

"小兄弟，是这么回事，本人此行的目的是返回山西故里帮着部队筹些款，路过本地，天也晚了，想起本地有个多年未见面的朋友，不如顺路拜会拜会。由于公务在身,本人只有今夜有时间拜会友人，碰上这天气，只能求人帮忙。"

"你还是没说你要去哪里，想找的是谁。"侯干事撇嘴说。

来人没看侯干事，倒是盯着我说："在下的朋友是穆庄的查德贤，他与在下有过生意上的联络，后来交往颇深，情同手足。"

那人一说出东家的名字，我心里咯噔一声，立时明白我为啥觉得他面熟。

侯干事也听见了"穆庄"两个字，看了我一眼，他知道我是穆庄人。我对他摇摇头，他没多说话。

我那时没办法挑明，毕竟来人的身份我只是猜测，没有真凭实据。我还担心，我要说多了，侯干事不知深浅，说不定会出乱子。

"穆庄嘛，离这里不远，只隔了两道沟一道梁，你就不能自己去？"

我那时的想法是，不如先把他支出区公所，他走了我再和侯干事一起想办法。而且我知道，那天气，又是黑天，他一个外地人没人领路绝对到不了穆庄。

"小兄弟,我打听过了,前些日子雪紧,上山的路快封死了,没人带路的话,我一个外乡人,只怕性命都要葬送在路上。"

侯干事点头说:"说的也是。要那样,战斗英雄没有血洒疆场,倒是死在了庆山,我们不成了历史罪人?"

那人似乎看到了希望,转过头对侯干事说:"小兄弟,情况在下已经说清,只等着你们抓紧时间派人。"

"派人?派谁?我们又不是区长,派不动人。就是我们有派人的权,这时间,这天气,你怕路上出事,别人就不怕?"侯干事向来不爱惹麻烦,他说完干脆低了头又开始看棋盘。

来人又回头对我说:"这位小兄弟,看在你我似曾相识的份儿上,恳请你替我想想办法,马某日后定有报答。"随后,他还对我说起了相貌和善、年轻有为之类的奉承话,那些话听得连侯干事都笑着摇头。

我犯了难。如果他真是我想的那个人,那他就是政府在找的人,是政府找了几年的人,我该想办法抓了他,尽自己的职分。可我也可能认错人,要那样,我是穆庄人,的确应该是我带他去穆庄见东家。

他忽然没了耐心,严肃起来,说:"好好好,既然事情到了这地步,我只能打开天窗说亮话。请两位小兄弟不要只想到本人在求二位帮忙,本人有部队的公函,算是军务在身。公函上明确要求各地方配合支持本人工作,二位也算是给政府做事,难道连部队的公函也敢不认?"

我和侯干事面面相觑,心里都明白,官大一级压死人,送他到穆庄的事原本就无法回绝。

稍过片刻,我决定了,对他说:"好,我领你去。"

"还是这位小兄弟爽快。"那人看我下了决心,要拍我的肩膀,我躲开了。

侯干事应该没想到我会答应他,张着嘴看了我半天。我自己清楚,我带走来人其实也有个原因:如果他真是我想的那个人,我带走了他,至少侯干事就免除了可能的麻烦。

我开始收拾翻山过沟要用的工具。我绑了四个火把,两个先用,两个备用,火把前头的布上都蘸饱了油。我还准备了绑在腰里的绳子,又给我和来人取了毡靴套在鞋上。最后,我又把两根棍子一头削尖,准备和他路上拄。

我忙忙碌碌收拾东西时,侯干事一直跟在我身后,趁那人没留神,他悄悄问我:"麦冬,你真认得他?他到底是谁?"

我一边收拾东西一边小声对他说:"他倒是像一个人,我也不确定。人家是战斗英雄,我怕认错。我要回不来,明天一早,你通知区长,说我带一个人去了穆庄,办完事后就回区公所,叫他多带几个人在区公所等……人家是战斗英雄嘛,咱咋说也要接待。"我那时也没敢把话挑明,毕竟,我不敢保证我真把人认准了。

侯干事是明白人,他看着我说:"我想我已经猜出他是谁了。"

"不管你猜他是谁,记着通知你该通知的人。"我对他说。

大概夜里九点,我和来人收拾停当,随后出发。侯干事送出我很远，就像我将远赴边疆。

从区公所到穆庄路程三十里，平常天气，白天几个小时就到。可那是一九五一年的冬天，还是在腊月，还是在黑天，那境况我也是头一回遇上。开弓没有回头箭，我先带他出发，也不管他是谁。

区公所远了，侯干事也远了，战斗英雄和我搭腔："小兄弟，你方才一时犹豫，一时干脆，难道你我真见过面？"

他一问话，我立时明白，我的感觉没错，他就是那个人。

"韩团长，我见过你，你应该也见过我。不过我记得你，你不会记得我。当年你在穆庄时，我也在穆庄。我那时在德贤东家后院里管烧水，有时也往前院送茶水，我看见过你。"

韩老三笑了，说："小兄弟，原谅我没认出你。"

我听人说起过韩老三的为人，不算个莽夫，也讲点道理。反正也顾不了那么多了，我不想绕弯子，直接问他为啥要夜里到穆庄。

为了防着上陡坡脚底下打滑，韩老三和我腰里都绑着绳子，中间还有绳子把我俩连在一起，我俩就像一根绳子上的两只蚂蚱。按道理，那境况无论我问他啥事，他都应该会说。结果呢，他没回答我，问起了闲话。他问我名字，我告诉他我叫麦冬，原姓田，德贤东家收留我后，改姓查了。

"麦冬，麦冬，好名字。我记得是一味中药。"他说。

当时，我和他已经开始下第一个大坡。我告诉他，下大坡人得斜着身子，挪步子前先把手里拄着的棍子稳稳插进雪底下的土里。插在雪里不行，一定要插进土里，插好才敢挪脚。

终于到了坡底，他问我："雁过留声，人过留名，麦冬兄弟，说说我在庆山名声怎样。"

说实话，当年在穆庄，除过你爷爷，我倒真没听人说起过韩老三干的坏事——你爷爷提起韩老三先就是一声"呸"。但一出穆庄，庆山其他地方，凡提起韩老三，就没一句好话。说他一开始是土匪，后来当了反动派。还有人夸张地说他已经跑到了台湾，被列进了战犯名单。我一辈子性子软，他问起，我不想叫他当面难堪，干脆啥也不说。

韩老三是灵醒人，当下就知道了我的意思。他倒大度，说："早该料到是这结果。要想人不知，除非己莫为，我也算咎由自取。"

我当时很奇怪他竟参了军，穿着解放军的衣服。他那样的人，历史有污点，按说参不了军。我那时也想参军，想参了军到朝鲜打美国人，可当时的战况还没到大量动员人参军的程度，我只能干着急。于是，我问他怎样把军服穿到身上的。

"麦冬兄弟，你先说说看，我这身衣服是真是假。你要能说对，我给你一个苹果。"我以为他说笑，没想到他真从挎包里掏出了一个苹果。那年月，大冬天的苹果绝对是个稀罕物。不过，我还真吃不准他到底是不是解放军，说不定他韩老三一离开庆山就叛变国民党成了解放军——我那时当然知道解放军里收编了不少投降的国民党。

我干脆不猜，对他说："好，我也不管你衣服是真是假，我只想知道你到穆庄为啥事。咱明说吧，你敢祸害东家，我这一关你都过不了。"

韩老三闷了半晌才说出一句话:"我回穆庄,见一见还想见的人,走时也能无牵无挂。"

我心里一震,当年不可一世的韩老三也说出了丧气话。

韩老三话刚说完,我脚底一滑摔倒在雪地里。我和韩老三原本就拴在一根绳子上,我摔了,他也跟着倒了。我和他扯在一起朝坡底下滑,已经滑了十多米,还算命大,半坡上几棵大酸枣树挂住了我和韩老三中间的绳子,我俩终于稳住没再往下落。韩老三手里的火把早扔到了崖底,我手上脸上被酸枣树挂出了几道深深的口子。

等到我和韩老三费了九牛二虎之力爬回正路,我已忘了该问的话,他也不敢像刚开始那样满不在乎。我俩一路急赶,不再说闲事。

那三十里的山路难走,我一生都记得。那夜的月亮我也一辈子再没见过,大,亮,像个好姑娘不远不近跟着人。

天快亮的时候,我和韩老三终于站到了穆庄的村口。要进村子时,我俩各自解开自己腰里的绳子,不好解时还相互帮忙,就像一路上已走出了交情。我当时虽还担心我给穆庄带回了祸端,可我又想,我不领着他,难道他就真到不了穆庄?况且我心里清清楚楚,在穆庄,至少沉香一定想见他。

世上不管啥事,该来的,月亮一样总会来;该走的,不紧不慢总能追上风。

2

我和韩老三从村道里穿过时，狗咬成了一片。山里的狗平常见生人少，要是黑天里闻见生人味儿，为给主人显本事，会叫唤个没完没了。

到了东家大门口，我上前叩门，韩老三在我身后。他衣服单，冻得上下牙磕得咯咯响。

叫门费了半天的工夫。没办法，当年住几十口子人的院子没几个人了，还住在后院，天不明能把门叫开已是万幸。

当初土改时，东家带头捐出了自家的地。地少得多了，雇的长工们也只能散了。再后来，油坊生意也停了，短工都用不上了。城里的铺子倒还在，可铺子在城里，雇的人不用回穆庄，查家大院里的人算是各奔东西。那时，整个院子除过东家和沉香就剩了两个人，一个是我，一个是管着洒扫的王婶。我和王婶跟其他人不一样，我俩都孑然一身，无依无靠，只能留下，留下至少有房檐避雨，有木勺舀稀稠。

开门的就是王婶，我在大门外就能听见她嘟囔着走出院子。她一到门后就喊骂："谁呀？这么早来砸门，报丧呀？"

我应她说："是我。"

"你是谁。"

"我是麦冬。"

门开了，她尖嗓子拾掇我："问你谁谁谁，你说我我我，我知道你到底是谁？早说一句'我是烧水麦冬'不就啥事也没了？"

我早年在东家院子管烧水，大锅给牲口烧热水，小锅给人烧开水，他们就把我叫成了"烧水麦冬"。

"王婶，这院子里除过一个人你不敢拾掇，剩下的你谁不拾掇？"王婶唯一舍不得拾掇的是沉香，她把沉香当成自己闺女看待，舍不得见沉香吃一点亏。

"哎呀，成了政府的人，受不得话了。好，以后我给嘴上抹上蜜，见面就挑好听的对你说。我听你的号令，巴结你。"

"东家起了没有？"我一边往里走一边问王婶。

"天还没明，起啥名堂？"

我叫她快去把东家喊起来，就说我引了个人来见他。

王婶没动地方，上下看了韩老三半天，问我："这人咋回事？衣服倒是周正着，模样咋跟土匪一样？"

"王婶，你赶紧去叫东家……你刚才不是说了要听我的号令，要巴结我？"

"知道了。你先去前些年待客的那间厦房候着，我去叫东家。记着，待客的厦房，里头点着火盆呢，别的地方已经冰冷了一冬。"

王婶走后，我插好门，带着韩老三穿过二门到了王婶说的厦房。我和韩老三一进门就看见屋子中间生着火盆，我俩赶紧往跟前围。我把火拨旺，恨不得脱了鞋袜把脚指头塞进火里。

身上的寒气渐渐退时，我看着和我在一个火盆上烤火的韩老三想：不管咋说，带走他为的是先保下侯干事，我的主要目的也算达到了。

韩老三那时小声问了我一句:"小兄弟,沉香,她好着吧?"

穆庄人都知道沉香过去喊韩老三为三哥,他问起沉香理所当然。

我对他说:"一会儿就能见上,她呀……应该快要生小少爷了。"

韩老三"嗯"了一声接着烤火,没再说话。

后来总有人说,我就不该把韩老三引到穆庄,不该把那祸害引到穆庄。我有啥话说呢?我只能说,我没本领,不能算卦,不能看见前头就推算出后头。

过了一会儿,门外传来脚步声和说话声,我听见东家在吩咐王婶:"你先去烧些开水,泡一大壶热茶,再想办法弄点吃的。这天气,赶一夜路,任谁肚子里也早空下了。"

王婶应承着走了,随后,东家还没进门就叫我:"麦冬,麦冬。"

听见东家叫,我急忙想立起,可能由于走了一夜,血肉都还没活泛,我想动也动不了。东家对我有恩,我才成孤儿时,他收留了我。我后来能给政府做事,他中间也说了不少好话帮我,我一直深深感激他。

东家进门看见我坐着,不高兴,说我:"呀!你看我兄弟,给政府干事了,见人都端起来了。"

我忙说:"东家,我在雪地里走了大半夜,僵住了,动不了。"说完,我又试着立起,可刚起身,脚撑不住身子,又趴倒在地上。

东家过来拉我，笑说："看你，刚见面就给人行这样大的礼，谁受得起？"他啥时都不忘说笑，把我跌倒说成给他下拜。

东家一边扶我，一边对韩老三说："团座，你不过来搭把手？"

东家没打绊子就认出了韩老三，我有点意外，问他："东家，你咋知道他是……"

"就他？"东家说，"留一把胡子遮住脸上那几根毛，我就认不出他了？"

韩老三笑了，说："德贤兄，好久不见。"

"不见就不见，谁还想见你不成？"东家说。

他们两个扶我坐回椅子，东家不冷不热地对韩老三说："一听见有人黑天半夜到穆庄寻我，我就知道是你——土匪当惯了，只知道走夜路，见不得明亮。"

韩老三也不发火，笑着。

"东家，我也走夜路，我可不是土匪。"我说。

东家自己坐下，回我："你少说些话。别看你成了政府的人，照我看，你还差得远。说话没大没小，办事没个轻重缓急。少说些话，歇着，歇好了去泡茶。"

东家转向韩老三："你咋回事？走的时候信誓旦旦说去当土匪，当一辈子土匪，咋还穿上了解放军的衣服？要我看，旁人穿这身衣服，我看着顺眼，就你穿这身衣服，我咋看咋不像。这身衣服，该不是偷来的？"

韩老三摇头说："说起来话长。当年，我从庆山逃走，中间受尽了周折。到后来，我孤单单一人在川南云贵地区东躲西藏。

走投无路时，碰上解放军在山上追剿国民党的逃兵。那些逃兵祸害当地太甚，我看不下去，假装成逃难的猎手给咱解放军帮了些忙。一来二去，部队上觉得我有点用处，邀请我加入。我那时无路可走，确实没有不加入的道理。德贤兄，请放心，军装没有问题，只不过为穿它我隐姓埋名，当下叫马如龙。说起来惭愧得很，要是我用本名韩三省，我连这身衣服都穿不上。但我可以发誓，自我穿了这身衣服，我再没干过一桩对不起这衣服的事。我换了名字，也换了人，换了活法，德贤兄放心。"

"好得很，不走歪门邪道了，走上了正路。"东家高兴。

韩老三摇头苦笑说："唉，有些事不好说呀。算了，过后你我私下说。"

东家看了看他，又看了看我，说："有话放开讲，这是麦冬兄弟，自家的人。他正好在政府里干事，还能帮着掂量轻重。"

韩老三点头。

"我当下在部队上遇到了难处。当年加入解放军，我声言是关中避乱逃到四川的难民，如今我在队伍里立了功，部队上一定要提我当连长，推也推不了。按部队提拔连长的规定，当连长的根底一定要可靠，得由老家的政府出条据文书，可……可我哪里有啥老家？哪里的政府能为我开出个历史明了、背景清白的证明文书呀？"韩老三不说了。

听完韩老三说的，我知道他应该是真碰到了解不开的疙瘩。他叫马如龙，马如龙是他凭空捏出来的人，捏造出来的人哪里会有老家？哪里有证明文书？要是他一直说不清自己的底细，部队上知道了他的真名实姓，只怕他不单要脱了军服，凭他当年土匪的名头，凭他带人去过北山，他肯定要被打成反革命，结局说不定得在监狱里被关个十年八年。

东家也不说话了。过了会儿，他对我说："麦冬，你去喊王婶把茶端来。还有，你叫王婶把住亲戚那间厦房的炕点上，你俩吃罢先去睡下暖和暖和，天大的事往后再说。"

我试了试腿脚，能动弹了，起身往外走。才到门口，门开了，沉香推门进来，和我正对上。

"麦冬，"她说，"你有时间没回穆庄了，姐心里都不愿意了。以后得多回来，听见没有？"我知道错在自己，低头由她数落："你哥方才说的我路过时都听见了，事情我已经安排过了，你不必管了。雪埋了路已经一月多了，你黑天半夜回来不易，你先在这儿歇着，这屋里一冬没断火，身上沾不了湿气。"

沉香走进门，我在她身后掩了门。她梳洗得清清爽爽，挺着肚子走路也不见慌乱。

沉香不方便，东家站起身想叫她坐自己的椅子。我从墙边给沉香搬了圈椅，用袖子擦了土，沉香手抓着圈椅扶手坐好。

东家给火盆里添了几块劈柴，韩老三不说话，沉香一进门眼就没离过韩老三，可她坐了好一会儿才缓缓对韩老三说："你呀，三哥，你走了有三年了吧？"

韩老三低声说："托人捎的信，你收到了？"

"收到了。"沉香点头。

他又问沉香："还有几个月？"

"叫人看了,说能坐到三月。"沉香说。

"为你高兴,为你二人高兴。"

沉香脸上有了欢喜。

"只可惜我不能来喝娃的满月酒!"韩老三说。

"那不行,你也算是娃他舅,你要不来,连一个娘家人都没了……"东家急得站起。

沉香追问韩老三为啥说那种话,韩老三低头不说。

韩老三不说话,沉香开始抹眼泪,到后来忽然哭了,大哭,哭得我们几个男的大气都不敢出。

东家站起身,走到沉香身后,抓住她的椅子靠背,也不说话。全穆庄人都知道,东家一直怕沉香,也护着她。

哭劲过了,沉香才含含糊糊说了些零碎的话:

"要是你当年没遇上我,要是你当年不沾我的事,你就到不了这地步。"

"你没害过一回不该害的人,你帮了多少该帮的人,到后来咋还脱不了土匪的恶名?"

"我叫你别跟那个邱忠孝跑,你着了魔一样不听我的,到底为的啥?"

……

沉香抽抽搭搭说着,没人敢劝她。

房门开了,王婶提着个大茶壶走进屋。她气呼呼冲到沉香面前,制止沉香:"谁惹你哭成这样?动了胎气咋办?定住!你要哭,伤了肚子里的娃娃,看你咋办!定住,先要定住!"

王婶亲娘一样的呵斥当下有了结果,沉香止住哭,回身在东家的棉袍前襟上抹眼泪。

王婶看沉香停了哭,告诉东家她已经安顿好了饭。当天是小年,该吃腊八饭,前一天夜里她已熬好了腊八饭,当下已经热好。她还热了锅盔,捞了咸菜,咸菜已经泼过油。她说她想把吃的都端过来,上房里吃饭的话筷子都要打哆嗦。

"端过来,这里暖和。"东家应允了。

王婶出去端饭,我和东家把靠墙放的八仙桌抬到屋子中间,椅子围上一圈。沉香坐在一旁没动,她不再哭,靠在圈椅里发呆。

王婶端上来饭菜,没人敢动筷子,沉香说了不用管她,韩老三和我才敢伸手。

东家又叫王婶温了三碗酒,他说我和韩老三赶了一夜的路,吹了一夜的风,该喝些酒暖和暖和身子。

酒拿来,我不愿意在东家面前喝,觉得不合规矩。

东家说:"都解放了,还讲啥老规矩?再说了,你大了,还开始给政府干事,该庆贺。麦冬兄弟,喝了!"

我没办法,撑着喝了几口,呛得厉害,剩下的再也灌不进嘴。

韩老三几口就喝干了他的酒。东家叫我把没喝完的酒也倒给韩老三,他三口两口又喝完了。

"咋了,见了酒不要命?原先不是这样子。"东家说。

韩老三不出声,端着酒碗眼里有了要醉的意思。

"叫他喝,不挡。"沉香说。

"这样喝法,还不把命要了!"东家说。

韩老三端着空酒碗对东家说:"德贤兄,你我该不该喝一碗?"

"行嘛,今儿个过小年,碰酒自然应该。可你得给我讲个道道,咱为啥?"东家那么说话摆明了是不想叫韩老三再喝。

韩老三自己端起东家的酒分给自己一半,分好酒,他把酒碗端得高过头顶,说:"这酒,我要干,为两样,都是感谢,先谢酒,再谢人。谢酒,因我不知道自己还能这样子喝几回;谢人,是谢你照看沉香。你知道,我和沉香虽不是同胞,可我把她当亲妹子看,我发誓照管好她,可到头来,我连自己也安顿不好,只能把她丢给了你。我没看错人,德贤兄,看见她样样好着,我高兴,为她,也为你两个的好生活。今儿个来过穆庄,我世间再无放心不下的,我要借德贤兄的酒,谢德贤兄的人。我再无所求,只求一醉。"

说完,韩老三立起喝干了自己的酒。

韩老三酒中有话,话中有酒,东家也端起碗喝完了自己的酒。我酒碗里没有酒,有的话肯定也一饮而尽。倒是沉香在一边又开始抹起了眼泪。

后来,韩老三瞪着醉眼说:"不必为我担心,我命太硬,命硬就得早折早断,这是自古就有的道理。我不求速死,也绝不贪生!"

也不知道韩老三是想给沉香宽心,还是一时糊涂说错了话,反正他一说完,沉香哭得更伤心。他自己倒好,说完就趴在了桌子上。他醉了。

东家看韩老三醉了,知道已经没办法叫他上炕睡。他安排我多取些硬柴把火烧旺,再向王婶要一床被子,好歹得给韩老三遮个后背。

我应承下来就往后院走,天快亮了,抬眼已能看见山的轮廓,四周有了鸡鸣狗叫大牲口醒来的声。我劳累了一夜,想着快点把东家安排的事了结,随后还得想办法和韩老三一起回区公所。

刚到后院,有人小声叫我,我吓了一跳,先没敢动,回过味才辨出是你爷爷的声音。我回头看,果真是你爷爷,后边还立着王婶。你爷爷那天跛着走,没拄拐。

我看王婶,想着一定是她叫了你爷爷。你爷爷多精明的人,他看透了我的心思,说:"没人叫我,我自个儿来的,我候他有年头了。"

我说:"我知道,你的腿是他打断的。"

王婶也说:"管家,不是我说,那土匪一上门你就跟来了,你真能行。"

你爷爷把我和王婶引到后院一间房子里,点起灯,在灯上点了一锅烟,跷着一条腿坐好。能看出,他有事给我和王婶安排,他当管家时也那样子。

"说说看,就前头那土匪,他当年耍威风打断我的腿,不报这仇,我活在世上能安心不?"

"不能,绝对不能。"王婶抢先说,"管家,这事你说迟了,你要早对我说,我刚给他碗里下上药,你的仇早报过了!"

你爷爷瞪了王婶一眼，说："胡说！仇必须得报，可咱不做那偷偷摸摸的事。给人下毒，传出去多丢人，亏你能想出。"

我担心你爷爷做出过分事连累了东家，劝他："管家，我有几句话你别不爱听。咱不应老眼光看人，韩老三已经当了解放军，人家是解放军了，咱咋说也不应该随随便便伤人家吧。再说，据我所知，他在穆庄停不了多长时间，应该天明就走了。他害不着东家，放他走岂不更好？"

我那时没办法对你爷爷说我已经捎话给区长，照区长解放前在庆山斗争的经验，他应该能猜出和我一起到穆庄的是谁。说白了，韩老三的事应由政府处置，最好别把你爷爷给牵扯进来。

你爷爷不知实情，他瞪着我说："麦冬，你说得轻巧，你忘了我的腿咋瘸的？你忘了他当年咋把东家关进柴棚的？和你不说这些，我只问你，要是我抓到他交给你们政府，最后他会是啥结果？"

我照实说了我的看法：如果不是镇反，政府要是抓了韩老三，根据他当年的所作所为，处理的办法真不好说，说不定能大事化成小事，不会伤筋动骨；可问题是赶上了镇反，先打他一个反革命是逃不脱的。总之，问题严重，但严重到何种程度我也说不准。

你爷爷寻思了一会儿说："论报仇，我该亲手杀了他，这人是灾星，他只会给人带灾。依我看，他不能在穆庄多停一时一分，咱一定得合在一处想办法……对了，我已经进了院子的事不能叫东家知道，东家心肠太软，他要知道了，咱啥都别想了。"

我追问你爷爷的打算，他说他不确定，得再琢磨。他起身，在鞋底子上磕了烟锅对我和王婶说："好，你两个该干啥干啥，就当没见过我，就当我啥也没说。看好他，事情有变来这儿，我就在这儿，门外咳嗽三声为号。"

出了房子，我到柴棚装硬柴。装完硬柴，王婶给我抱了一床被子。被子递到我手里时，王婶问我："麦冬，管家他会不会把那个串脸胡打死在院子里？"我说应该不会吧。以我对你爷爷的了解，我估计你爷爷的手段是：等韩老三出穆庄后，安排人半路上截住他，先狠狠打一顿出气，打完了再送政府。当然，整件事他不会露面——要叫东家或沉香知道他谋划的事情，他们两个能把你爷爷怨恨一辈子。

王婶松了一口气，说："那就好。要有人死在院子里，我就不敢在这儿住了，我就得叫政府来解放我。"

我生气，对她说："王婶，咱说话讲点良心行不行？东家早就叫各人自寻出路，你自个儿没地方去，哭着闹着要留下，现在咋成了政府没解放你？好，你走，现在就走……我就在政府里，我还不知道你，你孤身一个，你能往哪里去？"

王婶吐了吐舌头，回厨房去了。

我回到前头，韩老三还趴在桌子上，沉香坐着不说话，东家正劝她喝腊八饭。我把被子披在韩老三身上，给火盆里添了硬柴，然后搬椅子坐在一边。我坐下后心里仍不平静：你爷爷要知道韩老三喝醉了，他会不会像王婶说的，图个一时痛快直接进来杀了韩老三？

"麦冬,我问你个事。"东家扯闲话一样说,"你也算政府的人了,你估摸着老三兄弟要能自觉到政府认罪,结局会是个啥样子?你恐怕也知道,在咱庆山,没听说过我这兄弟干过啥沾血腥的事。"

说韩老三在庆山手上没沾一点血,那肯定不对,东家忘了你爷爷断了一条腿。唉,他更不知道,你爷爷那时已经藏身在后院里,正琢磨着咋给自己的断腿报仇。

我也说不清韩老三自首了会是啥结果,谁叫他撞在"镇反"的枪口上?况且沉香在当面,我更不能乱说。我回东家说:"东家,这种事我也没遇过,听也没听说过,结局呀,我……我真说不清……"

沉香不高兴,斜了我一眼。还好,她没说话,接着一口一口拿铜勺子吃腊八饭。

东家叹口气问:"我这兄弟,他是不是出了穆庄就该去关帝庙?"

我点头:"他拿着解放军给开的公文,在区公所时另一个人也见了,按道理,他回去见一下区长好些。不过……不过……"我也说不清我当时想说啥,最终,我没多说,话断在了"不过"那地方。

东家朝我点头,他心里啥都清清楚楚。

王婶过来收走了碗筷,又添了一大壶热茶。她干活时看也没看我一眼,就像她根本没在后院见过我,更没有和我一起会了你爷爷。王婶作为女的，做事真比个宰相都沉稳。

天大亮了，韩老三还睡着，他想要从穆庄走出去还不叫人碰见已经是难上加难。

韩老三趴在桌子上时间长了，沉香心疼，安排东家和我扶他睡到炕上。我和东家真去扶了，我俩的手一搭上他的胳膊，他就哼哼唧唧摇晃胳膊不依，我和东家折腾半天也没能拉起他。东家受不住，说算了，不管他了，吩咐我再多提些硬柴过来，把火烧旺，说只要屋子里暖和，人不受寒气，趴在桌子上睡也不算啥。沉香点头叫我照东家的意思办。

我提起竹笼准备再到后院取柴。我想，我取柴时应再见一下你爷爷，看他到底准备咋办，终究不能让他在这事上给众人惹下麻烦。我还想着，要区长知道了整个事情的前前后后，他会不会觉得我不会做事，甚至说我胳膊肘子朝外拐？

我到门口，刚要伸手拉门，门却开了。我愣住，黑洞洞的枪口已顶在了我胸口上。

我吓住了，手里的竹笼掉在地上，不由得后退了几步。

一个人闪身进门，进门后就伸手掩了门。他手枪扫了一圈，大喊一声："不准喊，不准动！谁不听话，我马上开枪！"

我没经过那场面，脖子僵硬，舌头发麻，腿肚子发软，话也说不出。

东家和沉香也呆了，定住。

闯进来的那家伙身材粗短，衣服脏破，头上还扣着帽子，帽子正好把五官遮了个严实。他后来应该觉得自己控制住了局势，卸了帽子，对东家说："德贤东家，别来无恙。"我当时还想，他认得东家，事可能还好说。

东家看了看他，吃惊了，说："咋是你？"

"对，就是我！你们谁能想到我邱忠孝还会回来？"

邱忠孝？我也惊住了，咋会是他？我知道他是国民党在庆山的最后一任县长，韩老三解放前押走了他，听说后来他又从韩老三手里逃走了，随后就没了消息。县上早说过，邱忠孝是罪大恶极的反革命，他的漏网实在可惜。县上提过：谁要能抓回邱忠孝，叫他在庆山人民面前认罪伏法，谁就为革命立了大功，就算邱忠孝死了，也该找见他的尸首。

沉香挪了挪，她想朝东家跟前移吧。她刚移动，邱忠孝枪对上她说："廖沉香，你个女土匪，你安生着。能救你的人醉了，你别想乱来。"

"你……来了有时间了？"东家从邱忠孝的话里听出了门道。

"自然，邱某向来不做无把握的事。"

沉香还是朝东家身边靠了靠，东家攥住了她的手。

"你已经逃走，何必要回庆山？你不怕政府和你算旧账？我可听说政府一直在寻你，你不该回来。"沉香说。

邱忠孝生气，骂说："呸！共产党和我算的哪门子账？我不过是拿了党国的钱财，替党国消灾——这叫各为其主，懂不懂？倒是该有人和你们这些人算算账：你廖沉香当年在城隍庙里想置我于死地呀，你狠如豺狼。还有他，"邱忠孝指了指韩老三，"他当年想把我当成耗子，先逗耍，逗耍腻了再一口吃了，亏我逃得快，要不早烂在了南山的石头缝里……"

邱忠孝有些气愤，他从棉衣里掏出一段绳子甩在我当面，枪指着我说："你去，给我绑了他……绑了他！"他叫我绑的是韩老三。

我看看东家，看看沉香，没动。

邱忠孝喊："想活命就快！"

"麦冬，枪在人家手里，人家叫做啥你就做啥，听我的。"话是沉香说的。她真不简单，那时说话也不见慌乱。

我拾起绳子到韩老三近处，邱忠孝在原地没动，他不敢往前走，东家虎视眈眈看着他。

邱忠孝呐喊："到身后，手背过去绑，快！"

我看了看东家，只能照办。

韩老三原样趴着，邱忠孝喊了半天他也没动。我先把他的左手拢到身后，再去拢右手。就在那时，我的手碰在他腰上，他衣服不厚，我能看见他腰上鼓起了，鼓起的地方手碰上还轻轻响了一声——我立时明白，韩老三腰里系着枪盒子，他腰里有枪。你别觉得那不可能，你不能拿现在的眼光看那时。那年月，政府里的、当解放军的，甚至民兵出门都常带着枪，我们区长腰里就整天挂着手枪。

我心提到了嗓子眼，一个念头冒了出来——不行拔出枪和姓邱的拼了！说到底，我那时年龄小，也没用过枪，那念头闪了一下就没了影子。

邱忠孝嫌我慢，哑着嗓子喊："是不是找死？快！"

我嘴里应承着，遮住手悄悄给东家、沉香指了韩老三的腰。他们坐得近，我希望他俩能懂我的意思，我希望那枪能派上用场。还别说，那枪后来真发挥了作用。

那之后，还是为绑韩老三，邱忠孝又发了一通脾气，差点要杀我。起因是我一开始绑韩老三时留了心眼，绳子打了个活结。我的小动作没瞒过邱忠孝，他扑到我身后，用枪把子砸我的头，还嘴里骂着："活扣，让你绑活扣！不想活很容易，我成全你！"他后退几步，抬起了枪，那样子是真要开枪。亏了东家当时喊说："你敢开枪，就别想活着走出穆庄！"没办法，绑韩老三的绳子只能打成了死结。

绑好韩老三，邱忠孝拿枪逼我退到墙角，蹲在地上。

屋子里又平静了，其间沉香哭过几声，邱忠孝看了看，没专意为难。

邱忠孝渐渐放松了，端了杯茶喝了几口，随后和东家搭话："德贤兄，不想知道邱某这几年咋过来的？"

东家一直护着沉香，没理他。

邱忠孝自己开始讲："那年一别，姓韩的他将我个一县之长囚犯一样看待。我随他一路逃命，落脚在陕南。还好，本人寻机逃命，脱离了虎口。你们知道我怎样回的庆山？一路要饭呀，要饭……想我也是当过县长的人……"

东家瞪着他问："你不回老家山西，为啥要来庆山？"

"回山西？天下都成了共产党的，山西的共产党能轻饶我？明知山有虎，偏向虎山行，谁能想到我敢回庆山？谁能想到我还在庆山？我还就得在庆山，在庆山办该办的事，算该算的账，报该报的仇。实不相瞒，我在亲戚的地窖子里一藏三年。三年啊，三年不见天日，你们谁知道有多受罪……"

啪……啪啪……门外传进拍巴掌的声音，邱忠孝停下了哭诉，说："众位，我的援兵到了。"

邱忠孝也拍了几下手，外面再没听见动静。

邱忠孝用枪口点了我、东家、沉香说："你们，都要给我老老实实的，我几句话问完就走。你们想清楚，我一个手势，你们谁也别想出这门。你们要么听我的，按我说的做；要么，谁也别怪我不留情分！"

邱忠孝又枪口对着我下令："你，叫醒那酒鬼，要再敢耍花枪，我决不手软。"

东家气不过，质问他："你也算当过县长的人，这样说话做事，和刀客土匪有啥区别？你臊不臊？"

邱忠孝没搭理东家，只顾催我。

我走到桌前，想扶端正韩老三，可他软得像面团，端正不了。我那时还想着得更加小心，不能暴露了韩老三腰上的枪。

邱忠孝看韩老三不醒，又逼我把他拖到墙边，让他背靠墙坐在墙角。韩老三那时还不睁眼。邱忠孝急了，端了桌上一杯茶水要往韩老三脸上泼，正在那时，韩老三睁开眼，挺直身子说了句："不必了，醒着呢。"

邱忠孝后跳几步，茶杯摔在了地上，喊说："装的，你是装的？你装的？！"

还别说邱忠孝，我都惊住了。

韩老三说："嗯，醒了有一时了，老子忍不了茶叶渣子。算你运气好，要不怕伤了无辜，你早见了阎王。真后悔当年没杀了你。"

邱忠孝也不含糊，说："哼，死到临头还说大话。看明白，我手里有枪，你当下手都没有。既然醒了，我该提醒你，别多事，我不会蠢到一个人来对付你。"

邱忠孝手心拍手背几下，窗外人影一晃，窗纸破开，一根圆筒伸进来。邱忠孝指着那管子说："看，专为你备下的，随时准备送你先走。"

韩老三挺了挺身子，在墙根靠稳当说："有话想说，干脆点；要开枪，请便。我的事我都担着，放过他人……你动他们一根汗毛，我轻饶不了你。"

"好，痛快。我问你答，有一句假话，这里的人我一个不放过。韩团长，记清，所有人的性命握在你手上。"邱忠孝转枪口对着东家，"德贤兄，你也和韩团长一起，这事与你也有瓜葛，请！"

沉香拽着东家的衣服，东家也在迟疑。邱忠孝瞪了眼，东家只能过去和韩老三挨近，韩老三坐着，他蹲着。

韩老三对东家说："你放心，最多丢了我的命，事情与你无干。"

我心里当时不同意韩老三说的，我判断，邱忠孝丧心病狂，一屋子人都没活路了。

"查兄，城隍庙那夜，你还记得？"邱忠孝问东家。

"哼,记得,那夜县长大人在黑房子里关我一夜,我死也忘不了。我还记着,你那回割了清玄的耳朵,新政府怕也忘不了这个。"

"查兄好记性。那好,你记得我那夜带了个侯副官见你?"

东家白了他一眼:"忘了。"

"阳曲侯家的侯副官,忘了?邱某与你说过侯副官家里丢了家当的事……阳曲侯家,丢了家当……家当,忘了?"

东家愣了,片刻,他瞪起了眼,大声说:"好好好!我还一直弄不明白你为啥放着山西老家不回,旁的地方不去,偏偏跑来穆庄——说你想报啥仇吧,你不是那种人,血没那么热;说你想给新政府搞破坏吧,我谅你也不敢,你没那个胆。闹了半天,还是为了钱!你呀,还当过县长,你钻钱眼儿里了,脑子里只余下钱,啥也不顾及,你……你也算个读书人!呸!"

东家真勇武,刀子嘴对着枪口也不含糊。

"德贤兄,做人要讲道理,不要言语逼人。你说我为钱,这没道理。我说过,东西原属阳曲侯家的侯副官,他本应也来这里,遗憾的是他血洒疆场,回不来了。我还说过,侯副官与我沾亲带故,我帮他追回财物也属天经地义,其他人无权多说闲话。况且侯副官为党国捐躯,我帮他了却心愿也算是为党国尽忠……"

"行啦,邱县长,"韩老三插话了,"不用再绕圈子,绑我还不就为追问我?事因我起,话由我说,问我。"

邱忠孝点头:"好,韩团长爽快,我就明话直说。两件事:一是你从阳曲侯家拿走的东西到底去了哪里?二是你多少年恐怕也积下不少东西,东西后来都去了哪里?两件事,你说,我走;你不说,后果我说过了,现世报当下可见。"

"哼哼,我说邱县长,钱火怕是烧坏了你的脑袋,你疯魔了!"韩老三舔了舔嘴唇又说,"就说那阳曲侯家。侯家老东家养了五个儿子,哪个顾及过道义?五个败家子为老东家的家产打得你死我活——侯家老三的腿是咋断的你不会不知道吧?侯老二和侯老四合起来打断的。这都成了山西人嘴里的笑话。正好我的女人家里跟侯老东家是亲戚,老东家让一群败家子逼得没了办法,托了我的女人给我传话,求我假装打劫侯家大院,然后他就能对外说他老底子空下了,那些个败家子就不争抢了,就不会出人命了。姓邱的你听好,我进侯家门时是老东家亲自开的门,他与我一桌子吃饭、喝酒,那能是去夺人家钱财?不知道你那狗屁副官是侯家老几的孽子,我看他跟他爹是一路货色,是钱的走狗,空披了一张人皮!"

韩老三转过脸,梗着脖子不愿说了。

"韩团长,我就不信你没得上一星半点好处。"邱忠孝摇头说。

"好处?你做事必得有好处,你以为普天下的人都跟你一个样?好处我倒也得了,有了那事装点门面就有人争抢着请我当保安团团长!对了,你问我积下的家当,我说你用偏了心思。我韩三省土匪的名号背过几年,可我告诉你,我这土匪没做伤天害理的事,没动过好人一根手指头。你回去山西打听,看谁最当我是土匪?还不是如你一样的贪官和小人?"

韩老三怒气冲冲,额头已经汗湿。

"我知道我做错过事。当初,我动了邪心,想穿官袍,坐官椅,吃轻省饭。如今,我也算看透了你们那些口口声声'天下为公''礼义廉耻',背地里贪得无厌、吃人不吐骨头的父母官!我做着土匪时也比你们那些县长、省长要干净!"

韩老三越说声越大,倒像枪是端在他手里,邱忠孝得束手就擒。

邱忠孝也古怪,韩老三连说带骂他也不打断,直等到韩老三说完,邱忠孝才眨着眼,晃了晃手枪对他说:"韩团长,说一千道一万,你当年落草总不能没积下一点家当。你再说我也不信,这屋里没人会信。"

邱忠孝简直昏了头,他话里还带出了其他人,可其他人谁会跟他一路?

韩老三愤愤地说:"你信不信无关紧要,我大不了一死。我回庆山原本就没打算再走,你杀我,我只当对上级明说了我的身份,最坏也是一颗子弹。有胆量你和我到院子里,你从对面朝我开枪,我要是眨一下眼,我不姓韩。"

沉香一下子哭出了声,东家直起身子想去劝。邱忠孝看东家要起身,心里害怕,拿枪指着东家喊:"不要动,都不要动,当心枪走火!子弹不长眼!"

东家一眼一眼看着沉香,又蹲下去。

东家蹲下,邱忠孝问他:"查兄,他说的你信不信?"

"呸,你有脸问我?有没有个读书人的样子,这么做事!男人的事情,先叫女人走。你再这么弄,如来佛都救不了你。还有,你还别拿死来吓唬我,我查德贤吃粮食长大,不是叫哪个吓大的。"

据我所知,东家向来不说死呀活呀一类的话,他要说了,那一定是不惜命了。东家都不惜命了,我有啥害怕的?东家对我有恩,我要对不住他,顶不住事,往后还有啥脸面回穆庄?我暗下决心舍了命也要跟邱忠孝斗一场。

东家和韩老三都不把邱忠孝手里的枪当事,邱忠孝急了,用枪点着韩老三和东家喊说:"疯话,你们说的都是疯话。我受人之托追查旁落的家产,为这,我在地窨子里熬了三年,到头来……韩老三,你拿了东西偏说没拿!查德贤,你掩藏了东西偏装糊涂!你们要怎样?好好好,你们不仁,休怪我不义。"

邱忠孝说话的腔调变了,声嘶力竭,不阴不阳。我想,他该是真要鱼死网破了。

我往四周看,屋里除过一张八仙桌,就是几把单薄的老椅子。八仙桌倒用得上,可我不能去掀八仙桌,沉香坐在八仙桌边,我掀桌子要伤了她谁担待得起?

我那时年轻,做事犹犹豫豫,举棋不定。

邱忠孝疯了,嘴里咕哝着:"好好好,随你们糊弄,随你们遮掩,我先杀女人,再杀男人,一个也不饶过。"

疯子邱忠孝咒骂着掉转枪口,对上了哭着的沉香。

眼看要闪电打雷、盆打锅烂,门外嗵地闷响了一声,有人叫喊一声,随后一个人扑开门趴倒在地上。

所有人一愣。这空当,两个人从门外冲了进来:一个提根粗棍,挡在了邱忠孝和沉香中间;另一个朝邱忠孝扑过去,邱忠孝还没反应过来,那人已抱住了他的腰。

我看清了,提棍的是你爷爷,抱住邱忠孝腰的是王婶。

你爷爷护住了沉香,又对东家喊:"东家,快来,到我背后!"

王婶死死抱住邱忠孝的腰,骂说:"谁叫你来穆庄的?!谁叫你欺负女人?!"

我已到八仙桌边,准备好去抄一把椅子。

邱忠孝低声喘气,身子扭几下,他身后的王婶仰面躺在了地上。邱忠孝举起枪,喊了声:"上天时时与我作对呀!"随后我就听见砰砰砰三声枪响。

3

接下来我要说的都是伤心事,这里头有些你知道,有些你不知道。向来多数人不愿提伤心事,我不一样,我看开了,觉得只要事情属实,伤心处也不算啥。毕竟,多数时候,我们只是看,事中人内心里肯定更苦。

第一个伤心处是,你爷爷走了,就在那天,他中了枪。

你没见过你爷爷,更没跟他打过交道,你对他不会有多深的情分,不像那时的穆庄人,个个都认你爷爷的为人,他一走,整个穆庄都在哭。我那时也伤心,你爷爷他就倒在我面前,我看着他闭的眼。好在事情过了几十年,我已经能承受住提说。要是在我年轻时,就是你想叫我说,我也说不下去。

如今,那天在场的人,现在就剩下我了。今天,我最后一回说那天的事。我把那些抓挠我心的事倒给你,我也算对自己有了交代,我心里才能安生,我路走得也能轻快些。

那天,枪响三声,你爷爷倒在了地上。我看邱忠孝还举着枪,跳过去扑倒了他。邱忠孝是胖子,他想挣脱,来回踢蹬双腿,扭动上身,我半天束不住他。摔倒在地的王婶翻身帮我,她压住了邱忠孝的腿,我按住了邱忠孝的上身,邱忠孝暂时动弹不了。

我想的果然没错,韩老三腰里有枪。他那时大喊说他腰里有枪,叫东家快从他腰里拔枪。

东家不是慢性子人,他转身掀开韩老三的衣服,从枪盒子里抽出了手枪。韩老三喊枪里压着子弹,开栓就能打。东家是打过枪的人,胆子也大,他拉了栓,端起枪,随后喊我和王婶放手:"闪开,我有枪。"我和王婶刚放手立起,邱忠孝就翻起身,准备朝东家扑。他还没站稳,东家的枪就响了。东家有菩萨心,那种时候,他也没打邱忠孝的上身,枪口是朝下的,两枪都打在邱忠孝的腿上。邱忠孝中了枪,当下没法动弹,倒在地上哼哼。

邱忠孝倒了,门口还趴着一个,死猪一样趴在地上。我当时就估计对了状况:他是接应邱忠孝的人,他倒了大霉,受了你爷爷的大棍子。我担心他醒,想绑他。我到他跟前,先踢了他几脚,发现他身子软了,没一点气力。我翻过他,看清了他的脸……你能想出他是谁?对,侯干事,就是他。你想呀,就他一个人知道我领韩老三往穆庄走了,不是他还能有谁?我走的时候叫他去通知区长,他没去,反倒跑去把藏在地窖子里的邱忠孝给叫了出来。

侯干事的确姓侯，他的来头不简单。邱忠孝挂在嘴上的阳曲侯家，侯干事就是后人之一，孙子辈的，是侯老东家十七个孙子中的一个。早年，他跟亲戚先到庆山，他那个亲戚跟邱忠孝也是亲戚，侯干事和邱忠孝通过那人连在了一起。他们的那层关系隐藏得深，一直没人知道，他们自己也没说破，所以邱忠孝从陕南逃脱后就悄悄回庆山找了他。

那件事后，侯干事暴露了，区长带着我们区公所的人到他家里搜查。结果，在他家的夹墙里搜出了不少东西：金条端了半洗脸盆，银圆装了半袋子。他干得最狠绝的事是在自家地窨子里藏了邱忠孝三年，四邻竟没发现。到事情出了，邻居们才这个那个说，难怪有时半夜听见他屋里在烧火做饭，难怪有时半夜听见有人在院子里踢腿跺脚，难怪有时半夜能听见他屋里有说话声——而他对外说的是，他一个人住心慌，夜里有时会学唱秦腔。地窨子里藏个大活人，一藏三年，一步也不出门，谁也想不到。

那天，侯干事拿着枪在门外看门里的动静，没料到你爷爷提着大棍到了身后——这真是螳螂捕蝉，黄雀在后。你爷爷抡起大棍子照着他后脑勺就是一下。那一下真够狠，侯干事大半天都没清醒。熬到后来醒来，他已经成了傻子，说话颠三倒四，管不住屎尿。政府把他送到医院，想把他治好，等治好了还要审问他。结果费再大的劲，想再好的办法，他还是明不了事。后来出了医院，他头脑里乱七八糟，啥事也做不了，整天光着上身到处瞎跑，风雨都挡不住他。政府后来看他可怜，管不了自己，非饿死不行，就给他挨家派饭。可他傻得越来越厉害，后来竟然饭吃到谁家，就掀谁家桌子，就砸谁家锅碗。实在没法子，政府准备把他关起来治病。申请刚批下还没来得及关他，他跳进一个涝池里游泳，淹死了。对他，那算是好结局，一了百了。

我现在还能记起侯干事没疯傻前的样子，灵巧，爱笑，一点不像有城府的人。他读的书多，当年我们一起时，他还教我写字、读书。他后来变成那样子，真是中了疯邪，走上了迷途。

前头我说了，邱忠孝那天共开了三枪。三枪里有一枪打偏了，子弹从你爷爷肩膀上擦过去钻进了墙里。另两枪造孽都打在你爷爷身上，一枪在胸脯，一枪在肚子。邱忠孝腿上挨东家那两枪时，你爷爷已经倒地了。我们几个撇开邱忠孝不管，都趴在你爷爷跟前……唉，他胸脯上的血汩汩往外冒。

韩老三叫我快给他解开绳子。我解开韩老三，他奔过去跪在地上脱了自己的衣服压在你爷爷胸脯上，可血止不住还往外冒。慢慢地，东家开始咒骂，王婶开始哭。

你爷爷眼看着快不行了，睁眼都艰难，他把头转向东家，抬了抬手对东家说："东家……怪我……没看好门……"说完他的手耷拉下去，再没出声。

韩老三跪在边上给你爷爷按着胸口，听了你爷爷最后的话，他只说了两个字："忠义！"

东家见你爷爷发不出声，急了，喊我传人，绑担架，把人往庆山送。

人不用传，枪声响成那样，穆庄多数的男人已经拥进了院子。

乡党们看受伤的是你爷爷,哪还有心思绑担架,卸了一扇门板就搭手把你爷爷抬了上去。

韩老三没动,不停摇头说:"没用了,来不及了……没用了,来不及了……"

东家谁的话都听不进,咒骂着喊人都快些,快些走快些走。乡党们知道路不好走,把你爷爷绑在了门板上。绑好后,东家不撒手,坚决要在前面抬。

有长辈劝他:"少东家,有身体的多着哩,不用你亲自抬!"

东家流着眼泪说不出一句囫囵话,就是抓着门板不放手。

也就那时吧,沉香在东家身后叫:"德贤,快来……快来看……"

邱忠孝一开枪,我们几个都眼见你爷爷倒了,知道他肯定中了枪,只顾着救他。枪没响时,沉香坐在椅子里,邱忠孝开过枪后,她原坐在椅子里,没多说话,谁能料到她也中了枪呀!

邱忠孝真是害人呢,打中你爷爷胸脯的一枪竟打穿了,子弹从你爷爷前胸进,后背出,竟然又钻进了沉香的肚子……世上咋会有这样绝情的一枪?!

沉香一开始只是用手按着自己的肚子不说话,她知道自己的肚子受了伤,她想着自己的伤会轻些,那时救你爷爷的命要紧。这就是沉香,性子一直要强。

到所有人为你爷爷折腾了好一阵,她看你爷爷真的是救不回了,担心子弹伤了肚子里的娃娃,才喊东家看她的肚子。她一叫东家,她一说自己肚子受了枪,屋里立时死静。

东家往她身边走，她哭出了声。

东家问："你这是咋了？"

她说："看我肚子……进去了，我……我只怕伤着里头的……"

东家急了，喊："你咋不早说？"

东家又哭喊着叫人准备担架，把沉香也送庆山，快些走快些走。乡党们立马又卸了一扇门板。

几十个人，两扇门板，六十多里路，一路上，雪浅的地方也快到膝盖。

最遭罪的还是东家，沉香和你爷爷是他心里最搁不下的两个人，可两个人都睡在门板上。东家摇摇晃晃走在两扇门板中间，一会儿给这个掖掖被子，一会儿拉住那个的手——无论对着哪边，他一出声就是哭。东家走一路跌一路，到庆山时，棉衣上都撕开了口子。一路上哭太多，到庆山时，东家脸黑得像锅底，嘴里呼哧呼哧说不出一句完整话。

你爷爷刚抬出穆庄就没了气息，就那样谁也没敢说要停下。人最后还是抬到了庆山，医生说："身子都硬了，还抬来干啥？"在场的都哭了，哭完后歇了歇，又把你爷爷往回送。

沉香到庆山时已经昏死过去，穆庄汉子们一到医院就围住医生，医生一说要划开肚子做手术，几十人当场就给医生跪下了。多少代了，穆庄家家靠着查家顶着头上的天，家家也把查家的人当亲人看。

后来，沉香救活了，可肚子里的娃娃没有了。

东家一到医院就昏厥了，他在医院里睡了二十天。一开始，他啥也不吃，有人给他喂他也不张嘴，一心打算饿死了结。后来，沉香醒过来了，劝慰了他，他才渐渐吃些东西，也算是把丢了一半的命又拾了回来。

二十天后，从医院回到穆庄，一大群人去看东家，他瘦了一大圈，一半的头发都白了。他对人说，他已经死过一回，见过了自己还没出世的娃娃，也见过了你爷爷，他从阴间翻墙出来，只为重死一回——听他说话的人没有一个不流眼泪。

4

说韩老三吧。

其实韩老三那回想跑走还真不是难事，但他没有。可能真如他所言，他累了，死了心了。

众人往庆山送沉香和你爷爷时，韩老三在穆庄也没闲着。他先把侯干事绑上，又给哼哼唧唧的邱忠孝包了伤口。干完那些事，他要想跑也还来得及。那时，政府的人没有一个到穆庄。再说，他有枪，他真想逃，就是有三两个人也不一定能拦住他。韩老三没走，他说他一定要等到沉香的准信儿，要不他死不瞑目。也许他真不想再折腾了。

韩老三叫人帮他找了剃头刀子，他对着镜子给自己刮了脸，满脸的胡子刮了个干干净净，连痦子上那撮毛也没留。

随后，吃喝完毕，他一个人坐在上房里等消息。他一个人静静坐在上房里，谁问话也不应，如同一截木头。

没过多久，区长带人到了穆庄。一进上房，区长就认出了韩老三。区长解放前做过地下党，韩老三当保安团团长时，他俩还打过交道，算是熟人。

区长坐到了韩老三身旁，两个人不紧不慢像两兄弟一样说话。后来，韩老三主动把枪卸下来交给了区长。再后来，实在等不到沉香的消息，韩老三跟着区长回了区公所。

一到区公所，区长就安排了四个人看住了韩老三。就因为区长在抓韩老三的事上立了大功，没过多久，他就升官了，去邻县当了副县长。

一九五二年，韩老三的路走到了尽头。

一九五一年初，庆山周围的县都搞起了"镇反"运动，庆山一开始还没动静，只听到了雷声，没见着雨点。到了下半年，庆山的雨也落了下来。

县上一开始只是要求之前跟过国民党的、当过土匪的、干过坏事的到政府去登记，把事情交代了再说。事情不大的就既往不咎，这运动一开始大体上还算是"坦白从宽，抗拒从严"。然而到那年的年底，韩老三到案，据说他"坦白"也没能"从宽"。

韩老三名气太大，当年抓到他后跟他谈话的人，职位最低也是副县长一级。不管跟谁谈，韩老三总是痛痛快快交代自己的事，有问话就有对答，人说他有错，他也从不推脱。他不打一点绊子，对他的审问顺利得叫人有点不信。后来有人说韩老三大意了，想着他只当过个保安团团长，跟那些在国民党正规军里干过的人不一样，他想"坦白从宽"，落个好点的结果。我以为那是小看了韩老三，韩老三把自己当成枭雄而不是蝼蚁。他应该是早看清了结局，他万念俱灰，只求速死。

一九五二年春夏之交，在县西的盛阳沟，庆山县公开枪毙了原国民党庆山县县长邱忠孝和原庆山县保安二团团长韩三省，这被说成是庆山县镇压反革命运动的最重要成果。

当天，盛阳沟边人山人海，县上对枪毙行动的宣传效果非常满意，说这可以对反革命分子起到巨大的震慑作用。

我那天借故没去现场，后来听说，整个穆庄也没几个人去看热闹。穆庄谁都知道沉香和韩老三兄妹相称，谁去看了热闹，就好比故意在惹沉香难过。

我们区公所其他人多数都去看了行刑，据他们说，邱忠孝那时吓瘫了，被两个解放军战士架到了沟边行刑的地方。一到地方，解放军战士手一松，邱忠孝就跪下了，后来还趴在了地上。人趴在地上咋枪毙？解放军只能在地上竖了根粗杆子，把邱忠孝绑在杆子上，然后才开的枪。

韩老三死得倒干脆，他自己走到盛阳沟边，刚到地方，枪就响了。看热闹的群众都觉得枪响得太快，不相信人已经死了，还骚乱了一阵子。

事后有人说，枪毙韩老三那么快是因为上头看韩老三态度不好，好像满不在乎不怕死，担心他的态度对群众造成不好的影响，所以提前了行刑时间。也有人说，根本不是那么回事，是行刑的人枪走火了，韩老三命不好，少活了约半个小时。

后来，一种更邪乎的说法在庆山人嘴里传了几十年，经久不息。按这种说法，韩老三其实不是被行刑的人打死的，开枪的另有其人。证据是，韩老三身上的子弹是从前胸打进的，而那时枪毙人的规矩是，无论如何不能从前头开枪，必须从后头开枪打脑袋。我们区公所有个干事那天也去了盛阳沟。据他说，枪响的时候，他看见韩老三是朝后倒的，一般前胸中枪人才会往后倒——他当时还觉得奇怪，心想，这枪毙人啥时候改成打胸脯了？这种说法真伪难辨，引出了一连串谣言，有的说那是邱忠孝的余党为报仇打死了韩老三，有的说是有人想让韩老三早早闭嘴……谣言越传越离谱，县上差一点专门发通知辟谣。

不管咋说，韩老三终究是死了，这件事板上钉钉。韩老三的坟就在穆庄后头的山上，穆庄以外没人知道。一座孤坟，没碑子，坟前那六棵柏树是沉香当年栽下的。

韩老三死了。按说，他在庆山总共一年不到，中间也没见和人真动过刀枪，不在必杀之列。再说，他当时拿的东西证明他已经当了解放军，还立过功，上面正准备提拔他当连长。

不管咋说，把韩老三和邱忠孝放在一起枪毙，对韩老三有点不公，他俩不是一路人。邱忠孝是小人，是贪污犯，是钻营之徒，是真正的反动派，历朝历代都有，历朝历代都要唾骂。韩老三不是，他就像一头眯住了眼的牛，四处乱撞，一直找不见回棚舍的路。

多年来，关于镇压韩老三的小道消息一直都没停过，传得有鼻子有眼，说的人往往敢拍胸脯，敢指天跺地发誓。说法倒是千奇百怪，可我听下来就一句话：韩老三的死命中注定，韩老三有一万个理由不死，但偏偏逃不出一个死。

据说，韩老三刚死，庆山县县长就差点因为杀他丢了乌纱帽。

枪毙韩老三的消息刚传出去，省上有个大官就专意跑到庆山发了一通脾气。他说韩老三犯过错，可总体上是好的，他解放前就有起义的打算，杀他对党的统战工作非常不利。

大官拍着桌子喊，要是他提前得到消息，庆山肯定得刀下留人。韩老三这样的人千错万错但绝不该死——可问题是……不说了。

另外，我说过，韩老三回庆山时身上带着部队的公文，公文上说了，韩老三是战斗英雄。县上开始根本不信那公文是真的，还专门派了两个同志去西南军区核实。核实的结果是：公文是真的，韩老三是战斗英雄，只不过部队上一直把他叫成马如龙。

部队上说，韩老三在好几次战斗中都起过巨大作用，最突出的一次，他带着一个排的战士活捉土匪二百多，那真是了不起的战绩。部队上说了，像韩老三这种人如果没有大问题的话一定要保住，部队将来说不定得上朝鲜战场，有他这种有脑子的基层指挥员，战场上不知要少损失多少同志。部队上的大领导亲自带话给庆山县：共产党连傅作义、卫立煌这样的人都能容得下，难道就容不下一个马如龙？

军队那次还特意派了两个参谋跟着去核实情况的人到庆山，

他们的任务就是先留住韩老三，其他的随后再说。可问题是，部队上的人到庆山时，韩老三已经被镇压，谁就是有通天的本事也已经救不回他了。

县长后来对部队上的人说，谁叫他韩老三干的坏事都在眼前？他干的好事呢，都远在天边。

其实，韩老三真想要活命，还有个简单不过的办法：他可以一口咬定他藏了些宝贝，要是杀了他，那些宝贝永不可能再出头露脸。

韩老三藏了好些金银宝贝的事解放前就在小范围传着，有鼻子有眼，谁听了都会动心。我说了，当年邱忠孝在地窖子里躲藏了三年，到头来一见韩老三张嘴问的还是传说的那些宝贝。听人说，邱忠孝死前还对政府说了，说他死不瞑目，他没亲眼见上韩老三藏下的宝贝，那些东西价值连城，能拉两马车。

事情也就怪了，韩老三跟政府你来我去纠缠了那么多天，以他的聪明，难道他就不明白，只要在这事上想想办法，他至少能暂时保命。但很快，韩老三用自己的死证明了他所想所思与别人决然不同。

多少年后，我还听说了一件小事，我终于明白，韩老三的死就像是报应，一根小小的稻草偏偏压倒了一匹骆驼。

一九六八年，我从庆山调到了省城，在省城最大的煤场东风街煤场管事。我到煤场没多长时间，上头给煤场安排了几个人，都是出身不好或历史不清白的，当时叫坏分子。上头的意思是让那些人在煤场干脏活，干重活，有利于对他们进行彻底改造。

那几个人里有一个曾在庆山待过，姓张，我们叫他老张。老张看我在煤场管事，又知道我是从庆山调到煤场的，没事就往我跟前凑，跟我套近乎。和老张打交道多了，我们不约而同提起了镇压韩老三的事。也难怪，在庆山，镇压韩老三是大事，多少年都叫得响。

据他说，韩老三的死有可能还跟他老张有点干系。

老张解放前在国民党的南坪县政府里做事，是会计，算账是他的长处，号称"铁算盘"。刚解放那会儿，新政府里也缺他那样的人，政府就走过场似的对他进行了审查教育，然后安排他到庆山的县政府里工作。

据他说，当年，从抓到韩老三一直到枪毙他，县里多次开会研究处置方案，可会开了一次又一次，意见分歧很大，一直没个结论。

就那段时间，有一回，县长带老张到省城汇报工作，两个人坐一辆吉普车，路上说起闲话，县长问他对处置韩老三的想法。

老张实话实说，说他和韩老三其实早有渊源，早见识过韩老三的肆意妄为。解放那年，韩老三带着队伍出逃，曾到过他们南坪。在南坪，韩老三的手下到县政府要给养，县上不想出，韩老三的人二话不说就扣了他们县长。后来双方开火，韩老三带人包围了县政府。那时的韩老三骑着马，摇晃着冲锋枪，喊着不答应他们的要求，他就带人冲进县政府，就血洗南坪县。后来，南坪县没法子，只得给了韩老三一些钱粮物资，他们才最终退走。

韩老三带人围南坪县政府时，老张恰好被围在里头。老张的那些同僚有人被吓得钻到了桌子底下，有人钻进了柜子里，有人以为性命难保，还写了遗书。

庆山县当时的县长老八路出身，听完老张的话，气得只说了一句话："旧社会都没王法，留到新社会也是个祸害。这种人，非杀不可！"

自从那次和老张谈过话，"老八路"县长就强硬指示，韩老三该不该杀的问题以后不再讨论，应该讨论的是啥时间杀他和怎样杀他的问题。没过多久，韩老三就被镇压了。

到了一九八五年，我竟还听说了一件有关韩老三的事。

说这事的是一位从省里公安系统退下来的老干部，他早年在庆山工作过，也是当警察。当年镇反时，老干部还年轻，爱表现，工作要冲到最前头。他说，镇压韩老三的当天，大家都积极请战，结果领导安排他和另外六七个人一起押韩老三到盛阳沟。那天从把韩老三从监牢提出来到韩老三在盛阳沟挨了枪子，老干部一直紧跟在韩老三左右。

据他说，那天，韩老三从监牢一出来就已经猜出了是啥事情，可他看上去很平静，自己走路，不用人催。

到了盛阳沟边，他们把韩老三押下马车，看热闹的人太多，韩老三有点意外，脸色不好看。随后，老干部他们带着韩老三往盛阳沟走，走了没几步，韩老三突然停住不走了。他当时想着韩老三会不会是怕了，跟邱忠孝一个样。没想到，韩老三突然仰头大声说了句："嫣蓉，我来陪你了！"然后，他继续朝盛阳沟走。没过几分钟，枪响了，韩老三躺倒在地上，一个字也没再说。

老干部一开始并不知道嫣蓉是谁，后来，他四处打听才搞明白嫣蓉的身份。他一直还在想：这韩老三倒蛮多情，临了放不下的竟是个女人。

"嫣蓉，我来陪你了！"就这句，应该是韩老三在世间留下的最后的话。

随别人咋想吧，从韩老三留的话看，难产死了的嫣蓉才是他在世上最重的挂念。

5

一九六八年，"文化大革命"继续向前推进。春夏之交，关中地区"文化大革命"推进的最大成果是各地市、各县、各公社都成立了革委会。我们公社也撤了旧牌子，挂上了公社革命委员会的新牌子。我早已经干到了公社副主任，那时也换了叫法，改称革委会副主任。换汤并没有换药，我的工作跟过去一样，管咱这一带的农业和水利。

六七月间的一天，我正带着各大队的支书在公社院子里的大树下开会，开的应该是秋粮播种的动员会。我记得支书们大多穿着汗衫、短裤，还摇着扇子，有人还拿出小袋的玉米给我看，问我留种子合不合适。

会开到一半，一个干事通知我，刚刚接到县革委会的电话，叫我马上到县上一趟，有重要的事。我问他能不能等我开完会，他说他接到的通知是最好马上出发。我问他是啥事，着急成这样子。他说电话是上级打的，他不敢问。没办法，我几句话把那些支书支应走，随后就往县上赶。

等我骑自行车进县城，时间已经是下午。我找到县革委会的政工组，政工组的人说，我的事得找革委会的葛副主任，说葛副主任交代过，我到了后直接去找他。那个葛主任我听说过，基层的人都说他很难对付，对人横挑鼻子竖挑眼，基层的同志提起和他打交道就摇头。

有点奇怪，我进葛主任办公室时，他笑眯眯的，就像我是去给他还欠账。很快，我觉得他热情得有点过头：他给我又是倒茶又是递烟，竟然还摸出几颗奶糖说是他老婆的亲戚从上海捎回来的，让我尝尝。他越那样子，我心里越没底。

一整套的问候招待过后，葛主任才递给我一张纸，说："你小子呀，升啦！还是跳着升的，要跳出庆山啦！"

我接过那张纸，是一份调令，上面写着让我接到调令即刻到市革委会政工组报到，底下盖着市革委会红彤彤的印章。

"你小子本事不小，都越过县上直接跟市里牵上线啦，有出息。"葛主任说。

我脑子里一片空白。

"葛主任，您高看我了，我哪有本事跟市上牵线？再说，我还离不得庆山呢，本乡本土的，待惯了，舍不得。"

葛主任拍拍我的肩膀说："这是乱讲话！年轻同志追求进步是应该的。再说，到哪里不是干革命？到了市里，接触的人不一样了，希望你别忘了庆山，别忘了庆山还有我这个葛大哥。"

"那当然,那当然。"我敷衍他。

第二天一大早,我倒了三次车到了市上。调令上写着即刻到市上报到,我也不敢耽搁。

市革委会没有在市党委和市政府原有的院子里办公,据说是为了表示和过去彻底决裂。市革委会的办公地点设在一个招待所里,只一座小楼,看样子里头也容不下多少人。革委会门口站岗的是解放军战士,我把调令递上去,一个年龄大些的战士说:"去政工组,找吴副组长。"

从拿到调令的那一刻起,我心里就七上八下的。虽然调令上写着要调我到市里,可也没写明调到市里哪个单位,干什么工作。更奇怪的是,市上的领导咋会知道庆山有个我,而且偏偏要调我上来?说实话,我一头雾水。

推开革委会政工组副主任办公室的门,我的疑惑烟消云散——堆满书本文件的办公桌后坐着的人我认识,还很熟,吴桐,过去庆山县委的吴秘书。

吴桐看到我,兴奋地冲出来和我握手,嘴里还说:"真不容易,他乡遇故知!身边终于有了来自庆山的同志,自己人啊!"

吴桐半年前离开庆山调到了市里,没想到半年不见,他已经坐上了市革委会政工组副组长的位子。

吴桐离开庆山前,我已经和他称得上是朋友。"文革"刚开始,县上经常组织各种思想交流会、讨论会、批斗会,我也就隔三岔五从公社带人到县上参会。唉,我还带着东家到县上参加过几回批斗会。其中一回,批判东家的红卫兵卸走了东家的帽子,东家发怒了，还大闹了批斗会。看着东家在台上受批斗，在台上叫人折腾，我那时心里也不是滋味。

也就在那期间，我常和吴桐打交道，一来二去，我俩熟了，我到县上办事中午没地方休息就会到县委找他。吴桐的家在市里，在庆山，他以办公室为家，所以我每回到他办公室他都在。我们俩那时常一起下下棋、说说闲话，关系很快从同志发展成了朋友。

吴桐承认是他一手调我到市里的，事情说起来有点曲折。吴桐的一个老同学是个造反派头头，"三结合"时进的市革委会。他那老同学能说会道，还懂些权术，在革委会里有了势力，也就有了权力。但他担心自己斗不过那些老干部或者后起的造反派，想借着手里的大权狠劲往革委会里安排自己的人，吴桐就是这样进的市革委会。老同学考虑到吴桐有多年在行政方面周旋的经验，还破格安排他当上了政工组的副组长。

"你的那个同学，该不会就是马副主任？"我插了一句问吴桐。

吴桐手指了指门外，制止了我的追问。

我在报纸上看过介绍，市革委会的主任是军人出身，南方人，但副主任马家山是本地人，而且是造反起家。报上还说，马家山不但是革委会的副主任，还兼着政工组的组长，是革委会真正的当权派。吴桐的同学要不是马家山，别说他想当政工组的副组长，就是想进市革委会，估计也比登天还难。可吴桐为啥调我到市里，不会也是为给他的老同学壮大实力吧？

"兄弟，直接从庆山县，而且是庆山县底下的公社调你进这栋楼不行，太张扬，影响不好。"绕了一大圈，吴桐终于说到了我的工作上,"不过你放心,并不是说你就进不了这栋楼。我的打算是,你先到外面过渡过渡——一两年吧,最多两三年,到那时,你想上来,这栋楼里生产组、宣传组的位子随你挑——当然,还有我下面的政工组。不过,现在我这里有更重要的革命任务要交给你,这任务只能交给你这种久经考验的同志,这是上级组织对你的信任——当然,也是我本人对你的信任。革命有时也得考虑感情,考虑人格。我说的没错吧?"

吴桐起身,从抽屉里拿出一份文件交给我。

接过文件,一看封面,我吓了一跳——封面上大大地盖了个"绝密"的印章。我向吴桐指了指那两个字,他笑着说:"放心,这份文件就是特意为你准备的。"

那是份情况通报,主要讲的是那时发生的一桩敌特案件。天津有一个摇煤球的工人,叫沈剑云,他解放前当过国民党特务,思想很反动。解放都快二十年了,他的脑子还转不过弯。一九六七年夏天,他偷偷印了一大堆反动材料,上头应该都是些反党、反毛主席、反中华人民共和国、反社会主义的话——当然,他的那些反动语言在文件上多数用×××代替了。到了十月份,沈剑云溜进北京,把那些反动材料邮寄给了好几十个单位——都是些大单位,连外交部都包含在内。这位老兄干完坏事还到一个亲戚家里吃了顿饭,然后才不慌不忙坐火车回了天津。还好,过了也就一个月,公安局破了案,抓到了沈剑云。除了那些他寄出的材料,公安同志在他家里还搜出了他写好的《告全国同胞书》。他准备等国民党蒋介石反攻大陆成功了,将这份《告全国同胞书》

当"贡品"献给老蒋。瞧瞧，都那年月了，还有人在做白日梦，想些四六不着调的事。

那文件看到一半，我手就开始发抖。等看完文件，我后背已经湿透。当时的感觉是，多亏那案子是秘密案件，要是公开了，估计全国老百姓能把那个沈剑云给撕成碎片。

文件看完，吴桐给我点烟，抽烟时，我手还抖着。烟抽完，我才想起问吴桐那文件和我有啥关系——我又不认得那个叫沈剑云的特务。

"老兄，就你刚才手脚哆嗦、满头虚汗的样子，说你就是沈剑云，保不齐都有人信。"吴桐很开心，他刚刚看足了热闹。我也觉得自己确实没出息，有些失态。

"老兄，秘密文件可不会白给你看，这事当然跟你有关系。不知道你注意到没有，沈剑云这反革命之前干的是什么工作？对，在煤场里摇煤球！他这事儿一出，各级领导一琢磨，敢情煤场这地方不简单，里头毛病多着呢！你想呀，煤场活儿脏，一般人不愿意去，凡去的大多都是些人嫌狗不爱的。另外，从'反右'开始算，城里那些应该接受改造的人后来都去了哪儿，你想过吗？不了解吧？据调查，竟有一多半都被赶去了煤场。放眼全国，各地的煤场一个样，最后都成了藏污纳垢的地方。煤场里坏人多，好人少，西风压倒了东风，革命的春风吹不进呀，同志！我们来算算，一个煤场少说也有十几号人，要往多算，四五十号人呢。就说咱这儿，大小煤场近百个，这就好比，全市的煤场里藏了不知多少个沈剑云，可以说是埋了两三千颗'定时炸弹'呢！怎么办?总不能等着'沈剑云们'来破坏我们的'文化革命'事业吧。我们市革委会的班子已经下了决心,要在全省先动起来,当机立断,快刀斩乱麻,把煤场这个局部的革命旗帜夺回来,绝不能让咱们的煤场里也冒出什么沈剑云沈刀云。这项事业的首要工作是,先把市里各个煤场的头头脑脑全换掉,换我们自己的可靠的同志上去……同志,这是大事,是保卫'文化大革命'伟大战果的大事,马虎不得呀!"

"吴秘书,"我改不过口,按老习惯称呼吴桐,"你的意思是……要安排我去煤场工作?"

"对啰,还是自己人好使,心有灵犀一点通。明说吧,组织上已经决定,调你上来是安排你到东风街煤场当头儿。东风街知道吧?市里的脸面。东风街煤场你不了解,那可是咱们市里最大的煤场,人多,事多,难控制。调你过去,就是要为市里'改造煤场革命小气候'的战略部署打头阵。你肩上的担子不轻呢,只许成功,不许失败!哦,还有,你放心,你的级别肯定有变动,比你现在的级别高出两级,还可以解决一个家属的工作——这下嫂子的问题也解决了。不错吧?老兄,这只是开始,是你政治生涯的开始,你在煤场工作只是个过渡,只要你干得好,顺利完成革命任务,要不了多久你也会被调到这里。咱们跟在庆山时一样,没事喝喝茶、下下棋,延续革命友谊——我相信,那一天很快就会到来。"

吴桐说完,重重拍了拍我的肩膀,显得跟我亲密无间。我能看出,他虽然政工组副组长没干多长时间,领导的做派已经学会了不少。

离开庆山，这我以前也不是没想过，可我没想到，我会在那年月因为一个那样的机会离开庆山。无论如何，我得走了，真有点舍不得，因为离开了庆山就得远离很多我放不下的人，远离很多我放不下的事。但我不能不走，我得到新的工作岗位去，我得保卫"文化大革命"的伟大成果，我得保卫好毛主席，不能让他老人家因为坏人而分心——这是我那时的真实想法。

离开庆山到市里工作，这件事对我的一生影响巨大。如实说，是反革命特务沈剑云间接帮了我，但我对他了解很少。还好，他的名字我总算一直记着，要不还真有点对不住他。

6

见过吴桐两天后，我从庆山搬家离开。那天，我特意回了趟穆庄，跟东家道别，也跟自己的过去道别。

那是入夏后最热的一天，还好，县革委会葛副主任特意给我派了辆吉普车。吉普车到公社后，原计划是拉上我们全家和少得可怜的几样家当直接赶往市里，可我心里另有打算。

车一到公社，我悄悄问司机老李从公社到市里需要多长时间。他说，开快点就四个小时，时间充足。我死皮赖脸塞给他两盒烟，问他要是我想去办点事，时间挤一挤，能空出多长时间。他算了一下说，两个小时吧。我说足够了，随后又死皮赖脸让他开车拉我跑一趟穆庄。为了让他爽快答应，我撒谎说我得去看一个叔叔，亲的，有段时间没去看他了，等以后到了市里，还不知道多久才能再回。还好，老李痛痛快快答应了。于是，我让老婆孩子在公社等，自己立刻出发。

车到穆庄，我让老李把吉普车停在村外的大树下等着，我一个人进去。我不想让老李随我一起，我心里清楚，我八成得掉眼泪。大男人掉眼泪，外人看见怎么说也不大好。

那天是入夏后最热的一天，天热地燥。在穆庄七拐八拐的村巷里，我总感觉那些我过去熟悉的东西，瓦房、院墙、门墩、枣树、门前卧着的狗都不像真的，都摇摇晃晃飘浮在半空。

东家院子到了，门楼已经破烂，真可惜。早年那是关中道有名的排场门楼，清朝时就有了，关中道有的财东人家修门楼前会特意派人到那门楼前看看，学样子。

门楼两边的石头狮子也不见了，破"四旧"时让砸了。没了那对石头狮子，门楼显得光秃秃的，就像人脑袋两边没长耳朵。门楼两边的砖雕也没几个完整的，我问过，是县上的红卫兵翻山越岭来敲碎的，说那是封建流毒，得坚决铲除。

不幸中的万幸，一拃厚的双扇大门还在。那门要是毁了，真不知道啥地方才能找见那样的好木料。不过，门扇虽还在，门上的铜门环没了，听说大炼钢铁时被砸了拿去炼钢铁——庆山县当时目标远大，号召全县捐铜出来，准备和铁一块炼，炼成一种超级铜钢合金。

大门虚掩着，我闪身进门，就像小孩子偷偷跑出去玩耍，又偷偷溜回家。

过了门廊，绕开影壁，到了二门外，我心跳开始加快，我听见了二门里有剁柴的声音。那会是谁？只能是那两个人中的一个——当年，他们一个是东家，一个是穆庄人心里仙女一样的人。可时代不一样了，他们成了阶级敌人。但他们——东家和沉香，他们能让我想起我的过去，他们就像我的镜子，我能从他们身上照见自己——内心里，我一直把他们当亲人看。

进到二门里，房檐下，沉香正不紧不慢地剁柴火。她弓着腰，背对着我，瘦小的身子顶着雪一样白的头发——她年龄不算大，可那年代，人活得仓促——我自己的头发也白了不少。

想当年，沉香是穆庄的人样子、人梢子，是穆庄风风火火的妇女主任。她当年眉眼比谁都俊，声音比谁都脆，谁见了都心疼！

我在离沉香不远的地方停下，她没回头，没注意到我。

剁完身边的树枝，沉香站起时才看到我。

"哎哟，是麦冬！"她脸上闪过一丝笑。她深陷的双眼笑时凹进去更深，已寻不见当年的闪闪发光。我骂自己，为啥要拿现在的她和过去那个她比，谁没有年轻过？谁又不会老？

"姐，我来看你跟东家了。"按穆庄习惯，我该叫她"嫂子"，可她一直不准，非让我叫她"姐"，显年轻，也显得亲。

"唉，啥时月了，还有啥东家？"她捋了捋头发——她头发梳得整整齐齐，"一个人来的？"她又拍了拍前襟上的木屑和尘土。

我点头。

"一个人来我就倒一个人的茶水。"

我不想麻烦她,说:"不用了,我不渴。"

"那咋能行?礼数不能乱。你去屋里坐,我去倒水。"

沉香进屋去了,我想着我该帮她,我多干一点,她就能少干点。我去墙角抱了一捆树枝,拿起她刚才用的斧头开始剁柴。

"你咋剁起柴了?你也不想想,你把活干完,我干啥?"她端着青瓷碗一出来就说。

我笑了笑,她也笑笑,又抱过来一捆树枝整整齐齐放在我身后。我多高兴她不把我当外人。

她进屋取了针线笸箩,坐在房檐下做起了针线活。她正做着一双鞋,底儿帮儿已经做成,她在把两部分缝到一起。

"东家人呢?"我问。

"下地了。"她答

"东家也得下地?"

"不下地就分不了粮食,人离了粮食总不行。"

"热成这样,队上还叫人下地?"

"嗯,队上才种的红芋,天热,坡地,要从沟底担水上去浇,男劳力都得去。"

我之前私下给穆庄的生产队队长交代过,叫他安排活时照顾着东家,给他安排点轻些的活干。看来,队长没把我的交代当回事。

我问:"活重成那样,东家吃得消?"

沉香笑出了声:"他呀,啥活都干得了,啥活重偏干啥,逞能呢！"

我也笑了，甚至眼前出现了东家挑着担子往前冲的样子：他走得飞快，超过了一个又一个小伙子，还回头大着声笑话他们。

等我剁完了沉香抱给我的树枝，太阳西斜，村巷里有了娃娃追喊的声，有了鸡鸣狗叫的声。我想，我也不能一直等下去，我得走了。

我喝了半碗水，站起身打算走。

沉香问我："现在就走？不多坐一会儿？"

我说我还有事。

"那好，不留你，你为群众办事，自然忙。你走，他一回来，我就说你麦冬来过。"

我往出走，沉香送我到二门口，我看出她腿脚不好，叫她不用送，她停住了。转过影壁时，我回头看，她还在原处，一手扶着二门的门框。她见我转身，还摆了摆手。她摆手时，我差点掉下了眼泪。

我往村外走，低着头，脑子还停在沉香朝我摇手那时刻。正走着，有人挡住我。我抬头看，太阳照着我的眼，看不清。

"烧水娃，还没见上我人就要走，不怕我背后骂你？不怕你耳根子发热？"

是东家，朝我笑呢。一大捆树枝竖着捆在一起，他背着，树枝高过他头顶一米多，像一座山。我抢过他的树枝背在我背上。

"这才对嘛。"东家从腰里抽出毛巾擦脸，喘着气。

"她在没在？"东家问我，我点头。

我们一起走，东家走前头，虎虎生风，样子比年轻时更显威风。

沉香还在二门口立着，她看见我跟着东家又回了，笑说："我刚还心想着你得折回来，应验了。"

"就你能行，还会算卦了？"东家跟沉香斗嘴。

我把树枝卸到墙角，沉香已经打好了洗脸水，脸盆边上搭着叠好的毛巾。她让我和东家都洗洗脸，说汗流得像下雨。我对东家说，东家有福气，是叫人照看的命。东家看看我，又看看沉香，说："她不照看我还能照看谁？"

"没我照看，怕是早没你了！"沉香说。

东家擦完脸指派沉香："快做饭去，炒个菜，留麦冬吃饭。他跟旁人不一样。"

我说不用了，我赶时间，得走。

"不行，我让你吃你就得吃。"东家还是那脾气，说一不二。

沉香转身走时，东家在身后一刻不停地看着她，直到沉香转个弯再看不到。我真为他们高兴，要世上只余下他们两人中的一个，那得多寥落？

我掏出两盒烟递到东家手上。那年月也没啥好买的，那两盒烟是我用半斤白糖从别人手上换的。

东家没推辞，接了烟，拆开一盒，给我和他各取出一根。他点了烟，吸了一口问我："麦冬，看出她有啥不一样没？"

我迷惑，摇头说看不出。

东家抽着烟，仰脸似乎在看墙头上的青瓦。

"唉，这几天就想寻个人说说话，正好你来了。你不知道，她呀，不行了，要扔下咱这些人先走了……"

我吃惊，问他："这……咋知道的？"

东家转过脸说："咋知道的？做梦梦见的。"

我放心了，说："做梦不能信，就是你要信，梦也是反的，梦见人不好，那才是好兆头。"

东家没说话。我对他说，要是沉香真病了，我可以带她到县上看病，不行就到市里，总有办法——就是检查检查也好。

东家摇摇头说："我再说也是开过药铺的，这你知道。人身上那点毛病，我站在柜台边听也听得差不离了。再说，县上去过了，人家医生也是这么说的。这事定了秤了，由命吧！"

东家的烟掉在了地上，他重新抽出一根，又半天找不见火柴。我拿过他的烟，给他点好，递给他。

过了一会儿，沉香把小饭桌摆到我和东家中间，她还真炒了一盘菜，南瓜炒青辣椒。饭是汤面，面很少，汤很清，醋很好。我夸了醋，东家说，人家吃饭，醋必须好，人家是山西人嘛。

我和东家吃面，沉香坐在一边看。我问她咋不一块儿吃，东家说不用，她那样子惯了，狗肉上不了席面。

据我看，凡沉香在当面，东家说话就大大咧咧，跟过去一个样。可我心里有事，饭吃不下，替沉香难过。

"你把我的事对麦冬说了？"沉香问东家。

"啥事？你的事有啥说的。人家麦冬是国家的人，忙着呢，私人的事操不上心。"东家开始胡说。

沉香说:"你明明说了。你听好,你不用哄我,我是啥病我心里明白。"

东家一定还哄骗着沉香。我赶忙帮着东家说:"东家啥也没说,刚才一直是我在说。我马上就去市里了,以后回穆庄就难了。我来问问东家这儿有啥难处,好歹我在公社里人熟,有事给他们说说兴许能有点用……"

东家笑着说:"对对对,我俩说的都是男人的事。麦冬兄弟升到市里了,咱高兴。"

沉香板着脸说:"看你能把我哄到啥时候!"

简简单单的饭,我和东家一直吃到太阳贴上西山。离开变得迫切,啥事都得为那张盖着红印章的调令让路。我很难过,可也无奈。

我再次提出要走,东家没挡我,沉香也没说啥,还提出来一捆晒干的野菜递给我。她说那是她空闲时上山挖的。她还说,以后想要吃稀罕物就回穆庄,不管外头变成啥样,山上照旧会长蘑菇,会出野菜,还能摘到野果。

我接过野菜,掂了掂,有将近二斤。我小时候也挖过野菜,知道晒那些野菜的不易。

东家点了一锅烟递给我,叫我抽几口,尝尝味儿。

"你在穆庄时也吃过这个。你没家当,今儿个吃我一口,明儿个吃他一口,跟要饭吃一样……呛不呛?"

那还用问？我吸了一口就呛得咳嗽，还流出了眼泪。东家看我出了洋相，笑了。沉香见了沉下脸去，埋怨东家说："看你，咋还没个正形？啥时才能不叫人费心？麦冬，把那祸害给他，咱凭啥遭这罪？"

我和东家、沉香出大门时，村巷里贴地浮着一层烟气，更远的低空也朦朦胧胧，我看不清路，可我知道东家和沉香一直在身后看着我，看着我离开。

我那次离开穆庄没多长时间，沉香用一段绸子结束了自己的生命。听说她挑了后山上的一棵山桃树，那棵树上当时结满了山桃，艳艳的一树，很耀眼。

那天我到村外时，老李还在树下等我，我很过意不去。进穆庄时，我对他说只需要一两个小时，结果却叫他等了半天，还是大热天。还好，我道歉时他似乎没有怒气，不像县上的其他司机，啥时都吹胡子瞪眼。

老李让我快坐好，得快些了，回公社接了我老婆孩子就得加紧跑，希望能赶在十二点前到市里，不能耽搁了我第二天拿着调令去报到。

老李提摇把发动了吉普车，我一坐上车，他就把我之前塞给他的两盒烟还给了我。我和他推让了几个来回，他很坚决，我只能又把烟装了。

我们终于出发，我对他连说谢谢。老李说没事，他也是按领导的安排办。葛主任交代过，要把我的事当成大事办，有特殊用车要求一定尽量满足,他总不能违反葛主任的命令吧。我想,葛主任一定以为我到市里是要当大官了。他要知道我只是被调去一个煤场管着一堆摇煤球的"反革命嫌疑分子",他大概就不会那样大度了。

老李后来还补充说:"其实,我知道你去看谁了。我在县上开车也不是一天两天了,大大小小的事也听说了不少。你刚去看的是大地主查德贤,我说的没错吧?'文革'中他还大闹过一回批斗会,这我也知道。要说呀,我跟这个查德贤也算有些缘分……"

我很意外,让他细说。

"说起来那都是解放前的事了。当时,我在咱庆山的福寿药房当伙计,我们药房用的好些药都从查德贤三原的药铺进。他那人呀,人好,药好,公认的。我跟他打过几回照面儿,他叮咛我要好好干,往后干出名堂找他,他提我到他三原的铺子当掌柜。人人都知道查德贤说话准数,唾唾沫到地上都带响。我把他说的话给家里人说了,我们全家还为这高兴了好几天。可惜他的药铺后来姓公,他说话不管用了,我当掌柜的梦也做不下去了。咋说呢,我内心里感谢这个查德贤,当年,他把我一个小伙计当人看,比我见的其他掌柜强多了……唉,看当下这阵势,他往后有的是罪受……"

我没话说了。老李与我素昧平生,可他最后说出的话和我想的一样——东家往后要遭的罪还多着啊!我掏出老李塞回给我的烟,给我和他各点了一根。老李叼起烟,眯缝着眼,冷冰冰地开着车,不再说话。我从倒车镜里看着穆庄越来越远,觉得浑身无力,脑子里也空空荡荡。昏昏沉沉中,吉普车、老李、我一起在山路间上上下下,忽高忽低,就像风吹着一片叶子在天空飘荡。

第四卷 尾声

惊爆！城隍庙出土金银五箱，主人暂时为谜

（本报讯）昨日，本市庆山县城隍庙整修施工期间惊爆重大发现。在大殿的整修施工中，施工方发现了5个铁箱。5个铁箱中分别装有数量不等的金条、麸金和银锭，金银合计重达146千克，但该批铁箱的主人暂时为谜。

据施工方晋陕古建施工有限责任公司带班工长楚勇飞介绍，该批铁箱是工人在进行大殿新地砖的铺设准备工作时发现的。当时，工人们正在对剥离旧地砖的大殿地面进行平整前的深挖，当挖到大殿东南角时，工人们发现了第一个铁箱。在对该铁箱表面及四周进行清理的过程中，工人们又发现了第二个铁箱。由于该企业是专业的古建施工企业，员工都进行过文物法规方面的培训，他们随即停止施工并向庆山县的相关部门报告了这一发现。

经随后赶到的庆山县考古队进一步挖掘，现场共出土5个铁箱，所有铁箱颜色与规格相同，颜色为黑色，长、宽、高分别为30厘米、16.65厘米、20厘米，合旧制为9寸、5寸、6寸。每个铁箱的四周分别写有"东、南、西、北"四个字，含义不明。

据庆山县考古队房大川队长介绍，5个铁箱中，两个装有半

箱麸金，一个装有半箱金条，另两箱装满大量的银圆、银锭。铁箱中的金银原本都覆盖有棉织物，但由于年代久远，棉织物已经腐烂。

房大川队长还解释说，所谓麸金是一种黄金的初成品，由于形状有点像扁平状的麦麸，所以民间俗称麸金。一般麸金的含金量应在50%~70%之间，但房队长根据多年考古经验判断，这批麸金不同，含金量应在80%以上，为以往所罕见。据悉，少量麸金已经送省上有关部门进行成分鉴定与分析，希望能从科学的角度解开这批麸金的部分谜团。

至于铁箱埋入地下的时间，房队长表示，根据铁箱的锈蚀程度、锁具的形制以及金条的规格，他初步判断，铁箱应为民国后期埋入，但具体时间有待进一步研究。房队长特别对该批金条的规格做了解释。该批金条规格为十两一根，合公制每根重约312.5克，即解放前人们常说的"大黄鱼"。解放前晋豫陕一带的"大黄鱼"主要有两种：一种来自上海，叫"申条"；一种由重庆"天宝渝"银楼制，习惯叫"天宝条"。这次发现的金条全部是"天宝条"，这种金条20世纪40年代以后才在北方流传使用，这是判断这批东西埋入地下大致时间的"铁证"。

另据房队长透露，该批铁箱有两个特别的标记值得注意：是其中装有金条的一个铁箱上写有"第六箱"三个字，这不能不让人对后续的发掘工作充满期待；二是在一个装有麸金的铁箱的箱盖上写有"廖三"两个字，但这两个字的含义现在还无法确定。房队长说，"廖三"这两个字极有可能是一个人名。果真如此，这个名叫"廖三"的人要么就是这批铁箱的主人，要么一定与这批铁箱有着密切的关联。房队长希望有掌握情况或者了解线索的读者能够与他们取得联系。

注：以上为 2006 年 9 月 25 日《××时报》上的一篇报道。

        2019 年 11 月完稿于西安

后记

小说题名《重山》，取意于成语"重山复岭"所述之自然情景，亦象征人生必然经历之重重困阻。

《重山》当下的模样与刚完稿时几乎改头换面了。起先，我为它设计了一个相对复杂的结构，即故事主体情节以书中人物管家查亭林的孙子查大树回乡的所闻来连缀，其间还穿插了查大树本人的婚姻、情感纠葛。总体上，小说时而当下，时而过去，读者的精神须在现实与过往中来回穿梭。这结构上的心机后被简化，只因我后来想，小说是诸文学样式中最通俗的一种，形式上没必要过分复杂，像是有意考验读者的记忆力与理解力。当然，有了如是调整，小说的字数减删了近半。

如今，小说大体上由四个人的"自说自话"构成：德贤的话，沉香的六封信和六篇日记，韩三省的六封信，麦冬的话。用稍专业点的话说，这叫视角转换，通过四个人物的不同视角完成对整个故事的叙写，由此，所有人的故事与人物命运有了彼此建设的层次性和彼此消解的戏剧性。

中国传统章回小说多由说话人将一切向听者和盘托出,说话人全知全能,拥有上帝视角。然而,这种叙事方式我向来不大喜欢,或者说根本无法信从。罗素说过:"我绝不会为我的信仰献身,因为我可能是错的。"同样的道理,我不大乐意在一篇小说中跟着一个叙述者从黑到明,从明到黑,因为他(或她)也有可能是错的。《重山》写作肇始,我便打定主意在小说中多几个人站出来说话,几个人各自站在自己的立场上发言,这样总归会好些吧。西方新闻学中大约有个观点:真理总能在观点的自由市场中通过辩论获得胜利。

不过,尽管我对自己的设计颇为自得,内心深处,我仍惴惴不安:这个时代,几人能耐着性子听他人十多万字喋喋而不休?后来我想,虽然这部小说的面目全是"说话",然而言语的背后仍是人物的命运,是故事的波折,是情感的累积,小说的根基并没有变。

《重山》初稿之时,常有朋友视之为历史小说。虽《重山》原本完全虚拟,但关于历史的话题我仍想多说几句。在我的想法里,多数成年人都会对历史有一点喜爱,愿意听,甚至梦想着干点事情能被后代史家记载,所谓"留取丹心照汗青"是也。然而,何谓真实历史?何谓历史之真相?难道只二十四史、大事年表、统计年鉴、历史教科书等才具有不容置疑的历史价值?

说起来我渐渐有一点感悟,一切有名望的史籍虽精确但单薄,而由"真人"的声息所累积起的历史才具有更多的人情味儿,更多的血肉与混沌。从这方面来说,小说竟是历史最好的补充:小说中人物常以情感驱动其理性,小说的根基是个别与偶然,小说中的环境与细节正像历史筋骨上的血肉,小说常常着意于还原某些混沌的真实。如若读过《重山》您竟也生出了与我相类的想法,甚至《重山》果真增益了您对某些历史的认知,我这写作者自然会多得一重快慰。

不过,您大可不必把以上所谓视角、所谓历史的讨论太当一回事。在我看来,对于《重山》,您只需把它当成文字编织起的大梦,它起先只是我的,不过当下您也有了份儿。

《重山》中的所有人物,无论是查德贤那样的小资产所有者,还是刚从漫长封建社会里觉醒而出的嫣蓉和沉香,或者是邱忠孝那样的政权底层的小官吏,抑或是在乱世中苟且偷生的韩三省等,我都充满了怜惜与疼爱。如若不然,我也不会接纳他们,并在小说中将其呈现。长久以来,我都在想一个问题:千百年来,我们这多灾多难的民族何以能历劫难而不倒,遇坎坷而不败,迷失总片刻,寥落只暂且?如今,我私下以为,危亡间总能奋扬出伟力的,也许是这土地上千千万万个体所坚守的品质德行。比方说查德贤的仁厚贤良、刚直不阿,管家查亭林的道义忠贞,廖沉香的纯淑善良,甚至韩三省这个土匪，虽肉身时南时北，但根子里也会秉持做人的底线。多美啊，这些独立的个体！命运面前不唯唯诺诺，敢于搏击抗争；能够觉知自我的本真，决意维护自我的完整，甚至命亦不惜。也许这便是人这个物类的尊严所在；也许，这便是所谓文化，是华夏千百年来生生不息的血脉。

感谢太白文艺出版社及本书编辑马凤霞女士对本书的辛勤付出。若非亲历，总以为出版界对新人新作多有敷衍，吝于劳顿。由是再谢。

2020 年 11 月于西安